2013 年 9 月—2014 年 6 月于哈萨克斯坦首都阿斯塔纳

获中央民族大学民族学与社会学学院学科建设经费资助

西去丝路第一国

哈国纪事

吴楚克 / 著

XIQUSILU DIYIGUO:HAGUO JISHI

民族出版社

重印说明

在哈萨克斯坦的一年，似乎有“定格”之感，起因完全是这本有心无意的《哈国纪事》的书。哈萨克斯坦国家电视台和哈通社也经常采访我，还有两位哈萨克斯坦攻读硕士学位的留学生跟着我。当然，主要原因还是“一带一路”营造的大环境使然，同时也是读者厚爱，此书在出版两年后便能够重印。衷心感谢所有读者和对哈萨克斯坦有兴趣的人。

异域生活往往对“别人”格外有吸引力，这就是文化的魅力所在。然而，真正吸引人们的往往是日常生活中透露出的人生意义，而不是辉煌时刻、伟大建筑或者奇妙旅程。比如，在零下 37 度的阿斯塔纳，你一个人走在夜晚的小路上；再比如，静默在哈孜莱提苏赞大清真寺里，外面狂风怒吼被完全隔绝，此时你是多么希望时空就此停滞！所以，要吸引别人，首先是你所展现的异域生活细节唤起的想象，其次才是你如何展现你感受到的异域文化。因此，并不是经历异域生活的人都能够完美再现那段独特经历，需要观察的角度和记录时的心境。就这个意义上说，这本书记录下来的那些时刻、那些感受、那些想象是不可恢复的，因而具有相对固定的意义和审美价值。这也是当我重新翻阅这本书时，修改似乎变为不可能，更别说增加新的内容了。

我似乎再次被当时的情景和思想吸引，怀疑、兴奋、遗憾甚至批判的冲动让我知道，曾经有一个人经历过那样一段异域生活！

吴楚克

2018 年 3 月 8 日

“新丝绸之路”与哈萨克斯坦

丝绸之路是古老的、遥远的、神秘的，在元代以后，由于明朝和北元之间的战争，特别是西去广袤地区游牧部落国家的阻隔，丝绸之路就开始衰落了。最近，重新振兴丝绸之路的战略决策吸引了国内外各界的广泛关注，特别是可能涉及的投资开发机遇深深吸引了沿丝绸之路的有关国家。

从发展战略来看，重振丝绸之路是一个宏大的“洲际”开发项目，把中国以西、以北全部纳入“上、中、下”三条古丝绸之路范围，对打开中国的“向西发展”规划有决定性意义。这避开了东亚日本和太平洋对岸美国人为制造的发展“瓶颈”，能开辟一片更富有发展机遇和发展魅力的领域，给中国国力可持续发展创造了条件。

从发展潜力来看，丝绸之路所经国家生态多样、资源丰富，可开发前景巨大；这些国家的政治异于西欧，制度独特性强，能够并善于结成经济和政治伙伴关系；他们的民族历史悠久，语言文化丰富，能够与别的民族平等相待。尽管这里的宗教冲突严重，但除了美国等西方国家插手以外，在独立自主的国家中，宗教纠纷一般没有威胁到国家稳定。

不过，这些太过笼统的描述着实不能说明丝绸之路的复杂性和真实性。甚至有一些人拿新疆比中亚：“不就是哈萨克斯坦嘛，我们有哈萨克族，还100多万人呢！”以此类推，我们还有乌孜别克族、柯尔克孜族，他们就是乌兹别克斯坦和吉尔吉斯斯坦的主体民族，塔吉克族也一样，就是土库曼斯坦的民族好像没有。

其实，这是一个天大的误解。中亚各国独立前是苏联的一部分，他们受俄罗斯文化影响深重，无论在政治上还是经济上，完全被纳入苏联计划经济时代的轨道，文化的独立性基本被抑制。在苏联之前，俄罗斯沙皇帝国对中亚各汗国的影响也十分深重，这些中亚汗国处在长时间的战争当中，在富饶的“河中地区”不断演绎着汗王们的兴衰史。从布哈拉汗国、希瓦汗国到哈萨克汗国、土库曼汗国，再到后来的浩罕汗国，结局都是当他们打不过对方时，沙皇总是会适时地帮助一下，最后成为中亚的主人。再往前，蒙古帝国曾经统治了地球上这片最广袤的陆地，把他们松散地纳入帝国分封的管辖领域中，由不同蒙古黄金家族的后裔们把持着，并最后分裂成几个不同民族的汗国，这些汗国以当下民族的称谓，逐渐形成统一的民族与国家。与此同时，俄罗斯沙皇继承了蒙古人对中亚的征服欲望，引用发表在拉脱维亚报纸的一段话：“扒了皮，你会发现俄罗斯人的骨头是鞑靼人的。”总之，俄罗斯人继承了蒙古人在这块欧亚大陆的统治。

当然，这里也有伊朗和突厥人的后裔及文化影响，但总体来看，他们出现倾向性选择是在中亚各国力图摆脱俄罗斯的影响时才明确起来，真正的伊朗、突厥的历史和文化不在这里。如此看来，中亚各国必定有他们独特的建国历程，纯粹从现代国家的历史来说，他们都是“第一次”。所以，普京在2014年

8月30日参加“谢利格尔”青年论坛时指出，纳扎尔巴耶夫做成了一件独一无二的事——在从来不曾有过国家的土地上建立起了国家，“从这个意义上讲，他对于前苏联地区国家性来说是个独一无二的人物”。19世纪，哈萨克全境被俄罗斯帝国吞并。1936年，哈萨克苏维埃社会主义共和国加入苏联。1991年苏联解体前，哈萨克斯坦宣布独立。纳扎尔巴耶夫是哈独立以来的唯一一位总统，这话不算错。在哈萨克斯坦，一位资深外交家亲口对我说，苏联时期俄罗斯人对哈萨克人做的好事可以概括如下：一是给了我们一个国家的形式；二是开始了我们的工业化；三是提高了我们的教育水平。

然而，不能从中国新疆的哈萨克族去判断哈萨克斯坦人，而且，独立后的哈萨克斯坦从里到外都发生了巨大的变化。我们要开发新丝绸之路，如果对哈萨克斯坦没有切身的感受，就不能准确认识当今中国西邻第一国。2013年7月，我接受哈萨克斯坦欧亚大学国际关系学院的邀请，前往东方学系任特聘教授，2014年7月回国。期间，记录了在哈生活工作的真切感受，起名“哈国纪事”。总结如下。

第一，哈萨克斯坦有270多万平方公里土地，却只有1600多万人口，这样的资源与人口比例无论如何都值得我们给予充分的重视。作为一个新兴国家，有太多的地方需要重建，这也为中国开发新丝绸之路提供了客观条件。因此，真实地了解哈萨克斯坦的社会生活就是必备功课。

第二，哈萨克斯坦独立后，与其他中亚国家一样，试图彻底消除俄罗斯的影响，这无疑增加了中亚国家与俄罗斯关系的复杂性。事实上，这反映了一种政治需求和民族忧虑，对凝聚民族爱国精神是有益的，对平衡中亚地缘政治却是无益的。中国的新丝绸之路在某种程度上减缓了中亚国家对俄罗斯的戒心，恰当地满足了中亚国家的政治自主需求。

第三，哈萨克斯坦的社会生活物质比较缺乏，日常生活水平偏高，可以说，在这些方面与中国合作的前景巨大。但是，就像任何一个新独立的国家一样，他们强调民族性和国家性的统一，主张在所有方面都表现这种统一，以彰显民族自豪和民族成熟。事实上，这些东西在形式方面阻碍了经济合作的步伐，限制了文化交流的自由。我们需要充分了解他们的国际交流心态。唯有如此，我们才能在开拓新丝绸之路的过程中，逢山开路，遇水搭桥。

第四，中国哈萨克族移民给哈萨克斯坦带来完全不同的东西。他们在语言方面就与本土哈萨克有区别，在人与人的关系上也与本土哈萨克有很大不同。中国哈萨克族移民不仅在经济发展方面有突出表现，而且在爱国精神方面也绝不比本土哈萨克逊色。与蒙古哈萨克和其他国家的哈萨克移民相比，中国哈萨克移民独树一帜。了解中国哈萨克移民的真实想法，对促进中哈友谊，推进丝路建设有极大的益处。

第五，中国与哈萨克斯坦在国家关系和发展方面没有任何冲突，只有全面合作和加强友谊。尽管双方在贸易条件和移民签证方面有矛盾和问题，但都属于邻里间必然存在的问题。比如河流和污染问题，是所有河流流经国之间自然发生的问题，不仅哈萨克斯坦面临水量和污染问题，中国也有类似问题，我们只有携起手来，在发展中解决这些问题。没有发展这个前提，就不会有解决的能力和办法。

最后，哈萨克族是一个拥有强烈的民族自豪感和民族历史优越感的民族。正像其他欧亚大陆的游牧民族一样，他们重视民族起源的历史长短。这其实是新兴的现代民族必然走过的历史轨迹。因此，了解哈萨克民族的历史，才能感受到他们在现实生活中行为的真实意义，才能体会在日常生活中他们一言一行的含义，也才能真正了解什么是哈萨克和他们的国家。

目　录

2013年9月11日，哈国纪事之一：

哈国签证难在哪里？

去哈萨克斯坦欧亚大学国际关系学院的事情是在2013年初提及。当时东方学教研室的吐尔逊教授一行两人，代表他们学校与中央民族大学签订校际合作协议，提出此意，当时以为只是客气，并未认真。及至6月吐尔逊教授再次来北京会面时候，明确提出邀请，我随后等待正式邀请。7月25号收到欧亚大学外聘教授合同文本，几经反复后，8月5号收到校方发来的邀请信，并被告之，等发给我一个签证号码就可以去办理签证了。我根据以往的经验，上网查询了哈萨克斯坦大使馆的位置，就等那个签证码了。

意想不到的签证问题就从此开始。

现在想起来关键是我一开始对这个问题的严重性认识不足，以为时间还充裕。8月14号我才收到签证码，那是一对方形的章，下面有一组数字。我想，既然叫签证码肯定就是这样的，彩色打印出来，把准备好的护照、邀请信、单位证明、身份证复印件加这个码，一起拿上，8月15号上午10点就直奔大使馆去了。我停好车，问收费的人哈萨克大使馆在哪？他说：你看哪儿人多就知道了。我当时还不太明白他的意思，转过弯，就看到路的一边有一溜长队，人人都在翘首以盼，另一边散状分布着一群群的人，或坐或站，眼睛盯着签证处的门。

我想我是被邀请的，钱是对方出，有一百个不被拒签的理由，后来我才知道核心问题恰恰出在我根本见不到签证官，这是后话。当时我就直接进签证厅，一个胖胖的年轻保安把守在签证厅通向签证窗口房间的门旁，他拦住了我，问："谁让你进去的？"

我说："我来签证。"

他说："让我看看你的材料？"

我递给了他，他翻了翻，说："你还需要填写申请表。"

我伸出手和他要，因为，哈萨克斯坦大使馆网页上的申请表功能取消，说可以直接到大使馆填写。

他说："我这里只有一份，你拿上自己去复印。"

我问："这附近有复印的地方吗？"

他说："有。"然后告诉我怎么走，等到我找到那个地方，发现这里是专门拍护照照片和类似的生意，我拿出保安给我的表，一位中年东北妇女看了一眼，"一块一张"。我想，比学校的贵了10倍，那也得印呀。我说印3份，把手里的原件递给她，她根本没接，直接从下面拿出三张，原来早就准备好的。

等回到签证处，保安说："你需要排队，你没有看见外面还有那么多人在排队吗？"我想是这个道理，我需要排队，我有时间。

七月流火，我还是在屋里等吧，就算我是最后一个！正好有一个空位子，我就坐在那里，拿出报纸，也拿出一副完全可以等待下去的样子。后来我才知道自己的表现是多么幼稚，满屋子的人都是等了好几天才拿到号，却依然没有被叫到的人。而外面排队的人是排了好几天依然在等待拿号的人，我是完全属于这两种人之外，还懵然无知。更严重的是，其实，这两种人都没有把握见到签证官，他们拼死挤到的位子基本是装点门面的，只有站在马路对面那一群的人才是真正等待叫号的人。当然，这些只有到最后我也花钱站到马路对面时，我才明白的。

可想而知，我坐等到下班时间到，发现还是那些人没动，但签证的人总是出出进进，这个假象欺骗了我，我想下次我要早点到。于是，我问那个保安，我需要早晨几点才能排到？他说越早越好吧。其实，他当然知道再早也没有用，但他还要欺骗，装出不明就里的样子。

隔了一天，我因为有一个重要会议的开幕式需要参加，关键是开幕式后有一个发言，所以，我一大早开车把我夫人送到大使馆签证处替我排队，我准备结束后马上返回。为此，我还特意拿了一个小板凳，怕夫人劳累。我在会场上焦急地等她的消息，但她好像泥牛入海，直到快11点她才发了一个短信：好像队伍一直没动。

我到了使馆以后，希望看到他们说的在1点钟下班后，会有一个使馆工作人员出来登记没有排到的人的护照号码。但情况瞬间发生了变化，因为保安出来整治排队情况，人们忽然拥向前面，那些等了好几天的人都冲过去了。我们站在后面观阵，挤成一团的人大多是外出劳务，我们好像是旁观者，心想这是签证还是抢购什么东西？

混乱显然给了使馆工作人员拒绝登记的借口。后来知道这也是他们屡试不爽的伎俩，为压缩排队成功率，掩护额外叫号的借口。这时，我开始有点清醒了，但依然认为情况没有那么严重。我给哈萨克斯坦欧亚大学外事处负责人打电话，给她说明我目前签证面临的情况，并强调大使馆的签证官员告诉我如果她们给大使馆打电话，签证处是可以把我排在叫号名单中。她们如何与大使馆沟通，我不得而知，当天晚上，我收到她发给我的邮件：大使馆说排队是对每个人都公平的规则，所有的人都要经过排队才能见到签证官。她还说，你除了按照规则办，没有别的办法。在这个问题上她们无能为力。

后来我意识到，其实这件事对我最大的触动是“民主公平幌子下的肆意妄为更可怕”，这就是我们在那些自称是民主的国家遭遇公然的腐败和索贿而没有任何办法的原因，你还拿它没办法。因为，每个人都需要排队，表面上看是公平的，但排队甚至是人为造成紧张的排队，是给不排队提供机会。利用这个机会就与中国的国情有关了，有人会很快并很安全地与签证官员建立密切的联系，根据签证人数的多寡和签证人的难易出价，服务越周到越省时省力出的钱就越多。而那位自称规则对每个人都是公平的外事官员，我只想告诉她，你们说的“规则等于钱”。当然，在我真的面对她时，我又不好把这个简单的真实告诉她。

其实，他们说的也没有错，因为，我来到哈萨克斯坦后，当地的人告诉我：他们去中国驻哈萨克斯坦大使馆的遭遇也基本如此，他们本人没有花过钱，但排队非常辛苦，估计有钱人就愿意花钱省事省时。我在想或许双方都配合默契，相互勾结，贪取好处。

在我的护照上有包括美国、欧盟、俄罗斯、蒙古、越南、老挝，甚至以色列、朝鲜这样签证麻烦国家的签证，哈国签证的遭遇是唯一的。我实在没有更好的办法在邀请方规定的时间内拿到哈国签证，而邀请方要求我遵守签证处官员告诉她的：

排队。这有点“第 21 条军规”的味道：如果拿不到签证，说明我没有认真排队；如果我认真排队，我根本就拿不到签证。

好在我离开签证处前，我拿了几个代办签证的人的名片，因为，我第二天要去云南出差，回到北京是 8 月 26 号，我在想万一真到需要中介的时候，也有准备。后来证明这个想法救了我。

到 8 月 23 号，吐尔逊教授来电话，他说，他们学校外事部门给我订了 9 月 1 号的飞机票，如果拿不到签证，后面的问题就会更加麻烦。他的提醒让我意识到 26 号回到北京可能会误了最后机会，因为，25 号是星期一，签证处是周一、三、五办理，我 26 号回北京，只能 27 号办理，即使“加急”也赶不上 9 月 1 号的飞机。所以，23 号凌晨，我打电话把从昆明回北京的机票改签到 24 号晚上，25 号凌晨到北京，周一早晨就可以

吐尔逊老师

去签证处。同时，我给一个中介打电话，问他出多少钱可以安排周一“面签”，他说，最近涨价了，以前 2000 就可以，现在需要 2500。我说你能保证吗？他说只要你的材料没有问题，保证你能通过“面签”。我接受了他的条件。

周一上午 9 点以后我才到签证处的马路对面，9 点半，那个胖胖的保安喊到了我的护照号。我不知道我的护照号是如何跑到他那里的，我知道这个保安和他们沆瀣一气。这种恶劣本性是我们中国人的悲哀，单纯用“林子大了什么鸟都有”不能作出很好的解释，这或许与中国历史上长久以来的互相征伐有关，或许与近代以来被殖民的历史有关，甚至或许与中国人性格忍辱负重、善于内斗有关。似乎西方人在这方面的传统和表现就是比我们好，他们的民族自豪感和国家公民义务感明确而自觉，这样的人民太好领导了。如果让他们来接受一下中国老百姓的“自由度”，估计他们会发狂的。用鲁迅的话说，什么时候中国人走完自我作践的历史？

经常在外媒新闻中看到中国人控诉政府工作人员欺压他们，刚好 BBC 新闻在播一则野蛮拆迁的新闻，我想这绝对是一则设计好的败坏中国政府的又一个媒体事件。因为，我知道城市化过程中群众生活的改善和提高是毫无疑义的，极少数不满意的也是绝对存在的，但通过一家人的眼泪控诉中国城市化进程的只有 BBC 能做出来，作用就是抹黑政府。其实，这种东西可能对不明真相的外国人有影响，而且这种影响导致西方普通人不能准确判断中国的真实情况，当一届政府想加强与中国的关系时，反而面临媒体偏见造成的阻碍，你的纳税人会问：既然中国政府那么坏，我们为什么还要和他们做生意？为什么还要建立战略合作伙伴关系？甚至为什么还要讨好他们？有些西方媒体的做法也增加了中国对西方自誉的民主自由公平的怀疑。

我的麻烦还没有结束。我自以为我的材料无懈可击，给签证官强调我是 9 月 1 号的机票，他说不用着急，时间来得及，让我大大吐了一口气，旋即，那个西装革履的签证官说我的签证码有问题，我对他的意见表示不理解，因为，签证码是哈国大学外事处给我发过来的，她们难道不清楚签证码是个什么东西！他给我看正确的签证码，那是一张表格，表格上面就是欧亚大学外事处发给我的两个长方形的章，我至今不明白她们为什么不把完整的表格发给我，而只是扫描了那两个章。我提出给吐尔逊教授打电话，签证官同意了。电话接通后，我把电话递给他。他们用本国语言交流，我听不懂，但我发现签证官的脸色开始凝重起来，他把电话递出来，说“你周四把新的签证码拿过来”，然后他加了一句，“以后不要让那个教授给大使馆打电话”。后来我知道吐尔逊教授在电话里语气不是十分客气，当时我没有完全听明白他的意思，以为他收下材料，就说明没有问题了，就等拿交钱的凭单去银行交钱就可以了。快到下班的时候，凭单终于出来了，我看都没有看，拿上就往银行赶。到了银行等待排队交费的时候，我才发现凭单上写着 9 月 2 号取签证！这不是明明不让你赶上飞机吗！或许他们写错了？我马上返回签证处，得到的答复是，凭单一出就不能改，绝望之际，我给吐尔逊教授打电话说明情况，很快，欧亚大学外事处同意把机票改签到 8 号！又过了一关。

我的麻烦还没有结束。9 月 2 号是个周一，下午我去签证处取签证的时候，发现有些人是 8 月 30 号取，但到 9 月 2 号还没有拿到，有的人已经改签机票三次了。我觉得自己离 8 号的时间还充足，想周三下午来应该没有问题。我错了，周三我来了以后，根本没有轮到我的可能。有人已经在骂“强盗、流氓”之类的话了，因为，一个国家的大使馆开出的取签证的凭单不算数，有点闻所未闻。

此时，我真正意识到哈国的签证的确太难了。我已经尽力了，一切都不在意料之中，一切都没有规则可言！我给吐尔逊教授打电话，告诉他情况，并明确提出责任不在我。他也真的急了。正好当时有一个朋友提醒吐尔逊教授找他曾经教过的学生，这个学生现在大使馆工作，他马上就联系了那个学生。

第二天一早，一个电话打来，一个温柔的女声传过来：吴教授，请把你的凭单号码和姓名发给我，一会我告诉你结果。过了一会，短信过来：吴教授，下午 4 点半您到签证处取，由于特殊原因，这个星期没有办理其他签证，给您带来麻烦。我回复：谢谢你！你太好了！她回复：应该的，不客气！这是多么感人的一幕！想起来都想让人落泪！

当然，在那个星期的倒数第二个工作日下午 6 点，我拿到了签证，我的机票是星期六凌晨 2：55，也就是说，如果第二天我没有拿到的话，我的机票还要改签。

我一直在思考哈国签证为什么这么难？

如果说去哈国的中国人多，但比去美国的中国人就不应该是个问题了。哈国大使馆人手少，不能满足申请者的需求，但同样的情况，比如越南，也没有严重到如此程度。如果是控制劳务人员，也没有必要把控制合理合法的签证变成手段。

看来，一是金钱的作用，内外勾结，人为加剧，超级获利；二是哈国对中国签证管理无序，领导层不允许别人过问染指，反映他们的意见得不到上传下达；三是以民主的名义实施腐败，以民族的名义压制分歧，以爱国的名义掩盖错误，谁也不敢在这个有关国家尊严的问题上随便指责，让那些人更加有恃无恐。

中国国内有这样那样的错误、问题，但中国政府和人民越来越敢于正视，敢于反对，中国之所以获得快速发展，正是与这种越来越自信的精神有直接关系。同样，周边国家与中国打交道时，那些与别国发生过直接交往的普通中国人在将来会真正影响两国关系。

我在哈国感受到哈国人民的伟大和坚强，体会到普通人对我的友好和感情。我更无法理解那些给自己国家带来负面影响的人，他们是在国家的窗口工作，他们在想什么？那点利益难道真的比国家利益大得多？最近一段时间，据朋友们反映，哈萨克斯坦大使馆的签证工作大有改进。

2013 年 9 月 12 日，哈国纪事之二：

阿斯塔纳——中亚草原上的新兴城市

我就是带着“签证创伤”开始感受哈萨克斯坦的，所以，当我听说阿斯塔纳航空公司对行李超重格外严厉处罚时，只好把最重的几件冬季衣服拿了出来，但书和必要的礼品还是太重，我想超重就认了。在我把书带在身边的情况下，依然超重 10 公斤，罚款 600 元人民币。据说，几个中国周边国家都对行李超重严格罚款，因为，来往的人都从中国带来大量的东西，对安全和本地市场都有影响，恐怕真是这样。不过，随后的麻烦也出现了，比如大棉鞋、厚棉裤、大棉手套、厚坎肩都没有带，听说在阿斯塔纳买的话，贵且不一定合适，就我目前带的衣服，吐尔逊教授爱人告诉我：“最冷的时候，这点衣服到外面就像什么都没有穿。”

离开北京的那天晚上，我最好的朋友都来送我，友情加亲情，关怀加热情，让我有些依依不舍。其实，人一生就是一段路程，有家人有朋友不离不弃、不嫌不烦陪着你走下去，应该就是最幸福的了。当然，多彩的人生经历会平添旅途的春夏秋冬，最关键的是有人与你分享，独自一人的旅途肯定是晦暗的，有少数坚硬的心灵可以感受孤独的诱惑，我却愿意与亲人朋友分享我的感受，这与好坏美丑没有关系，完全是分享沿途的春夏秋冬。所以，2009 年，当我和我的女儿尕乐宾戈把在美国写给朋友的感受集成《美国的那些事儿》出版以后，极大地鼓励我与大家分享人生旅途的欲望。我想，虽然朋友一起走，但每个人的命运是独一无二的，分享是灵魂的交流，是个体内心的扩展，悲观一点说，就是在越走越老的路途上告诉朋友你还活着。

哈萨克斯坦的航空公司就叫阿斯塔纳，每班在晚上 2 点 50 分起飞，到阿斯塔纳是早晨 6 点 50 分，算上时差，空中飞行 6 个多小时。机上有空位，签证处那么多人都去哪里了？听说南方航空公司的航班对行李超重管理相对宽松一点，我因为是对方负责订票，当然要订本国航空公司的机票。总体来说，哈国人比中国人安静，也比一些中国人自觉，比如排队，他们没有像中国人的“争抢队形”。我觉得有点累，所以要了靠窗的座位，一路打盹。大约 5 点钟左右，我忽然觉得眼前有一道红光闪过，睁开眼睛，看到天边一线红色散发着光芒，从云海的顶端缓缓辐射开来。飞机开始下降，下面是一望无际的哈萨克大草原。

飞机平稳落地的瞬间，机舱里响起一片掌声。据说这是以色列航空公司的优良传统。以色列当地人告诉我，飞机能够安全降落除了上帝、真主、佛祖的保佑外，关键是驾驶员的经验，每次降落都是对驾驶员的生死考验，所以，每一次平安降落，乘客的掌声就是给他赞赏和鼓励。哈国人接受这些东西比中国人快多了！中国人大概认为飞机平安降落那是理所当然的，不然要你驾驶员干什么。他们的注意力集中在抢先解开安全带，打开手机，把行李拿下来，直到乘务员反复阻止，也不听不顾，还认为飞机已经落地了，用不着大惊小怪。据说，今年 8 月在美国旧金山机场发生的韩国航空公司一架飞机冲出跑道时，有三名乘客被抛了出去，就是因为飞机刚着陆就解开了安全带。几乎每次乘坐飞机都遇到类似的问题，我们为什么不能像年轻的哈萨克斯坦国民一样，学习些优良的习惯？

进入空港后，我随着人流往外走，阿斯塔纳机场规模小，设备显得落后，大概是由于冬季太冷的缘故，建筑的墙体厚，窗户小。我听说一些中国人在办理入境手续时被刁难，但我没有遇到，感觉排队有序，行进速度也很快。过了海关，就是取行李的地方，由于人流小，空间不大，没有拥挤情况。取上行李就直奔出口，吐尔逊教授和他的一个叫铁列克的年轻哈萨克朋友来接我，一个俄式的旧面包车拉着我们向城市中心驶去。

学校给我租的公寓在一幢半新的9层楼房的第7层，一层4户。这是一个两室一厅的房子，屋内设施陈旧，但干净整洁，墙壁色彩和灯光都很温馨，厨房有一个大冰箱，新的煤气灶，有一套旧但样式古朴、种类齐全的餐具。这里的热水打开即出，不用像在国内要放好一阵子才有热水出来，节省了大量等待热水前的冷水，为什么我们管道里流的就是冷水？这是一项高科技吗？

我对我的宿舍十分满意，吐尔逊老师高兴了，为给我找到一个合适的住处他们跑了好几个地方。他们告诉我，选择这个房子有两个原因：一个是冬天特别暖和，第二个是离学校近。显然，他们更知道像我这样一个外乡人在阿斯塔纳漫长冬季面临的主要困难是什么。我可以在传说中的零下40度待在温暖的房间里了。

吐尔逊老师要在中午请我吃饭，趁空闲时间我拿出电脑想看看周围有没有网络，当我打开电源后，我发现我的电脑屏幕没有亮，但机器好像在运转。我关了机，接好电源，重新启动电脑，依然是黑屏。我有点急了，马上给帮助修理我电脑的张磊同学打电话，前后给他打了5次电话，用了一个多小时，电脑没修好，反而等到了移动公司的短信：尊敬的用户您好！你24小时话费超过500元，请注意查对使用情况，如有意外请与我们联系。上帝！

没有电脑，就像同时没有了眼睛和耳朵；没有手机，就像你从地球上消失了一样。这两种情况同时发生在我身上，感觉自己正在被困在一个无人知晓的角落，我当时真有一种把电脑扔出窗外，然后也跟着跳下去的感觉。我恨电脑，也恨手机。难道我们的存在就靠这两样东西来证明吗？但真没有的时候，你就觉得即使身处繁华都市也如置身荒原森林，特别是在这样一个纯粹陌生的地方，只有两个人知道你在这里的某一个角落，他们不联系你，你和外界的联系就中断的，除非你跑大街上去喊警察。我只有等待他们来找我了，独坐在沙发上发呆，不知什么时候竟然睡着了。

睡梦中，我在一处没有楼梯的楼房里走，类似废墟一样的场景，有时跨过的是一个大坑，有时是没有扶手的楼梯，在一个走廊里，我小心地扶着墙壁，慢慢往前走，突然，我的手不小心摁在一个门铃上，我被惊醒了！瞬间我没有意识到自己是在哈萨克斯坦，还在寻找北京家里的方位，随后我清醒过来，这是一种没有听过的声音，是铃声，但是电话还是门铃？我跑到电话前发现它没响，跑到门前发现一个门禁电话在发出一种轻微的声音，我拿起电话，传出吐尔逊老师的声音："你把门打开一下。"

我没有细说我的悲惨状况，只是希望吐尔逊老师帮助我找人把电脑修一下，另外帮助我买一个当地电话卡。他说，早晨接你的铁列克就在电讯公司工作，电脑的事情交给他没有问题。我感觉有救了，我就像被放回水里的鱼，又重新恢复自信，慢慢向前游去。

冰封的河道

2013 年 9 月 14 日，哈国纪事之三：

薄皮包子与初识阿斯塔纳

吐尔逊教授一家三口加上我一起去吃饭。在阿斯塔纳，从中国来的哈萨克族主要是去中国的维吾尔族或者哈萨克族自己开的饭馆，这里吃的品种和新疆维吾尔族和哈萨克族开的饭馆几乎没有区别，但当地哈萨克人开的饭馆就不一样了。主要原因如下：一是当地哈萨克人的饮食受俄罗斯人的影响深重，形成俄哈混杂的饮食习惯；二是中国来的哈萨克人和维吾尔人与本地人从衣着、体态、说话发音方面有区别。人们更愿意到一个自己熟悉的地方吃饭，所以，阿斯塔纳有几家新疆来的人开的饭馆，这里的中国移民基本都知道。

阿斯塔纳虽然是在 1997 年 12 月宣布成为哈萨克斯坦的新首都，但直到 2003 年城市基础建设到了一定规模后人口才开始迅速发展，人口的迅速增加反过来带动城市基础设施投资快速提高，城市的扩大和人口的增长对阿斯塔纳自然环境造成的另一个影响就是漫长严酷的冬季缩短，气温也比过去温和。据说，2003 年以前有 5 个月的冬季，零下 40 度的严寒是常有的事，现在只是偶尔达到零下 40 度，冬季平均气温零下 25 度左右。

阿斯塔纳地处哈萨克斯坦国土中间略偏北的地方，处于俄罗斯裔居多数的北部地区和哈萨克人为主的南部地区的分界线上，距原首都阿拉木图约 1200 多公里。据说，迁都的原因是哈萨克斯坦原首都阿拉木图地处边疆地区，城市扩展余地有限，1994 年哈萨克斯坦决定在 2000 年前把首都迁往中北部的阿克莫拉。1997 年 10 月 20 日，纳扎尔巴耶夫总统签署命令宣布，从 1997 年 12 月 10 日起，阿克莫拉取代阿拉木图成为哈萨克斯坦新首都。1998 年 5 月 6 日，哈萨克斯坦总统纳扎尔巴耶夫将阿克莫拉改称为阿斯塔纳，因为“阿斯塔纳”在哈萨克语中意为“首都”，而“阿克莫拉”在哈萨克语中意为“白色坟墓”，这不利于首都的形象，但阿克莫拉州的名字没有改变。

我想，20 世纪五六十年代的中国人大都读过苏联著名作家肖洛霍夫的《被开垦的处女地》。正是由于这本宣扬共产主义拓荒精神的枯燥无味的书，让许多人认为此肖洛霍夫不是那个创作了不朽名著《静静的顿河》的肖洛霍夫，文坛争议直到今天也没有完全消停。但今天阿斯塔纳所在的阿克莫拉州就是当时苏联青年人开赴边疆，开垦处女地的那个地方。阿斯塔纳在历史上不是一个默默无闻的小城，曾是一座军事要塞，从亚洲国家去往欧洲的商贾们都要在这里休整一下，因此它曾是欧亚大陆上的一个重要商业中心。沙皇殖民哈萨克汗国后，1832 年把这个地方称为“阿克莫林斯克”。20 世纪 50 年代，大批苏联热血青年响应政府号召到这里开垦处女地。1961 年，当时的苏共中央总书记赫鲁晓夫把它命名为切利诺格勒，意思就是“垦荒城”，想把哈萨克大草原变成为一个麦田之海。我们不管这是否科学，但来这里的俄罗斯人多了起来，甚至超过当地人。1991 年 12 月苏联解体，独立后的哈萨克斯坦又将切利诺格勒改称为阿克莫拉，后来又改为今天的阿斯塔纳。目前新首都规划面积 200 平方公里，有人口 100 多万。

可想而知，这样一段历史对中国人还是有吸引力的，好像有点“北大荒”的感觉。总之，坐在吐尔逊教授开的车里，我环顾四周，马路显得格外宽，因为路两边的建筑距离马路牙子都有一个马路宽，比如路分三份，马路占一份，两边各占一份。这样形成的视觉效果是：城市是松散的，建筑是独立的，行人是稀少的，风和阳光可以无遮拦地干着自己的事。这让我想起苏联人帮助设计的新兴钢铁城市——内蒙古的包头，20世纪80年代去包头新区，马路上的感觉就和阿斯塔纳一样。为了彰显新首都的建设成就和伟大，纳扎尔巴耶夫总统在阿斯塔纳亲自规划了新城建设和几处宏伟的建筑。如号称世界最大的清真寺、独立广场、和平金字塔、国家博物馆和艺术馆，还有一处新建的类似中国“万达广场”的一个市场，但它的外形设计像古代巨型军中大帐的形状，白天透光性极好，晚上色彩缤纷，引人注目。内部设施先进，生意兴隆。据说，开幕式上，时任俄罗斯总统的梅德维杰夫亲自参加剪彩，还赞誉道：这样好的设计，我们俄罗斯人想都没有想到！

车在路边一幢陈旧的大楼下停住，我没有发现这里可能有饭馆的迹象，也没有看到进进出出的人。进了一个不大的铁门后，一个由一层住房改造的饭馆出现了。吐尔逊教授的爱人显然对这里很熟悉，我们找了一个单间，有类似维吾尔族的炕，墙上挂着挂毯，炕上铺着毛毯和靠垫，中间是一个长桌子。坐定后，先是放在盘子里的馕和奶茶上来。这里的奶茶已经“俄国化”了，就是一个放着袋泡红茶的茶壶外加一杯牛奶，把茶倒在碗里，根据口味加些奶就好了。我们现在在北京的家里也是这么喝奶茶，只不过我们的红茶不是袋装。

一会儿，热腾腾的薄皮包子就上来了，一盘5个，普通人估计够。因为比较油腻，加点别的东西会更舒服，但喜欢吃薄皮包子的人估计需要再加两个，我一直在说自己患有“三高”，热情的女主人还是把她的一个包子拨到我的盘子里，我乘她不注意把它送给了吐尔逊老师。后来我发现每次在外面吃类似一人一份的饭，她总是把自己的一部分拨给吐尔逊老师。我说，瞧，哈萨克女人就是好！怕你不够吃。吐尔逊老师说，她们吃不了那么多。其实，我看见她吃了很多作为辅助的馕，我只是觉得她愿意让自己的男人吃得更饱。我在草原上的牧民家里看见过类似的情景，女人们总是把最好的食物和最尊贵的位子让给男人，她们自己甘愿为男人和孩子服务。尽管是在都市，尽管都是受过高等教育的人，尽管是在他乡异国，哈萨克人的淳朴、善良和好客没有变，她们在默默地支持自己的男人在这片新兴的又“被开垦的处女地”创造自己的未来。

在阿斯塔纳有一条叫伊希姆的河绕城而过，饭后，我们来到河边，眺望着河的两岸拔地而起的各色建筑，河水向西方流去。而此时，西边的太阳正在河的上方缓缓下移，给波光粼粼的河面带来一层金色，北方的河颜色都发青，就像北方的山一样，远远望去一片黑沉沉的，所以，当斜阳撒在河面上时，就像是在黑色上镀了一层金。在俄罗斯的伏尔加河和涅瓦河上我也见过类似的情景，吐尔逊老师4岁的女儿用哈语说了一句话，惹得他俩大笑，我问：她刚才说什么了？吐尔逊老师爱人说这只有一个孩子才能说出的话，她指着河面说：“妈妈，你看亮晶晶的河流。”其实，我们也只是知道河水的自然流动与光影的复合，对自然界流露出的奥妙我们经常视而不见。

天边好像是顺着河流往下走的，金色也好像是变幻着折射光线的角度向远方流淌。看来，“天不变，道亦不变”这句话有点落后了，如果天变了，道变就是自然。阿斯塔纳的天气真的变了，因为人的数量和活动增加，因为出现了大量的人类建筑，这些来自自然的非自然物质存在改变了自然环境。人需要的社会环境与自然环境之间是有差距的，这是一个矛盾：一方面我们喜欢自然，另一方面纯自然不适合人活动的需要，于是，保护自然和现代城市建设就是一对矛盾。但像在阿斯塔纳，这个世界上最年轻的国家的首都，人们更需要的是现代化建设，天也就开始变得比过去暖和多了，“道”也就必然创新发展。金色的河面是流动的，国家的精神却是永恒的，这与是在阿拉木图还是在阿斯塔纳没有关系，正如北方的河都有披上金色外衣的时候，也有冰封万里的时候，不变的是河水的流动。

2013年9月15日，哈国纪事之四：

欧亚大学与拉夫罗夫

我是9月8号早晨到的，那是个星期天。第二天我就去欧亚大学国际关系学院东方学教研室报到，阿斯塔纳时间比北京晚两个小时，吐尔逊教授约好我九点半在楼下接我，我们一同去。

我有必要描述一下这里的门禁和电梯，它们和国内的不一样，是一个像大的钮扣电池的金属圆形扣被压置在一个黑色塑料的手柄上，你需要开门时，在门禁对讲号码盘上有一个钮扣形状的位置，把你的“开门钮扣钥匙”对着那个位置，门就自然开了。电梯不是谁想使用就使用，也会给你一个和开门禁一样的“电梯钮扣钥匙”，先摁电梯外的指示按钮，电梯门打开，进去后，电梯控制板上方也有一个同样的钮扣形状的机关，把“钮扣钥匙”摁在上面，发出蜂鸣声，然后选择你要去的楼层。这里的电梯非常小，三个大人，最多四个就满了，如果有一个胖子，你就考虑被挤压的危险。这样的话，每次来人，我听到门禁呼叫后，我必须马上换上鞋子，拿上钥匙下去接，否则客人就要爬上7楼。曾经有一次，吐尔逊老师爱人和孩子被困在突然坏了的电梯里，而且是晚上，这给大人和孩子造成心理恐惧，她们以后就不敢再坐电梯了，甚至因此他们买的新房子只要了二楼。所以，他们一家人来都是爬楼梯。这让我觉得非常过意不去，如果没有特殊情况，一般我会下去等。

欧亚大学全称应该是古比雪夫欧亚大学（Gumilyov Euaasian National University），据说世界大学排名在376位。如果单纯从规模上讲，这个学校不大，一条河把校区一分为二，河面上有两座拱形桥，人们通过这两个桥来往南北校区。南校区是主校区，有一座4层的T字形主教学楼，几乎所有的系科的教室和办公室都在这个楼里，当然，巨大漂亮的学术报告厅也在这个楼的一端，此外还有一个实验大楼。北校区是图书馆、博物馆。有几座不大的本科生宿舍，没有食堂，更没有家属院，也没有超市、邮局、电信服务站等，学校没有围墙，但也不像美国的大学校园道路与城市道路连接，人们可以自由出入，而是有明显的界线划分，进入校院的车辆要有标识，关键是所有进出教学大楼的人员都必须出示校园卡，门口的保安

雪中远眺欧亚大学

随时都把门关好，盯着每一位进入大楼的人。

进大门后，地上铺着地毯，有电梯但不用，听说是为专门的人准备的，无论男女老幼都走楼梯。大厅正中矗立着传说中的哈萨克游牧民族精神象征的阙特勤碑的复制品。两边是楼梯，我们上四楼东方学教研室。这是一个四周和中间都摆满桌子的大屋子，一个教研室就一个办公室，而他们这个教研室主任要求所有的人都坐班，所以，屋子里几乎坐满了没有课或者等待上课的老师。在欧亚大学，教研室的建置和我们的系一样，因为上面有院一级，实体的教研室取代了系。中国的大学也实行院系同级，但为了显示院比系高，院为实体，系保留虚名，结果人浮于事，凭空添了许多名头，中国人在把人分成三六九等方面绝对世界第一，这大概就是中国特色。不过，北京大学中文系就是不改，明白而真实，搞什么“人文学院”，“人文”是什么意思都没理解，“历史文化学院”以为加了文化就可以涵盖广泛，结果是找不到历史的方向。

进了办公室，我和在座的老师一一打了招呼，年轻人居多，显得谦逊又有热情，不过能无障碍交流的几乎没有，我自己的“中式英语”加上他们的“哈式英语”，相互也就是听懂个皮毛，只有吐尔逊教授和中央民族大学民族学院毕业的阿依努尔博士可以自由交流，阿依努尔今年毕业来这所大学这个教研室工作，她是新疆哈萨克族，一直是我们的学生，她也是我研究中国哈萨克族移民的对象。

这个教研室有两个教学秘书，其中一个带着我和阿依努尔去学校外事处办理正式手续。我终于见到了那位让我“除了按照规则办，没有别的办法”的女士，我脸上有一种自嘲的表情，好像说“瞧！我走出了丛林”。她显然有点困惑，脸上表情严肃，我不知道她是否知道实情，但我没有说什么，只是公事公办。我相信她不是完全不知道。

回到教研室，我被告知，星期三中午俄罗斯外交部长拉夫罗夫要来欧亚大学讲演。这真是一个好机会，虽然我不懂俄语，但直接面对这位沉稳的俄罗斯外交部长还是十分有意义的。当天晚上，我10点钟就上床睡觉了，这几天我才知道，这个时间对大部分阿斯塔纳人来说是刚吃完晚饭的时间。他们一般吃两顿正餐，午餐大约在1点钟左右，晚餐自然是8点钟以后，天大约是在8点钟以后才暗下来。但我平时在家一般10点以后准备睡觉，所以，那天睡得非常好，从10点钟一直睡到早晨7点。

醒来后我没有马上起床，思考如何充实地度过这一年？特别是面对即将开始的漫长的冬季，每天除了上课以外，只能待在屋子里，看来唯有写作能够把大量的业余时间占满，也让我孤独的心灵得到慰藉。可是，据说我的电脑修好需要等两周，因为，有一个配件哈国没有，要从中国订货。我的心忽然像着火一样，而此时火焰的出口只有电脑。我曾尝试着用笔写下来，可是我发现从1993年开始使用电脑写作到现在20年的时间，电脑键盘成了我思维的一部分，而且是最重要的“出口部分”，思想的流溢没有了键盘的敲击，变得懒散而干涩。此外，长期使用五笔编码输入法，也养成了一坏习惯，不善于用别的输入法，当你盯着屏幕选择哪个词正确的时候，思维的连贯性停顿下来。但是现在顾不得那么多了。

我马上给吐尔逊老师打电话诉说我没有电脑的烦恼，他说他再催催铁列克，另外，也可以先用他的电脑，他刚刚从乌鲁木齐买了一个新电脑，有中文页面和输入法。太好了！什么叫雪中送炭！我感触很深。

中午我拿到了吐尔逊老师的电脑，但是，拉夫罗夫的讲演在 1 点半，我们一起去学术报告厅，因为是外籍教授，所以被安排在第二排正中，报告厅坐满了老师和同学们。拉夫罗夫进来时，大家起立鼓掌。欧亚大学校长简短介绍了一下，最多两分钟，没有其他客套，拉夫罗夫马上开始他的讲演，当然是用俄语。在哈萨克斯坦，俄语和哈语是两种官方语言，几乎所有的人都能听懂俄语，熟练使用俄语的人至少有一半，对于受过高等教育的人，俄语是必须掌握的语言。

拉夫罗夫身材高大，略显驼背，他声音浑厚，说话沉稳连贯。讲了 30 多分钟，接下来，有四个人提问，其中有一位女生，在提问过程中，不知是忘记了词还是忘记了人名，忽然停顿下来，大约有半分钟没有声音，下面的人开始鼓掌鼓励她，随后，她把自己的问题完成了。拉夫罗夫的回答用时都比较长，每次大约 10 分钟。整个讲演用时 1 个小时 10 分钟，然后，欧亚大学授予拉夫罗夫名誉教授，有一束花和一身教授服装，讲演结束了。

其实，对拉夫罗夫来说，这片 270 多万平方公里的土地曾经和俄罗斯同属一个国家，现在他是以一个俄罗斯外交部长的身份来另外一个国家讲演，并被授予这个国家一所大学的名誉教授。俄语还是这里通行的两种官方语言之一，他的讲演不需要翻译，人们提问也不需要翻译给他，周围发出的声音都是熟悉的声音，此时，不知他有何感想。我虽然一句也听不懂他的讲演，但我感觉他心情抑郁，他不想格外客气，以便让人们感觉他不是外人。无论如何，苏联的阴影是存在的，俄罗斯语言文化的影响也是显而易见的，把首都迁移到阿斯塔纳也有平衡哈萨克族与俄罗斯族关系的意味。但是，哈萨克政府用一些强制措施来加强哈萨克民族在国家中的主体民族地位，两种文化对哈萨克斯坦今后发展产生什么样的作用，现在还没有得出结论，未来也不会马上有结论，因为，文化的传承是有自身规律的。当你听到一个人把哈萨克语和俄罗斯语流畅并用，就是一会儿俄罗斯语一会儿哈萨克语时，你会觉得他们只是发音不同。据当地人说，网络和科学语言还是俄语占优，尽管有很多网站是哈萨克语的。

向应届高中生推荐欧亚大学国际关系学院

回到我住的地方，打开吐尔逊老师的电脑，居然还有一个王码五笔输入法，虽然是 86 版的，但用起来还可以，有时配合一下拼音输入法。我马上开始尝试着写我来哈萨克斯坦的“签证磨难”，一直写到凌晨3点钟，第二天8点起床，又把哈国纪事之二完成了。所以，那两篇是用吐尔逊老师的电脑，用不太熟练的输入法完成的。

当天晚上，吐尔逊老师又给我一个惊喜，他告诉我，铁列克今天就把电脑修好了，明天就可以送过来。他找了一个个体修理户，价钱高点，但修好了。不管怎么样，只要修好，只要还是我熟悉的那台电脑和输入法，我就感恩了。后来的内容就是在我自己的电脑键盘上敲打出来了，不慌不忙，不用担心，篇明目清。真的，写作会让你感觉和朋友亲人时刻在一起，这大概就是为什么每当我离开家时，我的写作欲望就燃烧起来。

2013年9月21日，哈国纪事之五：

我的阿斯塔纳中秋之夜

9月19日是星期四，我正好没有课，听说是要等到9月30日新的研究生报到后，把研究生加在一起给他们上课。所以，星期四暂时空了出来。这天正好是中国的中秋佳节，从国内发来的节日祝福短信从一大早就开始了，哈国人不过中秋，我周围也没有中国人，所以，除了我，似乎没有人感受到一点要过一个节日的气氛。不过，星期一的时候，教研室的一位去过中国的老师说星期四中午请我和吐尔逊老师去她家喝茶，我们当时都没有意识到星期四是中秋节。星期四上午我开始盼望这次"茶会"，心里就当是人家给我过节了。

中午没有电话，吐尔逊老师也没有电话，我给吐尔逊老师打电话也没有回。我只好自己凑合着吃了中午饭。下午我给吐尔逊老师打电话：晚上我炖好羊肉，请他们一家来我这里过中秋节。前几天，吐尔逊老师带我去一个市场，当时买了一整块羊排，我看有点肥，放在冰箱里几天了，没有做。吐尔逊老师愉快地答应了。下午四点钟就把羊肉炖上了，先用清水煮了一遍，然后把煮肉的汤倒掉，重新加入开水再炖。什么调料也没有，纯粹的羊肉加一个葱头，加上盐，一直炖了四个小时，然后把土豆和胡萝卜放进去又炖了一个小时，直到晚上9点他们两口子才来。

吐尔逊老师带了酒和茶，他先向我抱歉中午的事情，因为他们都有事情，没有时间，那位老师委托他向我转达歉意，他是专门来和我过中秋的。此时，阿斯塔纳的月亮在刚刚暗下来的天空中格外明亮，月亮的位置在偏南靠下一点，所以，感觉月亮就在眼睛稍微向上一点的地方，不用仰视，亲切无比。我想，我的爱人孩子，我的朋友学生，我所有熟悉的人大概都正在以各种方式过这样一个独具中国特色的节日，真正感觉“天涯共此时”，或许我在观月时，他们也正在看，此时的圆月正以唯一地球人“观照物”的方式，寄托和折射着天涯彼此的思念，没有比这种方式更浪漫、更迅捷、更真切，当然，除了阴天“月亮”无法工作以外。

我和吐尔逊老师聊起过节的风俗，因为，星期一中午我去教研室的时候，教研室的一位秘书邀请我参加中午为她母亲去世 40 天的追思会，还有一位年轻美丽的女老师正好当天过生日。所以，中午她们在教研室联合举办一个小型宴会。我十分高兴地接受了邀请，其实，当时我没有完全搞清楚到底是一个什么仪式和应当怎么做，翻译也模模糊糊不愿多说的样子，但肯定是有吃的东西，对我这样一个典型的“吃货”来说，有吃的东西是首要的，其他不重要。

12 点半下课后，当我进到长方形的教研室的时候，我被惊呆了，宽大的办公室中间的长条办公桌上，整齐漂亮地摆满了各色美食，特别是中间两个巨大的盘子里堆满了哈萨克族特有的马肉加面条，那两个盘子直径应该有 2 尺多，或者换算为 80 厘米。那些小盘子里，有些是水果、黄瓜、西红柿，有些是放着巧克力饼干、小点心、精制烤面包，当然还有馕。女老师们把马奶

东方学教研室的欢迎桌子

和奶茶端了过来，教研室主任首先说了这个宴会的两个意思，然后，大家忽然都低下头，双手分开端到胸部前方，女老师们都赶忙把自己的头巾戴上，就是像穆斯林妇女那样把头发都包住。然后，忽然一个从埃及来的叫阿什拉的男教授用低沉的声音开始诵读经文，估计是《古兰经》中追思亲人的专门段子，大约有 2 分钟这个样子，然后，人们开始吃东西了。

吐尔逊老师因为德高望重，所以，他先发言，说了什么我没有听懂，但大家从沉思中快速回了过来，可见他的发言切中要害，人们需要在轻松的气氛中进食。然后是教研室主任发言，她特别提到我，意思是这样的机会让我和大家见面十分难得。根据现场情况，似乎每位参加者都要站起来表达一下，我赶紧在教研室主任发言结束后作了发言。我大概意思是，愿亲人在天之灵安息，感谢她创造了这样一个机会，让我认识了大家，又体会到哈萨克特有的风俗，吐尔逊老师翻译。我眼前的盘子里已经被热情的女老师堆满了食物，加上马奶，很快就吃得差不多了。

忽然，那位过生日的叫依拉若拉的女老师站起来发言，感谢大家参加她的生日聚会。之后，两种蛋糕端了上来，一种是我们传统白色奶油蛋糕，一种类似烤麸加巧克力的浅咖啡色的蛋糕，纯粹的奶油味道的确不一样。吃蛋糕的过程中，人们依照顺序又一起祝贺那位老师生日快乐，发言当然就要轻松多了。我也再一次站起来，意思是说，“她太能干了，大概受日本人的影响”，因为，前面听到有的老师介绍她在日本留学4年，现在还没有男朋友，说：“女孩子太能干是不好找对象的，要像公主一样，中国人是女儿富养。”大概哈萨克斯坦的人都不这样想，因为，他们都笑了起来，好像说，能干还找不到对象，不干就更没有了。他们告诉我，在哈萨克斯坦女人比男人多，好像还多不少，甚至政府允许一个男人娶两个老婆，有娶三个的。有人说，政府对男人可以多娶老婆这件事，属于默认，不反对也不鼓励。不管怎么说，人们表面上对这件事情还是谴责的或者不屑一顾，但反对态度的主要理由是现代民主法治国家，多妻简直就是笑话。更深层次的想法和思考没有，因为在伊斯兰国家，多妻和现代不现代、民主不民主、法制不法制似乎关系不大，这事他们自己也不愿意多说。

不过，起码把追思亲人和过生日这样两件事放在一起办，在中国估计只有脑袋进水才想得出，这就是文化的差异了。而在哈萨克斯坦，没有一个人对把这样两件事放在一起感觉不妥，游牧民族对生死的认识比农业民族要更深刻和现实，因为，他们自然地认识到“所有的生都是为了死”，“没有永生的生命和百代的王朝”，成吉思汗就这样告诉他的接班人，他们对自然万物的兴衰荣枯也有认定：只有死才有生，只有来才有回，生和死在一个来回的两端，两极相逢，本质是一样的。他们追思的是把逝去亲人的好运气、好名声、好习惯留传给追思亡故的那些人。所以，宴会过程中，那位为母亲办追思会的女老师给每个参加者发了一个纪念物：就是把一个50坚戈的硬币用一块新手帕的一角包住，系一个结，把硬币包在结里，意思就是把亡故的亲人的好运气传递给你了。当然，这也是我第一次体会这种风俗，感觉亲切、庄重、真诚而又充满追思寄托。

农业民族对自然规律的认识是基于改造的理念上，所以，尽管也尊重自然规律，但他们敢于改变命运，敢于挑战自然现象，进而掌握自然规律。在这个过程中，就产生了诸多经验形成的思想和风俗，以避开不利、不好、不吉的可能。从某种意义上说，农业民族及其建立的国家在人类古代史上首创辉煌并且为近代以来现代国家的形成发展打下基础，不能不说与他们了解自然规律，掌握自然规律，创造巨大的物质财富有深刻的内在关系。但当工业文明和科学规律不断挑战经验的时代，古老的农业文明就在经验范畴里栽了跟头，而那些强悍的认定生死轮回乃历史必然的民族，他们不求永生，但求现世，让上帝负责天堂和地狱的事情，现世的人思考怎么强大起来。所以，他们才能文艺复兴、思想启蒙、狂飙突进，才能崇尚海盗、战争风云、攻城略地，现在，他们又号称是民主自由的主导者。

我们的精神负担其实很重，我们太了解上帝，所以“敬鬼神而远之”，这就把现时代人们的智力还无法解释清楚的有关世界和人类精神的前因后果的责任都承担下来，结果，理论越来越脱离实际，封闭和愚昧变成手段，崇拜权威和敬畏等级成为制度的特征，否则这个制度难以维系。结果，没有精神和财富负担的游牧民族反而后来居上，拥有完整的入世理论且拥有巨大财富的农业民族却遭遇挫折。当然，这是大话，但是，当你看到像哈萨克斯坦这样年轻国家正在冲破一切阻碍奋力前行时，当你看到这里的人们没有什么传统束缚、没有什么忌讳，快速发展时，是不是也为我们太多的习惯和束缚而感觉沉重？

余晖中的购物中心

2013 年的中秋就是这样度过的，我不敢说以后还会有这样的经历，但无论如何，孤独的价值就在于激发你思考，让你感受到生命的力量和思想的伟大。或许是和吐尔逊老师喝多了的缘故，晚上难以入眠，思念亲人，想他们正在干什么呢？想起小的时候姥姥亲自烙月饼，香气就像捉着你的鼻子，牵着你来到灶前，不管冷热，一口下去，烫得牙齿痛。唉！人就是这样，一切美好的都发生在过去，那是因为过去我们没有想那么多。

2013年9月25日，哈国纪事之六：

域外管窥——哈萨克斯坦立国的民族宗教情结

苏联解体是20世纪人类历史演变的最重大事件，相对古代国家史的征服和统一来说，世界上领土面积最大和政治军事力量最强大的国家从内部分裂，可以说是前所未有。苏联解体同时也宣告了冷战结束，由此引发全球地缘政治格局大变动，至今余波未停。当然，苏联解体被西方政治家喻为“上帝对人类的眷顾”，也是西方地缘政治学家津津乐道的盎格鲁－撒克逊文明战胜斯拉夫文明的“成功案例”。今天，那些被卷入苏联解体旋涡的所有曾经是社会主义的国家，依然可以看到那个时代的痕迹，而在哈萨克斯坦，这些痕迹不仅表现在大街上随处可见的俄罗斯人，还有随时使用的俄罗斯语，更有日常生活设施和通信信息技术，没有俄语寸步难行，只会哈萨克语可行半步。所以，只有当你身处哈萨克斯坦，当你每天面对具体的生活和具体的事情的时候，你才会感觉到哈萨克人情绪中的民族宗教情结，这或许是我们开始探索哈萨克斯坦立国因素中的第一步。

当然，我们还需要从历史断裂的那个时候开始，我们需要对苏联解体时各加盟共和国的态度和各民族本身的态度来进入他们的内心世界。否则，好像人们从开始一直就等待着这一天的到来，这是一种极端的偏见，一种对所有民族都曾经奉献了自己的杰出儿女建立强大苏联的漠视，一种对俄罗斯人民曾经大力扶植其他落后民族历史的不尊重。对俄罗斯人民来说，毫无疑问这是一场悲剧，对那些分离出去的人民来说同样也是一种复杂的感情断裂。其实，抛开意识形态的对立和政治制度的分野，任何国家的分裂对人民来说都是一场痛苦的经历。不过，西方媒体的宣传让你感觉是人民抛弃了极权主义政权，是人民选择了“自由民主”道路。真是这样吗？

1991 年 3 月 17 日苏联举行了举世瞩目的全民公决，就“是否必要把苏维埃社会主义共和国联盟作为共同的平等的主权共和国联盟保留下来”的问题交给全体人民表决，我把当时报纸发表的公开表决结果的统计记录下来，进行了归纳整理。

在当时苏联拥有投票权的 2.8 亿多人口中，有 80% 多参加了投票，其中投赞成票的 76.4%，投反对票的占 21.7%（有 1.9% 的票无效）。我根据投票地区类型把投票情况分三类：

第一类，乌克兰参加投票人数占登记选民的 83%，投赞成票的占 70%；俄罗斯参加投票人数占登记选民的 75.3%，投赞成票的占 71.34%；白俄罗斯参加投票人数占登记选民的 83.5%，投赞成票的占 83%。

第二类，乌兹别克斯坦参加投票人数占登记选民的 95%，投赞成票的占 93.7%；哈萨克斯坦参加投票人数占登记选民的 89%，投赞成票的占投票人数的 94%；吉尔吉斯斯坦参加投票人数占登记选民的 92.9%，投赞成票的占 94.5%；塔吉克斯坦参加投票人数占登记选民的 94%，投赞成票的占 96%；土库曼斯坦参加投票人数占登记选民的 97.7%，投赞成票的占

98%；阿塞拜疆参加投票人数占登记选民的75%，投赞成票的占93%。

第三类，这些刚刚独立国家的行政当局禁止本国或者地区的人民参加这次投票，而人民冲破阻拦，自发组织投票，因此，只有参加投票人数的统计。摩尔多瓦有80多万人参加，立陶宛有60多万人参加，拉脱维亚有50万人参加，爱沙尼亚有25万人参加，格鲁吉亚南奥塞梯州有5万人参加，占当地人口绝大多数。

1991年8月24日，苏联总统戈尔巴乔夫发表声明辞去苏联共产党总书记职务，他签署法令禁止苏联共产党在军队、警察和国家机关的活动。8月25日，俄罗斯联邦总统叶利钦发布暂时停止俄罗斯联邦共产党的活动的命令。

1991年12月8日，俄罗斯、乌克兰和白俄罗斯在布列斯特签署文件，宣布建立一个由独立国家组成的联合体，苏联作为一个国际法主体和一种地缘政治现实已不复存在。12月21日，苏联11个共和国在哈萨克斯坦首都阿拉木图签署了成立独立国家联合体的协议，宣布苏联已不存在。

1991年12月25日，戈尔巴乔夫宣布辞去苏联总统职务，把核控制权交给了叶利钦，苏联国旗从克里姆林宫塔尖上降了下来，升起了沙皇时代的三色旗。12月26日，也就是第二天，苏联最高苏维埃举行最后一次会议，宣布苏联作为一个国家实体和国际法主体停止存在。让我们永远记住这些催人警醒、发人深省的日子和数字吧！

一位叫罗思义的中国人民大学重阳金融研究院高级研究员于2013年8月10日在《环球时报》发表了一篇题为《中国不会“被

杀”，但可能被劝“自杀”》的文章。这位前英国伦敦经济与商业政策署署长对西方的长远战略洞悉至深。他的意思是说：“就现在中国的国力军力来说，没有一个国家想和中国开战，包括美国在内无法战胜中国，但这并不意味着西方的‘反华包围圈’会就此放弃。如果无法‘杀死’中国，是否有可能劝其‘自杀’呢？这个想法可能看上去有些荒唐，但实际上，美国曾经取得过两次成功，对象分别是日本和苏联。”这个真实的“天方夜谭”就是苏联被劝自杀，他说：“20世纪80年代，西方劝苏联不要进行后来在中国成功的经济改革，而是采取休克疗法，将国有公司完全私人化。结果，苏联迎来现代历史上最大的和平时期经济崩塌。俄罗斯的国内生产总值曾下降40%，男性人均预期寿命减少7年，分裂主义势力摧毁了苏联，使得它从一个人口2.88亿的国家变成了人口为1.43亿的俄罗斯。”[①]他说出了问题的要害，苏联是被西方国家集体劝说自杀的。在全民公决支持保留苏联的情况下，苏共自己要自杀，可以找出的理由很多，但戈尔巴乔夫的“自恋”和媒体颠倒事实的情况，让人们陷入迷茫之中。现在，西方国家的媒体甚至发明了一种叫“媒介事件”的词，用来描述一些媒体共同宣传一种“真实的假象”，引诱不明真相的人们上当。长期的极权专制，也让苏联人民不知如何保卫自己的国家，不过，俄罗斯人恐怕不甘心承认被劝自杀。但分离出来的这些国家，特别是中亚五国，他们的情结就复杂多了，其中，民族和宗教情结在关键的时候起

① 罗思义：《中国不会“被杀”，但可能被劝“自杀”》，载《环球时报》，2013年8月10日“国际论坛”。

了作用。

这样，你就明白了为什么今天俄罗斯无论如何都不相信西方的任何许诺，西方国家也知道自己难以让俄罗斯人再上一次当。但问题的表面是其他民族的分离倾向被夸大，就好像阐述膳食平衡时说不吃蔬菜你就会饿死一样，不吃饭肯定会饿死，但只不吃蔬菜恐怕还不会饿死人，可是，当时人们就是相信不吃蔬菜会饿死。特别是一些以民族名称命名的加盟共和国和自治共和国的民族激进分子被宣传为“民族英雄”，一旦激发起来的独立愿望有一线希望，整个民族群众就被一起划入一个阵营，没有人愿意被称为“民族败类”或者“民族叛徒”，哪怕他们坚持的是正确的。这就是当时全民公决的结果不被分离主义者重视，没有遭到大多数公民反对的原因，俄罗斯民族自身的民族主义为其他民族的民族分离主义提供了最好的借口。当时哈萨克斯坦加盟共和国总统，也是现任哈萨克斯坦总统纳扎尔巴耶夫，在签署《阿拉木图协议》时还说“我们是被动的，历史将证明这是错误的”，因为，俄罗斯、乌克兰、白俄罗斯三国首先签署了“独联体协议”，就好像“大哥们都分家了，我们小兄弟只好也走吧”！这应该说是当时的真实情景。

但西方舆论不是这样看，他们将此归罪到共产党的“专制集权”统治上，认为：是共产党执政本身造成的分裂。布热津斯基在美国《新闻周刊》1990 年 12 月 19 日发表“宁可混乱但不要镇压”的文章，坦言“苏联对东欧的控制已成为历史，即使发生反对戈尔巴乔夫的反革命，大概也覆水难收了。”英国《南方》杂志 1990 年 1 月号发表了尼尔 · 马尔科姆的题为《中央控制不了》的文章，“米 · 戈尔巴乔夫是制定退却战略的大师，他正以此饮誉世界。这位苏联领导人正在巧妙地以日渐贬值的军事资产换取道义上的优势、更大的国际信任和合作”。英国《生存》杂志 1990 年 1 ～ 2 月号刊登了美国和平研究所马克 · 卡茨的《苏联力量的衰落对国际关系的影响》文章，称：“当然，这些民族中的大多数认为苏联的统治是他们一切问题的根源。因此，如果苏联的力量表现出大为衰落，民族主义的叛乱就很可能爆发。这些民族集团不可能指望赶走苏联人，尤其是他们分别行动的话。但是如同在阿富汗那样，他们可以进行一场莫斯科无法扑灭的持久暴动。苏联的穆斯林叛乱者们可能会做出这样的判断：如果他们能把暴乱长期坚持下去，苏联人最终会因对其厌倦不堪而撤退的。”今天，我们在读当年这些一针见血的文章时，不知作何感想。

其实，当时在哈萨克斯坦的俄罗斯等非哈萨克族人超过哈萨克族人，据统计，1989 年哈萨克人占当时哈萨克斯坦总人口的 40%。[①] 可是，如果“俄罗斯是俄罗斯人的俄罗斯”，[②] 那么哈萨克就是哈萨克人的哈萨克了，因为，苏联《联邦宪法》第一条就规定“每一个加盟共和国拥有自由加入和退出联盟的权利”[③]，尽管哈萨克人口少，但哈萨克族是这个国家的主人，正像俄罗斯人是俄罗斯的主人一样。

---

① 转引自吴宏伟：《哈萨克斯坦独立后的人口和人口迁徙》，载《东欧中亚研究》，2002（3）。

② 吴楚克：《俄罗斯是俄罗斯人的俄罗斯》，载《中国民族报》，2012 年 9 月 14 日。

③ ［苏］伊凡·麦斯特连柯：《苏共各个时期的民族政策》，7 ～ 12 页，北京，人民出版社，1983。参见赵常庆：《苏联民族问题研究》，69 ～ 70 页，北京，社会科学文献出版社，1996。

苏联的突然解体，的确让这些“小兄弟们”有点措手不及，但是，千载难逢的历史机遇也让民族主义情结迅速燃烧起来，从最初犹豫不定的真实性怀疑，到随后出现的有点夸张的民族狂喜，以及随后出现的“做实”和排挤俄罗斯人，其实都是历史的反作用力和主体民族紧张情绪驱使的。这在所有分离出去的苏联加盟共和国都有共同表现，差别就是轻重不同。俄罗斯恐怕当时也没有想到这些“小兄弟”会以如此激烈的情绪完成他们的立国之梦，那些大部分不会说哈萨克语的哈萨克人把排挤俄罗斯人当作自己民族情结的表现，他们想证明自己可以并应该成为主人。正如一头狮子要确立自己领地权威必须赶走其他狮子一样，先前的统治者都是攻击的对象。所以，哈萨克人的民族情结是历史的必然性与现实合理性同时出现在创立国家的舞台上，正如其他中亚国家也是如此一样，历史选择了一个让人们蹉跎不已的岁月，让 260 年来持续扩张的俄罗斯又回到了原地。

不仅如此，哈萨克斯坦立国之初的新主人们仍然感到民族凝聚力没有强大到足以保证哈萨克的民族特性和文化特征成为这个国家的核心和象征，长期以来被无神论教育的哈萨克人现在开始转向穆斯林，用伊斯兰教来巩固年轻的哈萨克主体民族，既是哈萨克民族信仰历史的恢复，又是团结和依靠世界伊斯兰国家的捷径。在当时，借助土耳其、伊朗、埃及以及中东穆斯林强国的经济外交支持，哈萨克斯坦才克服了立国之初面临的巨大财政困难。所以，尽管直到今天哈萨克民族的宗教信仰并不是十分保守和严格，但伊斯兰教被推崇为共同信仰，有关穆斯林的生活习俗渐渐推广。

总之，在世界史上，一个强大的民族以它征服的地域组成一个多民族国家是屡见不鲜的，一个强大的国家因国内民族纷争而被分割也同样时有发生。于是，伴随着新旧国家的产生和不间断的征服，民族与国家间的关系越来越密切，拥有强大国家的主体民族与周边弱小民族之间必然存在着事实上的不平等，这种不平等就极易导致国家与民族之间、民族与民族之间出现复杂的彼消此长的斗争。从近代以来，这种斗争由于民族与疆域和主权利益的密切相关而激发起强烈的民族主义情绪，它表现为民族认同和国家认同两个方面。如果是单一或主体民族占绝对优势，这两个认同就容易成为一个认同；如果是多民族或几个强大的民族并存的国家，这两个认同就会处在一个极其复杂的敏感境地，这种情绪或许会使国家与民族利益统一起来而同仇敌忾，或许会使国家与民族利益尖锐对立而分崩离析，结果，或许会导致一个强大国家出现，或许会使原来强大的国家陷于毁灭。现代民族国家的形成发展史已经充分证明了这一点。所以，当代政治民族学形象地把民族主义比作“双刃剑”，俄罗斯—苏联—俄罗斯的历史最能说明这个道理。

同样，当民族与国家可能统一和取得主权的时候，这种独立要求会轻易地演变为一种极端民族主义情绪或宗教狂热。人们并没有考虑是什么和什么时候促使这个问题从量变发生到质变，只看到掩盖在国家变质之上的民族分离的外在形式。实际上，苏联解体和民族分离都是苏共主动放弃领导，大搞民主社会主义引发出来的一个结果的两个方面。正如海平面升高是全球气候变暖造成的一样，说冰山融化导致海平面的升高显然是片面的，而冰山融化的根本原因依然是全球气温变暖。

马克思在《路易·波拿巴的雾月十八日》中曾精彩地分析了当时法国存在的两派斗争。他认为，在不同的所有制形式上，在生存的社会条件上，耸立着由各种不同情感、幻想、思想方式和世界观构成的整个上层建筑。整个阶级在它的物质条件和相应的社会关系的基础上创造和构成这一切。通过传统和教育承受了这些情感和观点的个人，会以为这些情感和观点就是其行为的真实动机和出发点。如果奥尔良派和正统派这两个集团中任一个集团，都硬要自己和别人相信它们彼此分离是由于它们对两个不同王朝的眷恋，那么后来的事实所证明的却正好相反，正是它们利益的对立才使得这两个王朝不能结合为一。正如在日常生活中把一个人对自己的想法和品评同其真实人品和实际行动区别开来一样，在历史的战斗中更应该把各个党派的言辞和幻想同它们的本来面目和实际利益区别开来。

2013 年 9 月 29 日，哈国纪事之七：

域外管窥二——哈萨克斯坦的多重民族认同情结

认同是一个非常复杂的概念，在人类学、民族学、政治学都有广泛的应用，但认同绝不仅仅是一种心理描述。如果纯粹从学理上研究的话，认同首先是哲学认识论的一个范畴，属于实践理性的研究领域。然而，认同概念被广泛地表述为对某一对象的肯定，特别是在民族学田野调查中，认同往往成为某些人的心理推断，或者调查对象的概率性描述，没有超越对个体认同意识的简单归纳，甚至被个别的认同观点所左右，形成错误判断和结论。实际上，群体性认同的相对稳定和个体认同的相对易变，都说明认同最大的特点是变化，但认同的“主流”始终处在相对稳定的幅度当中，这就与认同的历史轨迹有关系了。此外，“认同”概念本身没有明确的范畴界定，使从“认同到不认同”或“不认同到认同”之间十分宽泛的实践领域被表面词意简单地划分为非此即彼，特别是在民族与国家关系上，认同强烈地表现为个体性、跟随性和多重性。在这方面，哈萨克斯坦可以说是民族认同与国家认同研究的最佳对象。

首先，苏联解体是哈萨克斯坦“被独立”的外部原因，就其内部来说，民族认同还没有达到国家认同的高度，因此，迅速把民族认同提高到国家认同的水平，守护住年轻的主体民族国家，就成为哈萨克政治精英的首要问题。解决这个问题最“短平快”的手段，就是宣布建立“自决的哈萨克斯坦国家”，也就是说，哈萨克斯坦“历史性地”属于所有哈萨克人。那么，哈萨克民族的国家历史从什么时候开始？被殖民统治又从什么时候开始？对曾经统治哈萨克民族家园和精神文化的那些民族该怎么办？解决这三个迫在眉睫的问题，就是解决现在的哈萨克人说话算不算数的问题，也是决定哈萨克是不是主体民族的“标杆”。所以，提高民族认同的前提首先要确定哈萨克人在哈萨克斯坦是不是主人的问题，现在，哈萨克人宣布了自己是这个国家的主体民族，就要以哈萨克民族的历史和文化重新建构这个国家。那么，“寻找祖先和排斥异己”就是一个问题的两个方面，这是建构新的认同的第一步。在《哈萨克斯坦共和国社会文化发展构想》中有这样的话：“现在哈萨克斯坦多民族的文化需要充分地获取原本风貌。这无可争议的优先地位属于哈萨克文化，即赋予国家历史名称的民族文化。”

其次，接下来的问题，就是哈萨克民族的历史认同是否达到国家认同的高度？也就是说，历史上有没有一个完整的国家存在成为现在哈萨克民族追寻的对象。如果有，我们今天国家的起点就从那里开始，中间的被统治时间是一个伟大的民族国家被殖民的历史，现在，这段屈辱的历史结束了！伟大的“哈萨克汗国”就是我们祖国的母体，正像蒙古国把成吉思汗当作开国君主，正式申请联合国承认蒙古国是从1227年开始一样，历史上曾经建立的本民族国家成为现在国家合法性的一个“钥匙”，证明其血统和身份的“纯正”，正是为了民族的历史认同。如果没有，那么这个刚刚出现的国家只能是一个新兴国家，当代历史上一个纯粹的新兴国家好像并不多见。第二次世界大战以后确立的“布雷顿体系”明确目前的国家和国家疆界是神圣不可侵犯的，苏联解体打破了这一禁忌，西方国家当时也有些措手不及。问题是，有些民族历史上大部分时间都处在“被统治”状态下，或者国家四分五裂，于是，控诉历史上的外族压迫者和歌颂不屈不挠的民族英雄，展示了今天获得解放和独立的“正果”，成为吸引哈萨克民族凝聚力的一个重要方面。1998 年 3 月 17 日，哈萨克斯坦总统纳扎尔巴耶夫在与哈萨克斯坦文学艺术界与科学界知名人士座谈会上讲：“让世界真正承认你的最好的东西就是你的历史。”

其三，在寻找民族和历史的认同路线确定以后，接下来的问题就是在现实中恢复历史发展的“正轨”，纠正阻碍历史正常发展和民族自决权利的那些因素，确立民族认同的自信力。这必然地与其他民族的利益发生冲突，特别是与俄罗斯民族直接对决，因为，哈萨克斯坦立国之初的人口构成比例成为潜在的政治危机。对比 1989 年苏联最后一次关于哈萨克斯坦的人口统计和 1999 年哈萨克斯坦独立后的第一次人口统计，问题是比较清楚的。1989 年总人口是 1619.91 万，1999 年总人口下降为 1495.31 万，其中哈萨克族人口从 1989 年的 649.69 万增加到 1999 年的 798.5 万，而俄罗斯族人口从 1989 年的 606.2 万减少到 1999 年的 447.96 万。[①] 俄罗斯人曾在五个州里人口数量超过哈萨克人，但主体民族的复兴政策直接导致俄罗斯人被排挤，除了致使大量俄罗斯人迁居他国外，还引起哈国俄罗斯人强烈

---

① 吴宏伟：《哈萨克斯坦独立后的人口和人口迁移》，载《东欧中亚研究》，2002（3），52 ~ 53 页。

抗议。1999年东哈萨克斯坦州的俄罗斯人主张成立“俄罗斯家园”自治共和国，合并到俄罗斯。此后，刺激性的民族认同主张有所淡化，不过，民族认同这种情结需要对象性作用，就好像体育比赛中的“巅峰对决”，两方面都是强手，才能把各自的巅峰状态提升出来。

实质上，上述三个方面只是解决哈萨克民族面对“国家降临”时采取的“自然应急”反应，真正的问题是在时局稳定后的目前和未来，当人们从诞生阵痛和不安全感中缓缓走出来后，更大的“认同需求”摆在了哈萨克的精英们面前：如何像一个大国一样从容地“事国理政”？能不能承担相应的国际责任？能不能拥有相应的军事外交力量？能不能拿出与先进国家水平相当的技术？能不能培养和建立起相应的人才和教育制度？甚至有没有蜚声海内外的歌手，能不能举办世界性会议、博览会、运动会也成为他们争取和表现的机会。所以，在哈萨克斯坦首都阿斯塔纳的空气中，你能感觉到迷漫着多重矛盾认同造成的自豪与自卑、自信与自愧、坦然与急躁、前进与放弃、勤奋与懒散等各种复杂感情，也能体会到不同认同导致思想上的保守与激进、隐忍与直率、权利与无奈、欧化与俄化、穆斯林与世俗化、真改革与假民主之间的冲突。这些矛盾造成人与人之间关系的易变和复杂，所以，在哈萨克斯坦重要的事情必须以文字形式确定，所有口头形式完成的事情基本不算数；尽管社会安全状况良好，但人与人之间的信任度低，周围的人对陌生人警惕性高；社会关系主要集中在单位、朋友和亲戚之间，因为每个人几乎都存在复杂的民族文化认同背景。

一、语言的复杂性

经过近80年的俄罗斯化教育，哈萨克人基本以俄语为主，从哈萨克斯坦建国开始，宣布哈萨克语为国语，并把能不能说流利的哈语作为选拔国家干部、进入所有重要岗位的“硬条件”。这项激进的语言政策不仅遭到俄罗斯族的反对，就是哈萨克族也无法不用俄语，在遭到俄罗斯族的反对和事实上无法贯彻的情况下，激进的语言政策放缓，但仍有一半哈萨克人不会说哈萨克语，教育和科技部门基本以俄语为主。现在看来，语言可能是哈国面临的最复杂棘手的问题。

一是几乎所有的哈萨克人认为语言是民族的基本特征，哈语就是哈萨克民族的基本特征，因此，哈萨克斯坦必须以哈语为主。但是，哈语始终不能痛痛快快地取代俄语，这当然不是一纸法令就可以解决的问题，也不是民族认同能够决定的，更不是靠民族感情能够取胜。然而，在哈萨克斯坦，判断这个问题正确与否的前提是民族感情和民族认同。所以，俄语与哈语的问题难以解决，就像“巧妇难为无米之炊”，但现在是有两种米，一种是别人的米，可人们习惯了的，每天都离不开；一种是自己种的米，可人们不习惯，推广不开。所以，哈国一些专家干脆想采用拉丁字母拼写哈语，以彻底摆脱俄语的干扰，还能加强与使用拉丁语国家的关系。

二是使用语言就像吃饭，每天都离不开，人们的思想感情随时随地都需要通过语言来实现交流。然而，达到掌握一门语言的过程却是通过人类特有的机构——教育来实现的，所以，语言决不单纯是母语的自然流传，在古代社会可以，现代社会的语言学习是一种终身技能学习。转换拼写语言的过程不是一个“摁键”就齐刷刷变了，没有长时间的实际使用为基础，会导致历史传统、社会交流和人们思想的混乱。因此，那些以为可以过渡到完全使用另外一种文字来记录和表达自己思想的人，忽略了语言的现实性和实用性。当然，有另择拼写体系的例子，蒙古国使用俄文字母记录蒙古语的原因这里不做研究，起码是在信息不发达的年代大约使用了50多年以后，一个200多万人口的国家开始接受了俄文字母拼写，只是在蒙古国刚刚摆脱苏联控制后，也曾经有过一段时间复兴“老蒙文”，但终归是“面子问题”，不久也销声匿迹，蒙古人还是用俄文字母拼写蒙语。唯一起到的作用是把内蒙古的蒙古人与外蒙古的蒙古人从语言上区别开来。如果从纯粹民族传统和历史认同角度看，正宗的还是老蒙古文，蒙古国自诩为成吉思汗的继承者，他们在语言问题上显然出于地缘政治的考虑，不愿意和内蒙古的蒙古人拥有共同的书写系统，这就与当今哈萨克斯坦面临的语言问题有本质的区别了。

三是哈萨克民族想摆脱俄语有强烈的民族认同意识作用。因为，俄罗斯人是哈萨克民族和国家的压迫者和殖民者，独立的哈萨克民族怎么还能使用统治者的语言？这是哈萨克民族感情上无法接受的问题，然而，哈萨克斯坦毕竟还有30%的俄罗斯人，还有大部分人只能熟练地使用俄语，这种情况迫使哈国政府放弃了激进的语言政策，事实上承认哈语和俄语为共同的使用语言。未来，哈国面临的语言问题会始终伴随着民族认同的过程，就像一个无法割除的伤疤，时时提醒他们难忘的过去。

四是决定社会发展的根本动力是生产方式。一个国家制度的先进与落后表现为现有的生产方式是否达到当代科技水平现有的程度，而居住在这个国土上的人们的文化决定他们能否充分有效地参与到现代化生产方式中。换句话说，一个民族的成员是否有效地参与到当代社会生产方式中，决定了这个民族文化的先进与落后。所以，坚持把民族文化与生产方式的进步联系起来，是保证这个民族处在不败之地的必由之路。语言作为文化载体，不是一个民族先进与落后的标志，也不是一个民族立于不败之地的保证，什么样的语言保证民族成员有效地参与到世界先进生产和思想潮流当中，就应该是这个民族的语言。为没有文字的民族“造文字”，为消失了本民族语言的民族“造语言”，结果都只能是“尝试”，满足怀旧者和人类学家的好奇心。

五是移民原因也加剧了这个问题。各个国家的哈萨克人使用的哈萨克文字也不一样：俄罗斯、吉尔吉斯斯坦、蒙古、土库曼斯坦的哈萨克使用斯拉夫字母拼写的文字；中国的哈萨克族使用的哈萨克文字是 A. 巴依吐尔逊吾勒（A.BAITURSINULI）创立的文字；伊朗、阿富汗、巴基斯坦的哈萨克人使用的是以阿拉伯字母拼写的文字；乌兹别克斯坦、土耳其、欧洲哈萨克使用拉丁字母拼写的文字。目前哈萨克斯坦使用斯拉夫字母拼写文字，对于使用非斯拉夫语的外国哈萨克移民来说，重新学习斯拉夫文字有些困难，但对蒙古、俄罗斯和其他中亚国家的哈萨克移民来说没有什么问题。因此，相对于语言表达方面的微小差异，文字表达方面存在的巨大差异给部分移民造成的书面交流障碍更严重，特别是他们的正在上学的孩子们，需要重新学习书写文字。

二、“同族异源”的复杂性

哈萨克斯坦面临俄罗斯、乌克兰、德意志等民族的移出造成的人口下降，哈萨克斯坦政府提出“回归祖国”的政策，用优厚条件吸引世界各地的哈萨克族移民，这也是造成民族认同多重性的重要原因。

一是据2010年哈萨克斯坦发布的统计，哈萨克斯坦总人数为1619万余人，其中哈萨克人1030万，占63.6%；俄罗斯人377万余人，占23.3%；乌兹别克人46万余人，占2.9%；乌克兰人32万余人，占2%；维吾尔人22万余人，占1.4%；塔塔尔人19万余人，占1.2%；日耳曼人17万余人，占1.1%；其他人72万多，占4.5%。与1999年相比，哈萨克族人口比例提高了26.1%，乌兹别克人提高了23.3%，维吾尔人提高了6%。而俄罗斯人下降了15.3%，日耳曼人下降了49.6%，乌克兰人下降了39.1%，塔塔尔人下降了18.4%，其他人下降了5.8%。尽管移民使哈萨克斯坦的人口增长率接近18%，但抵消移出人口，目前与苏联解体前哈萨克斯坦总人口相当。从哪些人口上升和哪些人口下降就可以判断出哈国目前的民族认同和国家认同的大致情况，然而，新增加的部分与原有的部分之间产生新的矛盾，非哈萨克族存在更加严重的民族认同与国家认同危机。本土哈萨克族获得发展先机，有知识和有关系的一般都迁往城市，从商从政或者买房居住。移入的哈萨克族在乡下遇到原来的哈萨克族的威胁或抢劫，一部分卖掉财产进入城市，一部分返回家乡，还有一部分最后留了下来。

二是哈国境外有450万～500万哈萨克人居住在世界上40多个国家。据不完全统计，中国有150万哈萨克人，乌兹别克斯坦有 80 万哈萨克人，俄罗斯有 64 万哈萨克人，蒙古国有 10 万哈萨克人，土库曼斯坦有 4 万哈萨克人，吉尔吉斯斯坦有 3 万哈萨克人，土耳其有 1 万，还有像伊朗、德国、白俄罗斯、乌克兰加起来 1 万有余。这些分布在不同国家的哈萨克族带有各自居住地区的政治文化特点，回归哈萨克斯坦的这些哈萨克人的文化多样性超过民族认同的单一性。此外，不同国家的哈萨克人进入哈国的原因和途径各有不同，进入哈国后也会因为来源国先前移入的居民居住地的不同而分布在不同的区域，哈萨克斯坦也从国家层面对来自不同地区的外国移民制定了不同的安置政策。总的方向是引导移民去州县以下，给予的安置费和农业用途土地主要是在各州县以下，如果先前就有来源国移民在当地居住，吸引那个国家的哈族移民过去。但据哈国一些报道，大部分移民在熟悉了情况后，迁往城市或者首都居住生活，造成城市住房紧张，阿斯塔纳高档房价达到每平方米 1 万美元。

三是本土哈萨克人肯定是正宗，但本土哈萨克居民有俄罗斯化倾向，使一些国外哈萨克人感觉认同困难，特别是本土哈萨克人俄语流利，不懂哈语或勉强知道一些；而中国的哈萨克族一般哈语都没有问题，文化上保留比较正宗，这从侧面证明中国的民族文化推进和保护政策是卓有成效的，与本土哈萨克人有一些认同矛盾。在哈萨克斯坦，你能感觉到具体的地域文化比抽象的民族文化更接近和更实际，中国的哈萨克人会到中国新疆来的维吾尔族或者其他民族开的餐厅聚餐，俄罗斯人和俄罗斯哈萨克人到俄罗斯餐厅聚餐，土耳其来的哈萨克到土耳其人开的餐厅，人们一般都宁可多走点路，也要到自己熟悉的来源国餐厅吃饭。本土哈萨克人会去俄罗斯餐厅、西餐厅、本地餐厅吃饭。本土哈萨克人也在给自己的文化传统定位，他们认为，突厥文化与伊斯兰文化、蒙古文化和俄罗斯文化在不同的历史时期发生碰撞，不断交换着文化元素，最终发生了文化共变，形成了哈国独特的突厥—伊斯兰—俄罗斯文化。可想而知，这样的民族认同在执行纯粹的哈萨克民族主体文化过程中必然遭遇多重矛盾，因为，这个民族文化的认同当中就混合了各种不同的文化因素，甚至是相互排斥的历史文化基因。

三、民族政策的偏颇

哈萨克斯坦政府在制定移民政策的时候，对不同来源国实行不同政策。这也是造成民族认同和国家认同矛盾的一个原因。

比如，乌兹别克斯坦、吉尔吉斯斯坦、塔吉克斯坦、土库曼斯坦、土耳其五国与哈国实行免签证政策，这些国家的哈萨克移民不必出具邀请函，也不用办理签证等手续就可以直接进入哈国境内。蒙古国的哈萨克移民同样也是免签证的，但他们进入哈国境内时要经过俄罗斯境内，所以需要办理俄罗斯签证后才能进入哈国。

中国、俄罗斯等国家的哈萨克人需要出具邀请函并办理签证才能进入哈萨克斯坦。以中国的哈萨克族移民为例，他们入境的主要方式是探亲、旅游、经商、务工、留学和正规移民。其中大多数人选择以探亲、旅游和经商为由办签证，这样手续简单，容易获得签证，出境后根据实际情况再作选择。相比之下，选择移民入境不但手续麻烦，而且不易通过审查。值得注意的是，相当部分的中国哈萨克族新移民仍旧保留有中国国籍，是事实上的“双重国籍”。这一群体多抱有观望心态，一般选择探亲或旅游外出，保留有中国的土地、房屋等财产，常年往返于两国间，甚至有的单位还在发基本工资。

不管怎么说，每个移民都盼望着"祖国"张开双臂欢迎他们，更重要的是给予他们经济和社会待遇，其实这是相对的。一是哈国本身的社会发展水平没有可能让所有移民都生活在城市并提供工作。二是哈国邀请外国哈萨克人移民入籍，主要是为了解决俄罗斯等民族移居国外造成的人口下降和本国哈萨克人口比例的问题。三是本土哈萨克也刚刚成为主体民族并正在开始城市现代化过程，对外来移民的需求主要是填补他们的空缺。这可能与国外哈萨克选择移民的目的并不相符，于是，在民族认同上和国家认同上出现各种复杂的矛盾和现象也就不足为奇了。

奇怪的是，我们一些所谓民族学与人类学者不知是自作"纯粹"，还是"隔雾看山"，把民族认同的力量奉为"不可屈服"的随时随地都起作用的一种精神，没有认真细致区分民族认同在具体实践当中的复杂性与多重性。当然，也有一些人把国家认同随便提升到第一位，并由此断定"国家认同与民族认同是一对矛盾"，好像提高一个，另一个必然降低一样。这些主观想象式的研究在中国太多了。

其实，马克思和恩格斯曾经对民族与国家的关系做过精彩的论述，他们认为，现代历史至少已经证明"国家、政治制度是从属的东西，而市民社会、经济关系的领域是决定性的因素"①。马克思对压迫民族与被压迫民族的关系有着比现在

① 恩格斯：《路德维希·费尔巴哈和德国古典哲学的终结》，见《马恩选集》第4卷，247页，北京，人民出版社，1995。

一些人更深刻的理解，他用一个生动的故事阐明了一个非凡的道理：在一座教堂里，有一位传教士驯养了 40 只白头翁鸟，他把白头翁鸟的下嘴壳全部割掉了，于是，这些鸟自己再也不能获取食物了，而只好从传教士的手中得到饲料。一些庸夫俗子，他们只是老远地看到这些鸟儿如何向这位可敬的传教士飞来，落到他的肩上，安然地在他的手中用餐，因而对他这种高超的教化和修养感到惊服。一位给这个传教士写传记的人说，鸟儿们非常之喜欢他，把他看作是自己的恩人。

2013年10月3日，哈国纪事之八：

清真寺与国庆节

你根本无法想象在一个陌生城市里孤独唤起的游荡欲望，特别是在节假日里。其实，我每天下午5点到7点一般都在欧亚大学前面的一条河边散步，排遣无聊和孤独感。当然，阿斯塔纳的新鲜空气绝对会让你精神一振，而观察河岸两边的各色建筑也是非常宜人的事。

头一周我的散步距离大约是两个桥之间，从这个桥边下去，走到前面的桥，然后上桥再绕回来，慢走需要1个小时。河边有一座犹太教堂，河里经常有划着单人舢板的年轻人，有时金色的阳光会撒向河面，快速滑动的舢板劈开光怪陆离的水面，真的十分好看。我有时也会靠在岸边的铁栏杆上，看河边垂钓的人们谁起钩时会有一条鱼在上面。

第二个星期我的散步距离已经是三个桥的距离了，也就是从一个桥下通过，不上桥，第二个也不上，到第三个桥时才转弯上桥，过桥再往回绕。大概需要一个半小时，中间有一座新建的金光闪闪的教堂和一座风格别致的基督教堂。一般宗教建筑都漂亮整洁，照相的效果极好，所以有时忽然感觉光线极好时，我也会照几张风景。

到第三个星期的星期天，也就是9月29日，我去了号称亚洲最大的一座清真寺。之前，吐尔逊老师曾带我和他的朋友

远处的犹太教堂

一起去过一次，走马观花似的，我也判断不出这个清真寺在我目前居住地的哪个方向，几天前我终于打听清楚大致方向，所以，我决定 29 号步行前往。

其实，阿斯塔纳不算大。我有拿着地图走遍罗马的记录，那天早晨 8 点我从罗马中央车站开始出发，先到斗兽场，再到威尼斯广场，然后是考古现场，再上罗马大道，直奔梵蒂冈，从梵蒂冈右侧出来，再上罗马大道，晚上 9 点回来中央车站。所以，我抱着这样的信心找那个清真寺。

那天天气非常好，阳光充足，10 点钟出发。我一路被正南方向偏下一点的太阳照得抬不起头来，我太怀念被我丢在家里的旅行帽。我不时用手遮遮阳光，路上经过一段类似城市近郊地带，道路泥泞，没有行走的人。大约走了一个半小时的样子，正在我犹豫方向是否正确的时候，远处出现了清真寺的尖顶，但从我站的地方看，似乎没有那么大，就像是一个院子。我想，可能是另一处新建的清真寺，那也可以过去看看，不然白走了这么远。可是，当我走到大路边时，一座恢宏的清真寺突然出现在我的眼前，我想我可能是被晒昏了头，目光产生偏差。其实，这个清真寺建在阿斯塔纳最宽广的一条大道的尽头，前面还是正开发地，我是从东南方向接近清真寺的，估计除了像我这样的步行客，没有人会走这条路。

进了清真寺门口，需要把鞋子脱下来，拿在手里，右手边就是存放鞋子的地方，你要自己记住把鞋放在哪个柜子第几格。而妇女需要换上天蓝色的袍子，以遮住身段。我放好鞋，就从右侧一直向前走，最大的穹顶下方是清真寺的核心区域，直径估计有100米，大约就有1000平方米的中央正厅，四周是直径2米左右高近几十米的大理石柱支撑着巨大的穹顶，中央大厅的周遭墙壁装饰华丽，在右手拐角处设有一个阿訇念经的桌子，大部分信众进来后，都会在这个地方停下来，或盘腿，或屈膝，听阿訇念经。

我一路劳顿，所以，进了中央大厅就直接来到阿訇念经的地方，找了一处僻静地方，盘腿坐了下来，面冲着阿訇的方向。大概因为今天是星期日的缘故，请阿訇念经的人络绎不绝，而且都是夫妻抱着孩子请求念经。阿訇是一位美男子，身材廋高，一件垂展的白袍，他先在桌子前坐着，桌子上放着一个麦克风，用一种曲调悠扬的特有的声音吟唱着经文。大约10分钟结束，下面默默祈祷的信众纷纷上前放下东西表达心意。此时，抱着孩子的夫妻上前请求专门诵读某一段经文，阿訇起身，走到前面一个装饰有《古兰经》经文的墙壁旁边，站立着小声开始诵读，抱孩子的人满脸虔诚，旁边的亲人们也诚惶诚恐，大约3分钟的样子，诵读结束，人们又送上一点心意。

我忽然觉得自己有点不恭，起码应该沐浴好了再行礼，于是，赶紧起身向外走。从中央大厅往外走，是向下的台阶，大约有 6 个台阶的落差，经过两个越来越小的穹顶，来到进门时的右手边，里面就是沐浴室。宽大的沐浴室由一排排大理石壁组成，大理石壁两侧是一排排水阀，水阀下面是可以把脚放上去的不锈钢架子，正好可以洗脚，下面就是大理石水槽，对面是大理石凳。人坐在大理石凳上，脱了袜子，把脚放在不锈钢架子上，然后先洗手、手腕、肘部，再洗眼、耳、鼻，每个地方洗三次，不多也不能少，然后两手分开，大拇指从耳朵后滑过头部两侧，最后洗脚。对了，进沐浴室时，门口有专门换拖鞋的架子和长条椅子，甚至还有放袜子的小格柜子。这里可以同时供几百人沐浴。

清真寺正在祈祷的人们

洗完后，专门有几个宽大的屋子里配备功率强大的风干机，我看到风干机下面是一个倾斜的不锈钢网状物，有人把脚放进去，热风迅速吹出来，这种装置我还是头一次使用，把脚放进去，不仅有热风，脚踩的部分还可以发热。声音轰鸣，掩盖些许惊讶和尴尬。

再回到中央大厅，我的心安静了许多。这次我从专门供礼拜的人走的中央大道走到中央大厅最前面的祈祷人群中。当时人不多，第一排或坐或跪，基本排满，我还是在一个大理石柱子下面坐定，闭上眼睛，正准备好好思想自己的罪过，忽然巨大的喇叭声在空旷的大厅里传出，所有的人马上站了起来，第一排站定后，第二排也马上站定，没有第三排！我赶紧上前站到第二排的边上。我看表正好12点，大概是正午礼拜。那种特有的悠扬的诵经声在穹顶下久久回荡，人们开始把自己的双手放在膝盖上，来回晃动，然后匍匐在地上，整个清真寺地面全部铺满地毯。

这是一个特殊的礼拜天。

我向吐尔逊老师说我去了清真寺，他们非常高兴！我想和他们分享我去清真寺的经历，正好礼拜二是十月一日，我约好他们一家和吐尔逊老师的研究生，还有阿依努尔两口子。

我准备了土豆炖牛肉，加一盘冷冻虾。其他的就是这里传统小吃，比如哈萨克人喜欢的“波尔扎克”，一种用面粉炸的圆球，还有黄瓜、西红柿、苹果、核桃仁，这里有我小时候吃过的“伊拉克枣”，就是中东产的椰枣，不知为什么现在在国内市场上很少看到，这里人喜欢吃这种东西。那天阿依努尔的丈夫买了两瓶号称是哈萨克斯坦“茅台”酒，大家欢聚在我温暖的小屋里，庆祝中国国庆节。

我们的话题就从国庆节开始，他们都从中国移民到哈萨克斯坦，除吐尔逊老师爱人加孜拉只拿“绿卡”外，可以说他们现在是哈萨克斯坦人。从内心讲，我自己没有把他们当成外国人，但他们的身份的确是哈萨克斯坦人，如果不是生活在国外，他们的身份根本不会引起我的别样的感觉。问题是，除加孜拉外，另外三个人总在某种语境下暗示他们的哈国身份，他们说：“我们也是中国人，今天来陪你过国庆节，我们也祝中国梦早日实现。”

事实上，他们当初来哈萨克斯坦大概有三股力量在起作用：一股是“回归祖国”，当时哈萨克斯坦还提供相当优惠的条件吸引他们这样高学历的人才；一股是中国当时的“出国潮”，几乎所有能够有机会出去的人都在想办法出国，他们不想错过这样好的机会；一股是国内“没有背景”，甚至为过去生活中父母或本人遭遇的不公平待遇弃国而去。这使我想起曾在美国遇到的中国移民，他们没有“回归祖国”这股推动力，经济利益和生活环境可能占较大的比重。

正由于中国哈萨克族在移民哈萨克斯坦的因素中有哈国政府出台“回归祖国”运动的影响，他们的移民心态就与移民其他国家不同，他们不需要总是“劝说”自己的选择是正确的。正如一位移民所言：那是你自己做出的选择，没有人强迫你来。而在别的移民国家，随着中国经济的迅速发展，国内生活条件发生翻天覆地的变化，周围一些中国人开始回国工作生活的时候，这些移民群体会出现一种惶惑和严重的心理失衡。只有用强烈的理由来证明自己的选择是正确的，用可以依赖的感情倾向来说服自己，以保持心理平衡。比如，中国人的素质、生活习惯和品德“差”，特别是中国的自然环境“太差”，人多拥挤，空气恶劣。

移民哈萨克斯坦的中国哈萨克人一般不会太强调上述原因，他们对中国抱有的认同甚至在有些方面超过汉族，我很少听到他们说在中国工作生活如何如何，反而经常听到他们讲在中国生活工作如何自在。这真让我大跌眼镜，可能是移民欧美的人是挤破了头才去的，自然要“义无反顾”，移民哈萨克斯坦的中国哈萨克族是被“请回祖国”的，他们可以抱怨。不像少数欧美国家的中国移民为保持自己的心理平衡和生活信念，出现一些强烈攻击中国政府和汉文化的极端现象，为了证明当初自己的选择是正确的而不顾事实，编造曾在国内受到不公正对待的历史，以博取别人的理解和同情，甚至一些人夸大中国落后的一面，散布谣言，以获取心理平衡，迎合西方人的舆论造势。

中国哈萨克族移民与国内保持着十分密切的联系，他们了解中国的发展和家乡的变化，有时内心也会波动。当国内工作和生活优裕的亲戚朋友来做客时，他们高兴之余带点忧郁；当投奔他们的亲戚朋友来时，他们的担忧多于高兴。现在中国哈萨克族移民大多不是为了经济，而是为了新生活和新感觉，他们绝大部分来体验过一把就“打道回府”了，不用为钱操心的年轻人可以先来哈国读书，觉得比国内好，学习结束后，就再作选择。所以，现在盲目来哈萨克斯坦的中国哈萨克族越来越少。

2013 年 10 月 15 日，哈国纪事之九：

域外管窥三——漫话哈萨克斯坦中国移民的动机与认同

我之所以用“漫话”来描述这篇文章的风格，的确是只能“漫话”，因为，每一个人的动机和认同都是不同的，感觉到的共同之处也只是大致范围内，没有也不可能有什么“定量定性”的结果。事实上，在社会科学研究领域，有些东西可以进行定性定量分析，有些东西不可能进行定性定量的研究，可是“行政化”的管理最喜欢“一、二、三”，或者“百分之几”，如果非要一个大致的量化指标，也可以搞出来一个，估计就是“盲人摸象”。此外，我也不能把每个人的情况做具体分析，因为，这涉及个人隐私，只能就我接触他们后获得的感性认识，经过一段时间沉淀，寻找出一些理性认识。

我来哈萨克斯坦以后，除学生以外，接触的人基本都是从中国移民到哈萨克斯坦的。从时间上看，有长有短，时间最长的有 18 年，也就是说从 1995 年就来到哈国，时间短的也就几个月。从年龄上看，最大的 51 岁，最小的上小学三年级，今年刚刚来到哈国。从来源地看，全部是中国新疆哈萨克族，可能与我生活工作的范围有关，所有的成年人都拥有大学本科以上学历，有教授、博士、硕士、本科生。职业有老师、媒体工作者、商人、国家工作人员、家庭妇女。由于受教育程度较高的原因，他们都对自己思想感情的认识比较理性，能够清晰地反映出他们的选择和理由。同时，我也接触了一些当地哈萨克人，有老师、学生和外交官，通过和他们的交流，我也多少了解到他们如何看待中国移民。

首先，哈国独立后提出的“回归祖国”号召是主要的外在动力。几乎所有的人都认同他们是加入到哈萨克民族自己的国家里，这是长久以来哈萨克民族的理想和愿望，现在终于实现了。可以肯定，没有这个前提条件，移民哈国的动机不管是什么都不可能。

其次，尝试在哈萨克民族的国家里实现一种新生活。现在，我们有自己独立的国家可以去了。这类人有强烈的主动的民族认同意识，一般在哈国也比较成功，他们会经常强调自己的哈萨克斯坦国民身份，会说“中国如何如何”。

其三，由于某种原因而不愿意在中国生活。我曾经提到移民他国的中国人，除了各种各样的动机外，有一个共同的“外推力”：就是对国内某种现状不满，无论是汉族还是少数民族，当他们决定移民他国时，内心都存在一种摆脱这种不满的困扰的愿望。比如父母曾经遭受不公正对待却得不到纠正；上学或者考学过程中受到歧视而觉得难以改变；自己今后工作的选择和未来没有可靠的助推力，从而对国内人情关系的厌恶；甚至同事关系不好，上下级矛盾，恋爱挫折都有可能导致他们对国内现状不满而选择离开中国。

其四，亲戚带动或者感觉出国光彩。哈国的中国哈萨克族移民很大一部分都是亲戚互相带动，特别是没有家庭背景的牧区哈萨克人，如果前面去的亲戚感觉不错，特别是早期移民出去时哈国提供“安家费和免费农业用地”，极大地吸引中国底层哈萨克人投奔已经在哈国站稳脚跟的亲戚。在中国经济发展的成果还没有明显惠及中国新疆的边远哈萨克地区时，哈国提供的安家费和土地真的具有强烈的吸引力。据说，由于中亚其他四国的哈萨克人移民哈萨克斯坦不需要办理邀请函，而且互免签证，一些违法之徒开始办理“假移民”，等安家费一到手，把土地转手卖掉，就跑回国内，导致哈国最近取消了这两项最具诱惑力的政策。

可以看出，把自己的理想与民族认同联系在一起，共同依托哈萨克斯坦新国家来实现自己的愿望是具有普遍性的。因为，毕竟哈萨克斯坦才独立22年，20多岁过来到现在也不过45岁左右，或者大学毕业来哈国工作也就是30岁左右，他们都正值有作为的时候，所以，普遍表现为积极主动，甚至也开始盲目接受西方宣传，用一些肤浅的“媒体事件”责问中国。因此，在认同问题上，中国哈萨克移民一方面比较明确地认同哈国，另一方面哈国存在的问题也经常使他们感到无能为力，产生矛盾心理。

第一，他们强调哈萨克斯坦是民主制度，不愿意承认哈国存在的制度上的问题。客观地说，哈国政府一些人和知识分子把“民主”理解为“不管”，你想干什么就干什么，这就是自由，哈国宪法关于民主政治体制的阐述上，干脆把美国宪法版本直接翻译过来。结果在法制还不健全，政党制度还不完善，大部分人根本不知道什么是民主制度的时候就放开，造成社会管理混乱，政治集团利益根深叶茂，社会财富集中在少数人手里，人民焦虑情结普遍，人与人之间信任危机严重。这种情况他们自己也清楚，但硬挺着，只有当他们抱怨政治上不清明、社会分配不公时才承认。就像那个相声里买回泥塑神像的老太太，你问她多少钱买的？她会说："怎么能说是买的！是请。"那你问："多少钱请的？"她会说："就这么一个玩意儿，还八毛！"

事实上，哈国只学了西方国家一些皮毛，内里基本还是过去政治力量的延续。国家领导人仍然在集中力量解决哈国在国际关系中的地位问题，国内政治派别也还处在如何排"座位次序"的层面，处理社会管理问题投入力量薄弱。因此，除了在阿斯塔纳看到迅速崛起的高楼大厦，深入基层的社会变化和生活提高并不明显。这是学习西方民主制度的发展中国家的"普遍特征"，就好像组织了一个交响乐团，演奏什么乐器的人都有，但每种乐器只有一个人，点名单独把某个乐器演奏一下还可以，真的演奏交响乐，效果是混乱和可怕的。

第二，全面认同民族的历史并接受了俄罗斯人"坏"的观点。哈萨克斯坦政府在恢复民族历史上下了很大工夫，经常听到他们讲自己民族的语言文字在 2500 年前就出现在某个历史遗迹中，他们拥有世界上最早最长的文学作品。这些都可以，问题是当大家讨论如何改变目前哈萨克语由斯拉夫字母拼写和俄语被广泛使用的问题时，人们把矛头对准了俄罗斯。沙皇时期占领和驱赶哈萨克人，20 世纪 30 年代的大饥荒，几次大战期间牺牲在战场上有多少哈萨克人，这些历史简单地演变为俄罗斯人对哈萨克人的犯罪，原因找到了。

我曾经和哈萨克斯坦著名的国际问题专家聊起过这个问题。我问他："您能不能告诉我俄罗斯人对哈萨克人做的好事与坏事最主要的到底是什么？”他的回答非常好，他说：“好事有三：一是给了我们一个国家；二是提高了教育水平；三是使我们有了工业基础。不好是俄罗斯人驱赶我们离开家园，带来了大饥荒，还迁来了大批别的民族的人，总之，他们极大地伤害了我们民族的精神和文化。”我后来问给我翻译的阿依努尔：“当你是要脑袋还是要胳膊的时候，你认为保留哪个更好？”她问我：“那你为什么不当面问他这个问题？”因为，问这个问题的时机已经过去，现在脑袋不但没有问题，胳膊也要彻底清算的时候，这个问题是不能用理性来判断的。

第三，中国的哈萨克移民并不能轻易地进入哈国政治生活的中心，但对哈国前途的担忧和“更哈萨克化”方面比当地哈萨克激进。在政府部门招收雇员时，本地哈萨克比移民要更容易，这其中当然有信任问题，移民复杂的社会关系和背景让一些重要和敏感的部门不敢轻易相信，这并不意外。大部分移民自己心里也多少明白他们的竞争弱势在哪里。意外的是，移民在强化“哈萨克身份和使用哈萨克语”方面更积极主动，在民族习俗和宗教习惯方面他们也比本地人更熟悉和严格一些。在“古尔邦节”以后，我曾经无意间询问学生：“那天你们去清真寺了吗？宰羊了吗？”他们有点错愕，强调自己对外说是穆斯林，但他们不是伊斯兰教的信徒，他们不去清真寺，他们也没有过宗教节日的习惯。

我接触的中国哈萨克移民，可以说全部都尊重穆斯林的生活习惯，几乎都有基本的宗教礼拜。可能他们移民时经过严格的哈萨克民族历史和部落姓氏的考察，他们都是正宗的哈萨克人，加上中国哈萨克仍然使用古老的哈萨克语言和文字，他们比本土经过“俄化”的哈萨克人更加“哈萨克化”，因此，他们对强化“哈萨克认同”当然支持。事实上，一些俄语说得比哈语好的哈萨克人在学习和工作方面更能满足和适应当地要求，特别是俄、哈语都非常好的年轻人一般只有当地人才能达到，中国哈萨克人的俄语水平不高，或者难以提高。这必然引起各国非俄语移民对俄语的不满，进而把不公平感转嫁到俄罗斯残酷的历史统治和文化压迫上，进而以强化哈萨克民族文化，加强国家认同为目标，突出哈萨克语和宗教习俗。

第四，中国哈萨克移民在性格和为人处世方面与当地哈萨克人有明显差别，当地哈萨克人的“俄罗斯化”倾向明显，事实上，他们不自主地欣赏俄罗斯人的性格。这是一个非常有趣的文化认同现象，马克思在著名的《大不列颠对印度的征服》一文中曾经提到“高等文明对低于它的文明的征服”，并被人们归纳为“征服者的规律”。起码俄罗斯统治下的哈萨克人会自然而然地接受并模仿俄罗斯文化，更有意思的是，当统治者被驱逐后，本地人却把曾经统治过他们的人的文化奉为“高贵”。

事实上，俄罗斯人三百年的征服历史，结果却是给这些被征服民族创造了独立的物质和文化条件，这无可辩驳地证明：俄罗斯的文明还不是一个成熟的高等文明形态。而英国不是这样，他们让自己的文明启发开化了那些低于自己的文明形态，并永久地留下了自己的痕迹。中国也不是这样，“征服者被征服”是中国文明史最典型辉煌的历史形态，这种文明的流动正如无可阻挡的大潮一样，它们依照自己的规律和方向推进，不需要军队，只需要人们在诗书礼乐和勤俭持家中生活就可以了。

其实，这不是单纯用“勤劳和懒惰”就能说清楚的，也不是完全用“强悍和软弱”就能说明白，人性当中有一种驱使人们追求高尚简洁自然的生活本能，哪种生活方式更接近人性本能，哪种文明就自然会延续并被更多的人接受。中国有文化的哈萨克移民面临的文化认同焦虑就与此有关，他们来到这里的有些“不习惯”，本质上是感觉“生活在倒退”，就是他们感觉一些当地哈萨克人“懒惰”，生活没有追求，其实是他们习惯了进取和追求，看到周围的一些哈萨克人吸毒酗酒，不善持家，觉得不可思议。这是他们无法走出来的困惑，因为，文明的进步不是靠盖楼获得的。

第五，不同成长环境和教育背景导致在理解同一个事物方面存在“真实的误差”，造成表面上达成认同的事物，事实上存在误解。我在和中国移民来的哈萨克族交往当中，感觉可以很轻松地达成相互理解，在与当地哈萨克族交流中却遭遇困难。我后来想，其实当地哈萨克人根本没有把那个方面的内容作为理解的一部分，或者他们从来就没有考虑过这样的问题。比如，我给学生讲解“汇率”这个词，他们无法理解“升值”为什么不好？因为，他们没有把国内购买力和汇率区分开来的经验能力，他们感觉到的就是钱总是不值钱。

当然，最主要的误解来自哈萨克年轻人对婚姻家庭的理解。我发现大四的女学生们学习兴趣极度下降，后来才知道她们面临的主要问题不是找工作，而是找对象结婚生孩子，一旦有了男朋友，男朋友就会要求她们结婚后待在家里照看孩子，做家务，不允许她们出去工作。所以，她们说，我们为什么还要学习呢？这还可以理解，不可理解的是一些女学生们也认为：在家生孩子做家务比出去工作好，她们可以有时间休息，这样才能显得年轻，她们就有时间去逛商店！有一位年轻的男老师也认为：妻子待在家里，丈夫一回到家，就可以看到她，就是挣钱少点，这样的家才是好的。他甚至主张他的女朋友辞职去牧区照顾他独居的爷爷五年，他的叔叔答应的条件是给买一辆小汽车和买房子的首付，而他的妻子是建筑系毕业的大学生，目前挣的钱比他多。这些观点和争论有时让我迷惑和吃惊，因为，他们争论的问题在我看来根本没有意义，他们理解的内容显然处在我的正常理解之外，但他们的正常思维，你认为的最简单的道理和最正常的做法，有时在他们看来有悖常理。

这也就迫使中国哈萨克移民的子女不得不入乡随俗，否则就考虑回国读书，或者再移民第三国，比如欧洲国家或者土耳其。当然，也有中国来的哈萨克男性主动接受这一“好传统”，那些有钱人也可以娶几个老婆而不受法律惩罚。

总之，中国哈萨克族的移民动机和认同问题十分复杂，有些问题表面上看是“坏的”，其实正反映出中国哈萨克族的成长环境和教育水平。哈萨克斯坦移民造成的认同问题，特别是在文化认同方面将会在未来产生更加严重的影响，当人们解决了物质生活的需要以后，文化的冲突和矛盾必定会走上台面，俄罗斯的文化将随着综合国力的增强重新对哈国产生影响，这是不言而喻的。因为，俄罗斯、白俄罗斯和哈萨克斯坦三国签署的关税同盟，从经济上加强了三国的内部联系，俄罗斯语言文化在哈萨克斯坦有传播的优势条件，当经济上的优势确立后，文化上的推进就是自然而然的了。因此，未来哈萨克人在民族认同、国家认同和文化认同三方面都存在矛盾冲突的可能。

2013 年 10 月 18 日，哈国纪事之十：

古尔邦节的前前后后

按道理说，“古尔邦节”是穆斯林最重要的节日，因为，这个节日是为纪念真主考验他的信徒易卜拉欣是否真的信仰他。真主对易卜拉欣说：“如果你是真的穆斯林，就请你把自己的儿子杀了来证明。”当易卜拉欣挥刀时，刀却割不动，真主说：“好了！我相信你了。”就给了他一只羊让他宰。也就是说，“宰羊”是真主给穆斯林信仰的奖赏，是每一个穆斯林证明自己是真的穆斯林的仪式，所以，世界各地的穆斯林在这一天都要宰羊并庆祝，中国人也把这一天叫“宰牲节”。但哈萨克斯坦在古尔邦节只放假一天，而中国的穆斯林放假 5 天，对人口占多数的穆斯林来说，一天假期实在是太短了，哈萨克斯坦最重要和隆重的节日是新年，也就是元旦，放假 5 天。由此你也可以看出，哈萨克斯坦政府在处理宗教问题上用心良苦。

我几天前就知道要过古尔邦节了，但看不出一点过节的气氛，我决定再去一趟最大的清真寺，因为上周日就计划去，但那天下雨，没有去成。所以，10 月 13 日星期天做好准备去，隔一天即 15 号就是古尔邦节，我也想看看那里有什么变化。现在我知道这个清真寺的名字叫“哈兹莱提苏赞”。

但是，星期天上午吐尔逊老师让我和他们夫妻俩去买沙发，因为，他们在价格和样式上发生分歧，想让我裁决一下，所以，星期天上午 11 点，他们开车来接上我，先去阿斯塔纳最大的商贸集市——“中心市场”。这个市场在阿斯塔纳的东北郊区，在通往东部的交通干线左侧，市场正面是长方形连排两层商贸大楼，有 500 米长，前面是宽广的停车场，秩序混乱，尘土飞扬。在商贸大楼的后面才是真正的贸易市场，应该有一个足球场大，网格状小商铺，一排排距离狭小，商品琳琅满目，行人摩肩接踵，人声鼎沸，交易活跃。市场的底部是一座长方形小楼，把整个散户围在中间，形成一个完整的集市。我们没有来得及看东西、问价格，但可以肯定这里的东西非常“大众化”，所以，他们发现这里沙发虽然价格便宜，但品种少，质量差，就转道前往阿斯塔纳有名的“上海市场”。

“上海市场”在“中心市场”东北方向，距离不远，但那天交通有些拥堵。听说 2017 年哈萨克斯坦承办的“世界博览会”地址就在这里，所以，到处都在大兴土木，尘土飞扬。到了市场外面，我发现其实这里更应该是一个商品批发市场，格局与中心市场差不多，只是更乱更脏，与中国一些地方的商品集散地有些相像，来这里的人大多是成批买东西，估计商品都是从中国各地运输过来，价格便宜，是哈萨克斯坦普通老百姓购物的地方，或者用当地汉语说：“都是那些牧业上的人开车来买东西。”大概吐尔逊老师的消息来源有误，来这里根本没有发现卖家具的地方，也没有发现一个像样的卖沙发的商铺，所以，我们就去了他们之前去过的一个沙发专卖店。这里的沙发平均 20 万坚戈，就是人民币 1 万块左右，我看质量和价格与北京差不太多，也有 10 万坚戈左右的，质量显然不行。我坚持站在吐尔逊老师一边，使吐尔逊老师爱人加孜拉的计划没有成功，只好“打道回府”了。后来，还是加孜拉成功劝说吐尔逊老师改变了主意，买了她中意的那套沙发，这或许是最好的结局。

我回到家里已经是下午两点了。吃了点东西，喝足了水，换好衣服，我就出发了。因为这是第二次去“哈兹莱提苏赞”，所以，一路注意第一次去时没有注意到的地方，特别想知道为什么从远处看清真寺显得那么小。

在可以看见清真寺的时候，路过一片陈旧低矮的俄式木房子，在中国的哈尔滨我也见过类似的大屋顶、小窗户、小木门的方形住房，后来，我在阿斯塔纳的很多地方都见到这种俄式房子。虽然陈旧，但在高寒地区，这样的建筑格式对保暖和抵抗暴风雪很有效。当然，在陈旧的一片片旧房子中间，也有一些新建的别墅式的两层小楼，因为原来的房子占地面积够大，有钱就可以直接翻建新的别墅。听说也有一些有钱人出价购买类似这样的旧房子，然后拆旧房建新房。现在阿斯塔纳房价飞涨，已经让挣工资的人根本买不起，一些人只好下班后再干一份工作，这在哈萨克斯坦是允许的，大学老师也在外面兼职。所以，我平时看见他们都忙到说话的时间好像都没有，但真的在一起时又发现他们有点萎靡不振，后来才知道他们经常睡眠不足，因为下班后去又干另一份工作。由此我也知道一些学生也在外面工作，上课时自然疲惫不堪，老师们理解学生，学生也理解老师，大家都心照不宣，上课时也就不用太注意学生的出勤率了。这是题外话。

我终于发现清真寺前的这一段路是一片洼地。洼地边缘逐渐升高，当我从洼地中间看清真寺时，只是看到清真寺的上半部分，以为地平线就在那里。清真寺也显得小，只有走到洼地边缘的土坡上，眼前豁然开朗，巨大的清真寺广场和底座部分才展现在我的眼前。所以，先前的感觉不是太阳把我晒晕了，而是没有认真体会，没有回头比对地势的落差。当然，还有一个原因，就是清真寺东面的这片空地目前没有建筑，是一片广大的荒草地，没有明显的参照物，自然不容易发现地势的缓慢上升，造成“视觉放空”，前面的物体变小。

第二次进清真寺，我就像一位老信徒，先把鞋放好，转身到下面沐浴。我发现今天沐浴的人特别少，倒是有几个清洁工在打扫卫生，我甚至找不到拖鞋，就穿着袜子进去。有一个人看见后指指我的脚，我赶紧出去找拖鞋，好不容易在一个门口看见几双拖鞋，我就穿了一双。因为走路出汗，所以，非常仔细地把头脸和手脚都好好洗了，然后穿上袜子，缓步进入巨大

在清真寺内

的圆形穹顶下面的大厅。

人少多了，我找了一个地方坐下，放松精神，完全是休息，再仔细观察上次没有注意到的部分。那位阿訇依然用悠扬的曲调唱着《古兰经》经文，我在心里试图模仿他的声调，但学不来，不过脑子里可以回想起那种旋律。不知不觉中我好像打了一个盹，有孩子从我身边跑过。我慢慢睁开眼睛，是三个年龄不等的男孩子，他们要穿过平拉的一条绳子到大厅中央玩。老大五六岁的样子，跑到大约1米高的绳子前忽然一个前滚翻，从绳子下过去；老二三四岁的样子，也来了个前滚翻，跟着跑了进去。后面最小的一个已经冲过绳子了，可能觉得不对，马上又返回来，然后来了个前滚翻，平躺在那里。他大概对自己的表现不满意，吼了一声，翻过来又从绳子下手脚并用地爬了过去。看着三个天真的孩子，我笑出声来。

其实，宗教信仰绝非天生，在什么环境下长大，就是什么样的人。像这样小的孩子们，从小就和父母习惯了有宗教氛围的生活，在这个时候信仰什么不重要，重要的是有没有宗教信仰习惯。长大了，一切就像是天生的一样。因为，人最“被动的”就是他们无法选择自己的出生，一切都要在已有的社会环境下慢慢改变。从这个意义上说，鼓吹“宗教民族”和“宗教对立”，都是对人性的无知。

有一个特别有趣的现象，无论是在耶路撒冷还是俄罗斯、美国还是哈萨克斯坦，我发现最多的是母亲们带着孩子来到教堂。一个原因可能是小孩子跟随母亲的时候多，另一个原因可能是母亲必须经常带领她的孩子去教堂洗礼、求名、看病、求助等。但可能还有一个原因，就是作为家庭主妇，一些妇女出现在公众场合最多和最合适的场合大概就是带领孩子们去教堂。所以，无论如何，母亲们是宗教信仰传播巩固的第一力量。事实上，女性对信仰的专一程度超过男性，这也使她们在宗教信仰上的优势自然而然地传递给孩子们，她们看上去好像非常容易地坚定信仰并别无旁骛。男人们却不一样，他们遵守的是仪式和规则，他们信仰的职责是保持仪式的延续性和规则的纯洁性。宗教是为女人而生，为男人而继。

我回到宿舍的时候，天色已经开始暗下来了。

星期一上课的时候，只来了两个学生，他们说老师告诉他们今天和明天放假。我没有追究什么，给他俩上课，课后请他俩吃饭。我们聊得太好了，知道了很多他们的想法。

我在等待第二天的“古尔邦节”。

我和吐尔逊老师已经商量好，明天一早 7 点钟我们去清真寺，按照规则，古尔邦节这一天，所有男性穆斯林都必须去清真寺做礼拜。在阿斯塔纳，早晨一般是 9 点起床，因为晚上一般都是 12 点以后上床，听说夏季白昼非常长，人们睡得更晚，自然起床也就晚。我上了闹钟，6：30 响，但我 6 点钟就起床了，外面一直下雨，我担心人太多，万一进不去，外面又下着雨，所以，早早就起来，收拾衣服，吃了早饭，坐在沙发上等吐尔逊老师的电话。不知什么时候睡着了，电话响起来时，我一看表已经8点10分。吐尔逊老师说你下来吧，我在车里等你。

我出了楼门，透过雨雾，远远看见吐尔逊老师的车灯亮着，他人也在外面。到跟前，吐尔逊老师和我说：“坏了，车牌没有了。”我一看，果然前后车牌都不见了。“这可咋办呢？”吐尔逊老师着急地说。我说：“也可能是停车的位置占了别人习惯停的地方，或者是有人想让你出点钱。”我要他在附近几个地方贴上“寻物启事”，并说定有重谢之类的话。不管怎么说，这个偷牌子的人破坏了我们去清真寺礼拜的愿望，他是对真主的犯罪。我们只好作罢。

后来吐尔逊老师去警局报案，警察告诉他车牌很可能是真的被偷了，因为哈萨克斯坦国外进口的二手车交易量大，非法输入的二手车也多，他们一旦交易成功就需要把车开到买主那里，这时，这辆没牌照或者黑牌照的车就要临时找一个车牌。估计吐尔逊老师被盗车牌的情况属于这类，哈萨克斯坦汽车普及率高，几乎家家都有车，从苏联时期的“拉达”“加瓦”到 20 世纪六七十年代的欧洲车型，直到最新最时髦的名牌车都有，而且价格便宜。

下午 2 点钟，吐尔逊老师约好我们一起去他的一个朋友家里过古尔邦节。这个朋友也是从新疆移民到哈萨克斯坦，一直在阿拉木图从事进口中国重型汽车贸易，现在公司派他来阿斯塔纳建分公司。他们在靠近郊区的地方购买了一片场地，大约有 5000 平方米的样子，周围建好围栏，正在平整院子。据说，原来地下都是淤泥和积水，先用挖掘机把淤泥挖走，铺上防泥隔层，再用一尺厚的水泥浇筑，才能形成坚固的地面。也就是说，阿斯塔纳过去一些地方是沼泽，如果冬季极其寒冷，夏季短暂的话，沼泽的下面可能存在半冻土层，这对地表水和地下水的循环不利，也增加了地表水碱化的可能，阿斯塔纳的水质不好大概与这里曾经是大面积的沼泽有关。

我来阿斯塔纳后，感觉这里天气奇异。首先，一般情况下，晚上云层开始聚集，多时下雨，白天云层开始散去，风速加快，云层移动速度非常快，你能看到，在快速移动的云层后面，不时有光线投射到云层撕开的裂隙。其次，气温变化快慢与空气流动快慢有关系，如果没有风，阳光充足的话，气温会很快升起来。但如果风大，加上有云层遮挡，气温就会很快降下来，这大概与阿斯塔纳的整体地貌和纬度有关。阿斯塔纳基本是一块平坦的低地，周围无遮无拦，连一块高地都没有，更不用说是山，所以，大气环流对阿斯塔纳的影响非常明显。其三，这里的寒冷应该是指隆冬季节，从 2013 年 9 月 10 日到 10 月 20 日，这里平均气温 10 度以上，大概平均每周有两次降雨，雨量不是很大，城市自然渗透功能好，不会形成积水，这对植物和空气潮湿起到作用，所以，现在树木花草才开始变黄，显出秋色。而在我的家乡内蒙古北部，早已是秋末冬初的景象，这大概就是高纬度的高原与平原在气候上的差异。其四，有一条叫伊希林的河穿过城市，河面宽广，两岸建筑林立，据说，他们要把这条河打造成阿斯塔纳的“塞纳河”、“涅瓦河”，宽广的河面让空气畅通无阻，风速比较快。类似的人工河道还有一条，估计是苏联时期利用自然地势为排水开挖的，因为，河道的源头是热电厂，供整个阿斯塔纳的取暖和热水，因此，排水量巨大。这条河道现在修整一新，两岸都是人工植被或者景观，水量不大，但还算干净，最宽处大约有 100 米，最窄处也有 20 米左右。河道两边有体育馆、祖国母亲纪念碑、儿童游乐场、纳扎尔巴耶夫展览馆、犹太教堂、东正教堂、欧亚大学和各类住宅建筑。这条河道是欧亚大学门前最有特点的景色，我每天都在专门修建的河边小道散步，看人们钓鱼。我曾沿着这条河道走了大半个来回，感受到这条水道对城市生活的巨大作用。

阿富汗战争阵亡哈族战士纪念碑

还是回到我们的“古尔邦节”吧！

吐尔逊老师的朋友叫江多斯，他负责组建分公司。正在修整的大院子是坐北朝南，一条主干线从院前穿过，院子北面是一座刚刚装修好的三层办公楼，他的一家人就住在三楼。我们被领到三楼的客厅，新的红木长方形餐桌和漂亮的椅子让客厅显得十分讲究，而桌子上用精制的餐具摆满了各色小吃和水果，更是让你眼花缭乱、垂涎欲滴。你根本想不到在一个“工地式”大院子的建筑里会隐藏着这样一个豪华餐厅。我为女主人的精心准备和热情招待所感动，赶紧坐下来，就准备开吃了。但是，看上去吐尔逊老师他们并不着急吃那些东西。一会儿，客人到齐了以后，大家坐定开始喝茶，吃各色食物。我以为，过一会儿把煮好的羊肉上来，可能就这样了。

我是喜欢吃水果、坚果、蔬菜之类，加一些小点心、馕之类，吃个半饱，待一会儿，羊肉来一点就可以了。这个时候包括女士和孩子们可以都坐在桌子旁。

这样边吃边聊大概两个小时后，女主人带领一班人马把桌子上的东西全部撤走，男主人右手端着一个洗脸盆，左手拿着一个盛满温水的瓶子，肩膀上搭着一条粉红色的新毛巾，来到客人们面前，客人们伸出双手放在盆子上方，他从瓶子里倒水出来，洗三遍，然后把手擦干净。洗手结束后，才上了羊肉。羊肉是由一个两尺见方的大木盘子端上来，羊头摆在盘子正中，两边配套的分别有两个稍微小一点的木盘子，里面放着哈萨克族特有的面片儿。大家重新坐定后，双手放在胸前，这时我发现没有女性在座。吐尔逊老师带领人们开始诵读经文“巴塔”，肯定是感谢真主赐予这个特殊的羊让我们宰了它吃。然后，男主人和另外两个男客人用刀子把羊肉剔下来，切成小块放在左右两个有面皮的木盘子里，客人们从这两个盘子里取食物，而不是直接从大木盘子里取。吐尔逊老师把羊头的一个部位割下来放到我的盘子里，说按照哈萨克族的习惯，这是给尊贵客人的。这个习惯和我们蒙古人完全一样，只是穆斯林的一些习惯我还是头回见。

吃完羊肉，我想吃饭这档事大概结束了，因为，从下午三点到现在大概在餐桌旁已经坐了4个多小时了。当把餐桌上的羊肉等食物全部撤走后，女主人把桌子擦干净，全部餐具都拿走，洗干净重新摆了上来，然后开始上菜，当然是热菜。男主人才开始问男宾们想不想喝一点，这才是真正的正餐吧。有炸鸡、炖鱼、炒菜和凉拌菜，人们的情绪达到高潮，不大一会儿，两瓶白酒没了。我事先表示嗓子痛，而且我是“无胆英雄”，他们没有特别劝我，到最后，开第三瓶的时候，我和男女主人分别喝了一杯。

晚上9点，吐尔逊老师从桌子旁站起来表示可以了，大家把双手放在胸前，谢完真主，一天的吃饭活动就结束了。“古尔邦节”核心仪式是宰羊和男人们共同分享，可是，现在生活的条件和节奏完全变化，只要依稀还保存那个“流程”，就已经相当不容易了。只是觉得女人们非常辛苦，却总是把自己摆在后面，真正是吃苦在前，享受在后。

江多斯的两个女儿十分聪明漂亮而且懂事。大女儿上高一，她刚从新疆来阿斯塔纳上高中。我问她：“习惯了吗？”她说：“有点不习惯，还是想过去的同学和老师。”我说：“这里的学习内容难吗？能听懂吗？”她说：“一点都不难，能听懂。问题是这里学习时间很浪费，因为，她们都是上半天课，把教室腾出来，为别的年级学生上课使用。这样，感觉学习时间短，路上时间多。”我问她：“这里的学生对她这样的学生好吗？”她说：“好！她们热情，喜欢时尚。”江多斯的小女儿太可爱了，正在读三年级，你和她说话的时候，她像个大人一样背着手，说话有板有眼。我问她：“中午在学校吃饭？”她说：“我回家吃饭。因为，我们只上半天课。”“你喜欢这里吗？”“不太喜欢，但是，和爸爸妈妈姐姐在一起，就喜欢。”

对成年人来说，移民是生活方式和个人理想的重新选择，理性的成分占绝大多数，即便遇到一些困难和问题，心理上有相应准备，具备一定承受能力，而孩子们却是被动的，甚至是无奈的。他们的未来如何还不能确定，但环境转换和身份认同会给他们带来一些不解和困惑。与出生在哈国的下一代移民不同，他们比较的还有另外一个国家的同伴，这让他们感觉分心。因为，差距还是明显的，他们能否获得更好的前途和未来？

江多斯夫妇是那种真正踏踏实实追求生活理想的人，他们并不盲从，有头脑，了解时势。可以看出，他们随时随地地把握政治经济动态，以免使自己陷入被动，所以，费心更多。他们同样也在为孩子们的未来操心，希望她们不被落下，为她们创造更好的生活环境。所以，无论在哪里，无论是想换哪种生活方式，目的都是让自己和亲人们获得美好生活。但是，事实上，人类自我发展的程度就是这样，还没有达到自我完善的理想程度，有的民族这方面进步，那方面可能就落后；有的民族那方面落后，这方面就可能先进。企图寻找一个所有方面都让你满意的"普世价值"的国度，你会失望的，就是那些自诩有"共同价值观"的国家里，抢劫、杀人、强奸、吸毒、腐败、种族歧视、种姓隔离和恐怖主义让人头皮发麻。

其实，"欧美风格"也不是什么"民主自由"，是欧美国家的民族最习惯和最适合的生活方式，他们自己说是"民主自由"。我的美国朋友来中国工作一段时间后，我问她："你对中国感受最深的是什么？"她回答："自由！中国太自由了。"她不是在开玩笑，在中国快乐自由的日子，回到美国就结束了。哈萨克斯坦也一样，你感觉这里最好，那你就相信她是最好的。

2013 年 10 月 24 日，哈国纪事之十一：

域外管窥之四——哈国教育状况浅谈

昨天，也就是 10 月 23 日，东方学系的老师请我介绍中国的高等教育和教学经验。在我刚来不久，他们就提出这个要求，并让我提交了一个讲授的题目，我以为他们忘记了。前两天忽然有人告诉我，要在 22 号星期三上午 11 点召开，他们说 15 分钟就够了。我从 11 点开始一直讲到 12 点 10 分，因为我 12 点有课，只好打住。从他们的提问和讲解过程中，我知道了一些问题，我在思考这些问题对哈国教育未来的影响，以及对哈国未来的影响。

从 2013 年 9 月 8 日正式登陆哈国开始，到目前，我从事最多的工作是上课，接触最多的是学生和老师，尽管不能说对哈国教育有深刻全面的认识，但感性认识还是有的。这些感性认识的优势正在于它们是一种感觉，甚至是直觉。经过这一段时间的思考，我想，哈国教育存在的问题不完全是由教育本身带来的，是一个复杂的问题。

首先，表达和理解的工具问题。语言是思维的工具，我们对母语的掌握和交流使自己根本不会怀疑通过母语去理解操其他语言的人们的思想和文化，实际上，这里存在巨大的误解。当母语现有的词汇与其他民族语言没有对应的词汇，就存在一个能否准确理解的问题，而这个问题的实质是掌握和普及先进生产和先进科学技术水平的问题。另外，像哈国这样以俄语为知识交流的主要语言，却因为感情尽量使用哈语，导致理解问题的严肃性和准确性本身就存在一个过渡的问题。我们必须承认，文明之间存在一个谁更能准确理解谁的问题，如果一个事物在一个语言使用范围内还没有发生过，你想象他们理解这个事物会像你一样？反映一个事物和一种思想的词汇还没有出现时，交流肯定会存在问题。我曾经给这里的本科生和研究生讲“知识经济”，当时我感觉反映还可以。后来，一位也参加听课的老师告诉我，其实他们没有听懂，因为他们根本就没有这个概念，他们无法理解靠“脑袋”挣钱的含义。

其次，观念和意识之间存在差距。造成这种差距的重要原因：一是历史方面的。悠久的发达的进化历史是决定观念的丰富性和意识的准确性的先决条件，有些国家的建国史并不是从建国开始，比如，美国的历史不是美国建国史，是欧洲历史的延续。二是融合其他文明的能力。大量的长时间接纳吸收其他文明，并形成自己新的文明发展形态，不断推出创新观念和意识，是一个民族进步的源泉。三是稳定的文化体系。相对固定的传统观念和民族意识是民族自信的精神表现，它不会因为被统治或者迁徙而轻易放弃，也不会因为内部领导者的更迭而消失。一个独特文明的存在，不在于物质，而在于精神。

其三，书籍积累和教育普及。一个民族或者国家能否用文字的方式记录自己的历史并能够始终跟着时代发展的潮流，真的不是一件容易的事情。有没有历史和有没有书写的历史真的不是一回事，浩如烟海的历史典籍是民族精神储藏的宝库，只有身处苦于没有很多书写的民族历史国家你才能感知这是多么重要，你应该庆幸你可以接受多层次教育，并能够通过书籍阅读自己民族国家的历史，用积淀着丰富内涵的现代语言表达自己细腻的思想感情，只有这样我们才能细致体会其他文化和其他民族的精神世界。这并不是所有民族都能达到的，即使达到也是水平参差不齐，相距甚远。

有了对这三个问题的理解，我们就可以探讨哈国教育状况。

第一，所有的问题都存在“苏联因素”。在探讨有关教育制度方面存在的问题时，几乎所有的人同意“苏联因素”的影响作用。其实，这个问题的实质是一个独立的民族国家如何恢复自己历史的问题，是文化的冲突与继承问题。长时间在别的文化和政治体制下生存发展，突然面临的文化历史“再创造”的问题，必然在所有方面都有反应，并突出地表现在教育领域。比如在教学大纲制定和执行方面，他们认为目前每天“填写严格的书面教学文件”模式是苏联的做法，这种做法只重视形式，根本没有把实际教学情况反映出来，他们套用中国的老话“形式主义害死人”。可是，为什么如此明显的问题人们不去改变呢？因为，这种形式主义的做法符合人们不想去认真从事教学工作的真实想法。真抓实干，对一些靠混日子的老师来说是非常困难的，而管理机构只检查你是否把一本教学计划书按时、按要求手工填写好，至于是否真的是那样执行的，就是另外一回事情了。那么，这是“苏联模式”的影响吗？再比如一些专业设置，他们认为基本延续苏联遗留下来的传统框架，打破这些传统框架，单纯靠引进专业目录是不可能做到的，全部依靠引进人才和教材也是根本不可能的。尽管目前俄罗斯的教育发展很快，哈国也使用俄语，但他们不愿意继续接受俄罗斯的影响，转而学习西欧或者美国的东西，这造成哈国现存教育专业设置和教学方法有些混乱。总之，“苏联模式”的作用肯定存在，反对和接受都是“影响因素”。

第二，高水平的基础教材和参考资料太少。哈国的教育制度毕竟脱胎于前苏联，以前的教材和教师也都是前苏联培养的，虽然经过20多年的新国家教育制度建设，已经发生了巨大变化，但教育不同于其他制度建设，教育要有长期的积累和人才培养过程，20年时间还是短了一些。因此，高水平的基础教材建设缺乏相应的教育者和受教育者的推动，即使有也难以普及实施。此外，过去的参考资料积累主要是俄语版本，现在大量翻译和出版哈语参考资料人力智力不足，哈语的文学语言没有问题，但在科学语言方面严重依赖俄语。而且，受俄文字母拼写哈语的影响，人们对未来使用什么样的拼写字母还存在争议，大量翻译和出版的热情恐怕受到主观和客观方面的限制。因此，学生选用哈语参考书目有限，俄语和英语参考书引进不足，阅读和理解程度也受限制，这恐怕是提高哈国教育水平的一个客观障碍。

第三，教育理念主动接受西方影响，学生享受“快乐教育”。当初，哈国宣布建立民主自由的世俗国家，完全的西方化取向，但经过一段时间证明，哈萨克斯坦的国情不能完全照搬欧洲模式，用纳扎尔巴耶夫总统的话说：“哈萨克斯坦以及其他国家的经验让我相信，该放弃寻找能够打开所有通向新社会之门的万能钥匙的尝试了。民主化——这是一个没有终点的长期过程。”[①] 然而，一些西方理念已经深入哈国社会各个领域，

---

① 张娜：《哈萨克斯坦国家意识形态建设初探》，载《贵州民族学院学报》，2006（2）。

特别是在如何培养下一代的问题上，哈国的一些教育人士认为西方的“快乐教育”理念符合哈国，以培养健康的体魄为前提，以提高学生的哈萨克民族意识为宗旨。所以，拳击成为哈国全民体育的一个标志，正在 BBC 播出的一个哈国广告，就是一个典型哈萨克小伙子在练习拳击，满脸英武，仰卧起坐时旁边还有美女数数，接下来是一群小孩子也在打拳，然后是一个老头儿坐在沙发上看着电视，兴奋地用双拳击打靠垫。我的学生中有一个英俊小伙子，他告诉我，他以前想成为拳击手，后来发现经常头晕，对大脑有影响，只好又开始学习了。学生们都认为，想学习时才能学习，不想学习时学也没用。一些老师也认为，完成了作业参加了考试就合格了，上课并不重要，结果是学生老师都“快乐”。我在上第二周课的时候，给学生布置

我和我的学生

一个作业，写一篇500字的“个人简介”，学生都说太多了，我说你们认为多少字合适？200字，好吧。到交作业的那周，居然没有学生来，我让管教学的老师看，她也没有办法。因为，学生没有写作业，全部请了病假。我跑到孔子学院的中方院长那里一问，才知道这是正常现象，根本不能留作业。他们要快乐，没有时间写，业余时间都在打工挣钱，或者做自己愿意做的事。

第四，教育制度不完善，不能保证学习空间和时间。哈国教育想学习欧美先进国家，这没有错，关键是学习什么。我怀疑哈国一些教育者上了“美国人的当”，我在《美国那些事儿》中探讨美国教育培养人的独立精神和刻苦认真的态度，尤其是美国高中学生学习十分紧张，到大学时，培养起来的学习自觉性已经不是问题了。而哈国学生从小学到高中都上半天课，美其名曰“写家庭作业和复习功课时间”，其实是没有教室。据说，他们的大学教育制度是学习欧洲国家的：一、二年级的课都排在上午，三、四年级的课都排在下午，每次课是90分钟，中午有20分钟吃饭时间。学生一般是下了这门课再去找下一门课的教室，没有自习教室，下了课后的那半天时间回去看书做作业。这为学生打工创造了条件。没有教室，更不用说固定一个班一个教室了，所以，大部分学生没有形成学习的自觉性。形象一点说，他们的教学大楼就像是医院，你挂了哪一科和第几号，到时就去那个教室，完了走人。没有学生食堂，有一个像咖啡店式的小吃部，中间是卖东西的柜台，两边是两间房子，每间房子有8张桌子加一些椅子，来一杯茶或咖啡，加一小盘西式快餐，但不拥挤。这种情况下，学校不用去管理学生，学生基本都在外面打工，上课时已经累得要死。有学生宿舍，高年级学生和研究生大部分在外面租住。但是，学校非常注重“形象工程”，所有的空间和重要部门都凸显学校的辉煌，地上铺着地毯，墙壁上挂满了各种历史照片和获奖证书。每个教室都布置得很好，像阅览室，老师拿钥匙开门，上完课锁门交回钥匙。

第五，本科教育和研究生教育质量参差不齐。我这几天在看哈国电视的时候，发现在美国播出的两档低俗节目在哈国播出：一个是SONY命名的“姑娘秀”，就是美国花花公子门下拍摄的准色情纪录片；一个是美国“拳击秀”，就是一些雷人的装扮与雷人的假动作，一般美国人把它们叫“垃圾秀”。哈国一些人热衷于“拳击国威”和“美女情结”，这两档美国节目肯定在哈国有市场。我来哈国后，听一位老师讲，一次，一位美国教授参观完哈国大学后，看到男女学生牵手或相拥而坐，旁边有人问他：“这应该和美国一样吧？”这位教授回答：“有点像好莱坞电影。”

哈国教育发展方向目前存在一些误区，比如，培养什么样的人和怎样才能培养出他们需要的人？什么样的教育方法才能让学生掌握什么程度的知识？他们现在不想学习俄罗斯人成熟有效的办法，欧美的东西并不适合哈萨克斯坦教育现状，但在西方舆论霸权和媒体作用下，哈国整体倾向是往欧美那边靠，哈国知识分子拿不出一套可以与欧美比拼的教育理念和知识体系，当然只有靠自然选择或者自然淘汰了。如果哈国某些专业或者培养方向上跟得上国际教育发展水平的，就可能培养出合格的毕业生，如果跟不上，也只有在形式上完成教学要求，准许学生毕业了。两种情况的毕业生，只要放在一起比较就马上可以看出来，特别是专业相近的毕业生。哈国目前培养的学生质量参差不齐，不完全是教育的原因。

由此我也感觉到中国的留学生培养存在的问题，我们对留学生的要求比国内学生要低，这正损害了中国的教育声誉。当我强调我们拥有成熟的教学制度和严格的培养制度，中国的学生在世界高等教育中的质量是有目共睹的，但如果我们培养的留学生的表现并没有体现出应有的水平，是被“照顾”出来的，就不会在实际工作中表现出应有的水平，当然，这其中有我国教育制度存在的问题，也有教育者的问题，还有受教育者个人的问题。但无论如何，坚持系统的学科理论教育和严格的考核论文制度，对每一个学生不偏不倚，是教育

吴楚克老师在监考

者起码的要求和素质。

总之，哈国教育状况存在的问题是哈国整体问题的一个部分，靠教育部门自身难以根本解决，目前的状况还会延续下去。问题是学生普遍存在的学习目标不明确和对未来前途感到迷茫，严重影响了他们的学习热情，加上西方生活理念和“快乐学习”观念的影响，他们热衷的是如何追赶时髦、享受快乐。这些健康美丽的年轻人善于各项运动，敢于操作具体工作，却对“动脑筋”感到头痛，他们对未来哈国的影响是什么样的？尚是求知数。

2013年10月26日，哈国纪事之十二：

第一场雪

阿斯塔纳的冷在我来之前已经被各种告诫“冰点”化了，感觉是刺骨的寒风和无法抵挡的零下40度，但直到昨天才见到第一场雪。我的印象完全不是这样，秋天的阳光和温暖与北京类似，差别只是风大一点，草木枯黄的景色至今没有完全覆盖大地。

昨天一早，天空便充满了浓重的乌云，到下午乌云变成铅灰色，开始落下雪花，风是从东南方向吹来，所以，雪花落在地上就融化了。

我想出去看看第一场雪。

我的衣服：下身一条外裤，只比平时多加了一条秋裤，上身穿一件衬衣，外面是一件不戴帽子的轻薄羽绒服，头上只戴一顶夏天的遮阳帽，没有手套。对了，我冬天的衣服现在还没有，因为来的时候行李超重，准备好的冬天的衣服留在家里，让我夫人从邮局寄到乌鲁木齐，然后再由我的哈萨克族博士齐那尔寄到他在阿斯塔纳的朋友，再由他的朋友送给我。没有料到的是，齐那尔9月22日从乌鲁木齐邮局寄出，直到今天10月26日还没有到阿斯塔纳。据查询，10月1日前，邮件已经通过口岸进入哈国了，哈国的工作效率可见一斑。所以，我暂时还没有冬天的帽子、手套、棉鞋和厚羽绒服。不是我不想直接邮寄到欧亚大学，而是我问了几个当地人，他们都不知道邮寄东西这回事情，好像他们都已经不需要邮局了，我至今也没有见到邮局或者中国到处都有的快递。我问中国的哈萨克人，他们怎么寄东西，他们说从来都是托人捎来带去。

真的，在中国生活极其方便，无论大小城市，吃饭、买东西、上网、打电话、喝茶看报、找人聊天，各种各样的商店和服务，随便走几步就解决了。在美国想到超市买东西一般需要开车，想到大型超市必须开车，因为，大型超市都建在郊外，邮局也不多，因为美国邮局亏损，全美减少邮局分布。美国人通常会把一些商业活动集中起来搞一个类似商贸中心，买东西吃饭看电影一块儿解决，而这样的地方必须有足够大的停车场，这只有到郊外合适，所以，汽车也就成了

傍晚的哈兹莱提苏赞

美国人的必备。哈国人的汽车普及率高，城市不大汽车特多，走路的人就少了，我从学校走路去哈兹莱提苏赞清真寺，知道的人都吐舌头，他们觉得“走路”太远了。事实上，走40分钟的路，这在北京是近路，何况阿斯塔纳空气好，行人少，走路还锻炼身体。

出了门，风雪打在帽子上，身上一点都不觉得冷。朝河边走去，天空乌云沉沉，雪花随风忽闪，不是那种漫天飞舞，也不是轻轻漂荡，而是风吹起来像沙子一样扑闪着下来，河水也好像比平时黏稠一般流动缓慢。我沿着河岸顺风走着，感受阿斯塔纳的第一场雪。

没人会在这个时候散步，除了我这样的人。其实，这个时候即便充满了好奇心，也会被沉重的天色压垮。我有一种被

雪中漫步

困住的感觉，在我力所能及的范围内，我好像都已经感觉、体会、了解、思考过了，我需要新的素材和感觉对象，可是没有。我有时间，我有精力，我也有钱，可是我却步履艰难。

思维的干渴比生活的无聊更让我焦虑，其实，我是主动创造了几次机会去体验阿斯塔纳以外的地方，但是，每次当我准备好了的时候，他们会告诉我有其他事情，或者打电话说他们睡着了。这不是开玩笑，昨天晚上是研究生的课，一个学生打电话说她爸爸来了，她要待在宿舍；另外一个学生我打两次电话没有人接，等我下课回到家里，她打电话说："老师，我睡着了，对不起。"我已经接了好几个睡着了没有来上课的请假电话，这是一个正常理由！一些哈国人经常把他们自己说过的话不当一回事，但他们把你答应过的事会记在心里，并及时提醒你兑现，用一位哈国老师的话说："他们接受了很多俄罗斯人的坏习惯，比如喜欢占便宜，不劳而获。"她说的不假，他们总是盯着别人怎么对自己，而自己应该承担什么责任很少考虑，结果是人与人之间很难建立友谊和信任关系，在阿斯塔纳，这是让我最感困惑的地方。我在俄罗斯也有这种感觉，一个美国朋友给我讲了一个笑话：一个饼干盒子，让中国人看守，饼干都在，碎末没了；让美国人看守，饼干没了，碎末还有；让俄国人看守，饼干碎末都没了。哈萨克人深受俄罗斯人影响。

其实，马克思早就说过"好逸恶劳"是人的天性，只不过在寒冷地带，人们更愿意接受现成的东西。这真的不是一个遑论。在寒冷地区，寒冷的冬季和高热量食物的摄取，使人们性情不稳定但又不得不待在家里，通常，储存食物和如何休息是这里人们首先考虑的两件事情，这样的话，对身体安逸和现成物品的需求成为人们生存的基本要求。想起古代游牧民族经常袭扰中原，劫掠成为他们的一种生活方式，真的与气候有关系。当然，古老的游牧生产方式难于积累大量财富也是一个重要原因，有人说他们为什么不定居呢？这又与气候有关系，寒带地表植物的生长期和可提供的食物是有限的，畜群和人群在不同季节必须到不同地区才能保持繁殖和生存。所以，财富只能是可以携带的东西，带不走的或者需要长时间加工的东西，他们只能去抢。近代以来，工业革命使欧洲的游牧民族快速进入工业化，但亚洲内大陆并没有被彻底改造，相反，较长时间内被封闭起来。这使一些民族建立现代化国家的步伐比建立现代化民族的速度要快，造成物质丰富与精神贫乏并存，旧有的游牧民族物质贪婪与享受习性“复发”。可以肯定，在中亚国家，只要物质生活得到保障并不断提升，人们起来革命的可能性很小。

那么，炎热的南方是否相反呢？事实上，热带和寒带的人有共同性。我曾经编辑过美国著名的劳工运动研究专家拉米斯写的《激进民主》，这本书 2002 年由中国人民大学出版社出版。作者研究菲律宾的劳工运动，他认为热带气候导致人们性情易暴和安于懒散，这对民主运动影响是不言而喻的，热带国家的人更趋向于分散和易变，因为，生存下去的环境相对容易，他们可以选择离开不喜欢的雇主、集体和国家，并可以独自生活下去。所以，尽管南方国家容易出现反政府运动或者革命，但也更容易控制，只要政府拥有强有力的军队，一般都能控制住局面。北方国家的革命一旦发生，就难以控制。因为，如果革命，革命者必须考虑迅速占领适合的城市，或者可以生存下去的地方，长期坚守的条件是决定性的。这样，你就可以理解苏联解体为什么是以崩塌方式出现的，除了各种社会原因外，气候导致的民族性格和应对寒冷季节，是无法回避的原因。不要忘记，几乎所有重大的事件和决定都发生在 11 ～ 12 月，因为 1 月太冷了。

气候对性格形成的影响是不言而喻的，但对革命和运动的影响研究不多。其实，如果革命者的性格具有一定共同特点的话，革命受到影响也应该是不言而喻的，毛泽东就曾说过吃辣椒和革命激情的关系。以吃肉为主的民族和以吃菜为主的民族在性格和思维方面的差别是显而易见的。但吃哪个多对身体的影响也是因地域不同而不同，比如在阿斯塔纳，像在北京一样以吃菜为主，时间长了肯定不行。这里的人几乎天天吃肉喝奶，是否都得高血压心脏病，也没有。中国人讲“一方水土养一方人”，是一句至理名言。

而我现在肉吃不下，菜吃不好。吃一顿肉，整天都消化不了，胃酸过多；吃一顿菜，感觉味道稀寡，肚子不久空空。喝绿茶容易下火，喝红茶容易上火，不喝茶容易干燥。所以，我现在知道，如果你打算离开生你养你的地方，你的身体要过第一关。幸亏我只是一年，那些长年奔波在外，四海为家的人，他们该多难呢!

想这些事情，风雪就像过眼烟云，根本没有让我感觉到冷。当我转身往回走时，正好是迎着风雪，才感觉到脸上有点冷，我又背过身去，用倒退的方式一步一步往回走，这样风雪就打在背上。虽然河岸的路并不宽，但沿河有铁栏杆，也没有人，望着岸边笼罩在风雪中的建筑随着我的退去慢慢远去，我的情怀也深深退缩到只有我自己能够感觉到的寂峡幽谷。这时，忽然有脚步声从后面传来，我缓缓停下来，慢慢等着脚步接近我，从我身边飘过，哦！这是一对相互依偎的年轻人。他们肯定觉得这样的天气对热情是个考验，或许是事先约好但又无处躲藏，只好顶着风雪完成难得的见面。不管是什么原因，我孤独的身影终于有了相伴，让阿斯塔纳冬季的第一场雪有了半丝暖意。看着他们渐行渐远的身影，我决定迎着风雪走完剩下的路。

2013 年 10 月 31 日，哈国纪事之十三：

“万圣节”与“十三”

据说，如果是 13 号又赶上礼拜五，那就是最容易发生不幸的日子，你想，连耶稣在这一天都逃脱不了蒙难，常人在这一天更要加倍小心。今天礼拜四，10 月 31 日，如果加一天就是礼拜五了，31 日倒过来就是“13”这个在西方人眼里不吉利的数字。虽然没有遇上“礼拜五加 13”，但是，今天是西方的“万圣节”，直译就是“鬼节”，格外巧的是，我正好写到“第十三篇”。

哈国人不过“万圣节”。几天前我和一位叫别克的同学约好今天晚上去看哈国自己拍摄的电影，因为，我看到一个报道说，哈国第一部自己拍摄的电影公映时，全国各大媒体全部头版报道，领导人前来祝贺，称哈国终于有了自己的电影。所以，我想去看看。下午 5 点钟，别克下课后来到办公室找我，他说给电影院打电话，他们说没有哈国的电影，只有美国的电影在上映，甚至俄罗斯的电影也没有。但他说他知道一个地方卖英文的阿斯塔纳地图，我们可以去买，顺便可以逛逛那个地方。我的“哈国电影梦”看来难以实现了，没有办法，只好随他而去。

到了那个商场，有点像北京的东方广场，里面有书店和各种专卖店，商场门口立了一个“Halloween”的牌子，别克问我："中国大概不过这个节日吧？"我说："当然过！中国人就是这样，喜欢赶洋时髦。"不过，我又一想，中国人聪明，只要是节日，别管它大小还是东西，大家高兴就好！想起我在《美国那些事儿》里写的"万圣节"里一段话，还是觉得非常在理。

不过，大概也只有这个大型商场门口立个牌子罢了。我来阿斯塔纳后，知道这里的人一般"莫谈鬼事"，因为，阿斯塔纳原名叫"阿克莫拉"，意思是"白色坟墓"，可以想见这里以前应该是一个什么东西最多的地方。你随便引逗鬼魂，出了什么事，大家找不出缘由，该怪谁？所以，我猜想"万圣节"这样的节日恐怕在阿斯塔纳没有市场，躲还来不及呢，你还要办一场"鬼日庆典"，那不真闹出点"鬼事"。所以，节日的兴盛与否和当地文化有直接的关系，估计推销"万圣节"的西方公司事先调研不够，以为这里的人就像他们一样对"鬼事"兴趣浓厚，真是大错特错！我们原来决定今天出来看电影就是一个"盲目的荒唐决定"，大街上行人匆匆，冷风呼号，我们赶紧进入商场。

这里的书店没有几个人，地图也只有阿斯塔纳的英文地图，没有哈萨克斯坦的英文地图，而且，绝大部分图书是俄文的，哈文的书籍只有一小部分，还不如英文原版书多，但是，原版图书价格贵，哈文图书只是它的十分之一吧。从这里就可以看出哈萨克斯坦面临的语言文字问题有多么严重，哈语作品出版市场极小，阅读范围极窄，人们虽然也能读懂，但如果这只是一种感情需要，那么不会长久并扩展的。我们在商场大致转了一圈，买上地图后，就准备打道回府了。

此时正是吃晚饭的时间，我问别克："这附近有哈萨克人的饭馆吗？我们也可以吃了饭再回家。"他说："那当然好！这里刚好有一家。"我们来到马路对面，一个格局十分"哈萨克"的餐馆，光线昏暗，人不算多。别克点好菜后，一会就上来了，我一看：一碗羊肉汤、一笼薄皮包子、一盘肉丝拌黄瓜。我问："你的呢？"他说："我就吃个包子，我不饿。"他真是个好孩子，他怕花我的钱，他不知道花多少钱合适，因为，我看不懂，也不知道量多少。我马上让他同样的东西再来一份。告诉他，以后和我出来吃饭，都要双份。事实上，哈萨克年轻人绝大多数非常好，非常老实和淳朴，他们聪明，善于动手。

吃完饭出了大门，天早黑了，外面华灯齐放。别克说："想坐公共汽车回吗？"我说："太好了！我就想看看阿斯塔纳的夜景。"于是，我们往前方汽车站走。快到汽车站时，我猛一抬头，发现前面路边一座宏伟的清真寺正放射出五彩光芒，我赶紧对别克说，"我们去做个礼拜如何？"他说："好啊！"

我们走到清真寺门口，我问别克上面的霓虹灯是什么意思，他说是"努尔阿斯塔纳"。噢，这大概就是我听说的阿斯塔纳第二大清真寺了，我早就想来参访，一直没有成行，没有想到却在"万圣节"之夜，我们居然无心撞到门下，此时是非进不可了。在阿斯塔纳，清真寺建筑肯定胜过教堂。

我对进清真寺已经是轻车熟路，脱了鞋，直奔沐浴室。别克跟在我后面直叫"老师不对"，我没有说话，拐过弯，看到类似在"哈兹莱提苏赞"看到的沐浴池，但比后者差远了。别克小心地看着我脱了袜子，有模有样地洗着，悄悄地对我说："我不是信徒。"我淡然地说："我也不是，但不妨碍我们进来洗洗。中国有句成语叫洗心革面，你把这个词好好记住，以后可有用哦！”

“五净”后，我们进去，我发现这里有一些人面前放着一个木制小板凳，板凳上面放着《古兰经》，有的人在读，有的人躺在那里睡觉。我听说冬季来临后，一些夜班或者流浪者晚上来到清真寺沐浴休息，所以，估计有人以学习的名义在休息。但也可以看出，来这里做礼拜的穆斯林都是居住附近专门来朝拜的信徒，参观者绝少，信徒们的衣着比较朴素，没有女性。

出了清真寺，我问别克：“努尔是什么意思？”他说：“是天的意思。”噢，我大概明白了这里专门为男人做礼拜的原因。我们赶紧直奔汽车站等待40路车，上车后，有一个空座位，我坐下后，别克指着外面华灯齐放的绚丽景色，说：“阿斯塔纳的晚上是非常美丽的，但只有阿斯塔纳，别的城市没有像这样。”我没有说话，因为，我现在对阿斯塔纳所有道路和主要建筑布满绚烂灯光的作用有了新的认识。当第一次目睹阿斯塔纳的美丽夜景时，我真的感到有些太浪费了，几乎所有高层建筑都布满了色彩缤纷的灯光，整个城市一片璀璨，现在我觉得它们的存在不多余，甚至应该在低矮的地方也应该有亮光。我想起我住的楼每个单元门口都有一盏特别明亮的灯，真的，有几次我还觉得那么亮有必要嘛！现在认识到很有必要。这时，别克碰了我一下，原来一位老妇人上车了，我赶紧起身让座，别克问我：“听说中国人不给老人让座？”我说：“极少数。有些年轻人比老人还要累，他们上车后睡着了，当然就不会让座。”

在公交车上不给老人让座这件事真是丢尽了中国人的脸，但我不怪年轻人，我看到很多年轻人非常有礼貌，有教养。相反，我觉得中国的个别老人有问题，特别是那些心理有问题的老人，他们是那个把错误当作正确来执行的时代的悲剧承担者，真有年轻人不给老人让座，也是这类老人的遗传。

下车后，我的情绪有些低落。有时候有些想法几近残酷，但那就是中国的真实，拿道德来谴责当下的年轻人，真的极不公平，但中国的传统就是把老人摆在前面，压死年轻人，而坏主意、坏想法都是这些久经世故的老人提炼出来的。何时政治体制和法律规定能够把年轻人摆在前面，把幼儿园、小学、中学到大学摆在其他事情的前面，形成一个全社会关爱尊重年轻人的风气，中国才有希望！

快到我住的楼下，别克和我告别，他说他还要到一个很远的地方打工，做餐厅的招待。这样一个英俊的小伙子，也正在为自己的未来挣扎，哈国的大学学费对一般家庭还是非常高的，别克是那种特别能容忍和关心他人的年轻人，他当然要自己去挣学费，减轻家里的负担。我当然知道绝大多数中国的年轻人也是这样，他们奋斗的目标甚至就是让爹妈过上好日子，可是，网络媒体把个别年轻人的不孝敬行为当作娱乐新闻传播，给人们的感觉是当下的年轻人就是这样，极大歪曲了真实情况。就像把年轻人不让座的纠纷当作爆料，结果损害了自己。我常想，这么多人口的国家出点什么事，出点什么怪事，那太正常了。一个哈国老师问我："哈国的美女比中国的多吧？"我说："这没有可比性，据统计，在中国有精神疾患的人口有1500万，接近哈国总人口。你说，你想在中国找什么样的人吧？他们的总数会让你目瞪口呆。"

我恐怕在哈萨克斯坦总是会遇到奇特的事情，因为，在这样一个奇特的国度，在这样一个奇特的氛围，在这样一个奇特的时间，各种感觉、感想、知觉和幽灵、鬼怪、神圣混合在一起，大家在欢歌，精神在飞舞，思想如同闪电一般不时划破帷幕，展示出平时掩藏的惨白和血色。中国人的精神世界真的需要闪电的破坏和曝光。

参观画展

附录（《美国的那些事儿》中记录2008年的万圣节）

万　圣　节

记得还在读大学本科时，听美国著名华裔学者袁小圆讲汉字改革时说：汉语是世界上最简洁优美的语言，最能表情达意的文字。她的话当时给我留下很深印象，但难以有真切的感觉。30年后来美国，这种感觉忽然产生了，而且是在万圣节。

来美国一个月后，我们遇到的第一个大的节日就是万圣节。每年10月31号半夜，各路鬼魂就要来到人间问候活人，所以，节日前几天，关于万圣节的商家广告和人们准备的各种各样的庆祝活动就开始宣传起来。一开始，我对这个节日全然没有顾到，觉得大概就像中国的清明节，我们是他乡异客，过什么万圣节。

一天，我接到我孩子就读的学校打来的电话，说有事情找我商量，我有一种大祸临头的感觉，学校从来没有专门打电话找过我。我急忙赶到学校，接待我的是负责学校杂役的一位女士，她说：快过万圣节了，所有的孩子在那一天都要穿节日服装，考虑你的孩子刚来美国，没有准备，所以我们找了一些过节用的服装，你帮助孩子挑一挑。原来就是这么一回事！

我把尕乐从班里叫过来，这位女士从一个纸箱子里先拿出一件"鬼袍"，尕乐一见，急忙摇头，又拿出一件"死裙"，尕乐更不愿意。她看出尕乐的顾忌，说万圣节的服装主要是表明你是什么身份，并不见得非要“鬼味十足”。她忽然拿出一个木制棒球棒和棒球帽对尕乐说：这个不错，今年肯定没有棒球手。尕乐接受了这个纯粹没有一点“鬼气”的角色。

在随后的几天，尕乐越来越兴奋起来，她急切地盼着“鬼节之夜”的到来，原来她的同学们都在说去年他们在那个夜晚收获了多少巧克力糖，有的居然说他背回家整整一口袋。31号那天，尕乐打扮成一位棒球手的样子去了学校，而很多孩子的穿戴绝对是专业的化妆水平。下午接尕乐回家，路上已经看见一些人家门口摆放的南瓜灯开始亮了起来。尕乐开始抱怨她的服装不“专业”，而且她没有足够大的装糖的口袋。

回到家，我赶紧帮她想办法：一是在她的外衣外面套上我的肥大的篮球圆领衫，二是腾出一个装大米的口袋，三是准备了一根竹竿用来挑着那个口袋，再加上棒球帽。尕乐总算基本认可这套装扮。

到下午5点，天刚有一点暮色，尕乐就装备好要去敲邻居的门，我说应该再等一等，起码天黑了再去不迟。好不容易又等了一刻钟的样子，突然传来敲门声，尕乐跳起来说：看，看，别人早就行动了，果然，一开门，外面站着几个武装到牙齿的小鬼，大喊“Trick or treat”，我们赶紧拿出准备好的巧克力递给他们，孩子们欢快地走了。尕乐拿起她准备装糖的口袋，像旋风一样跑了出去。我心里暗自好笑，还是孩子。一回头发现她忘记带帽子，我也赶紧旋风般追了出去。

远远地看到家家门前都亮着灯，尕乐在对面一户人家门前正说着“Trick or treat”，她回过头看见我，就赶紧跑过来兴奋地说：看，大巧克力，还有两颗花生。我赶紧把帽子给她带上，说：体会一下就行了，小心狗。这个地方家家都养狗。她说：不行，这是我第一次在美国过万圣节，我要把口袋装满！虽然这个口袋不是很大，但我还是后悔给她配备了这只口袋。我没有说什么，从她坚定的表情和着急的口气中，我第一次感到孩子不完全是在玩，而是真的想让她的口袋变得沉一些。我只好远远地望着她，平时白天从别人家门前走过都脚步匆匆，现在黑天瞎火居然毫无畏惧地挨个敲陌生人家门。

在大约走了一个街区的样子，随着收获的增加，尕乐又要去另一个街区，我的确感到有点不安全，就过去劝说她：真不得了！真的收获巨大！我看差不多了，我们可以打道回府嘛？她说，不行，早着呢。这时，大约有六七个美国孩子刚好"扫街"过来，为了安全，我让尕乐和他们一起去敲门，我则跟着他们的父母在后面聊天。

一位年轻的母亲说：万圣节就是孩子们高兴，因为他们可以得到糖，但只有门口亮着南瓜灯的人家才欢迎小鬼们敲门，有时即使不开门，但只要亮着灯，你就会发现门口有一个碗里面装着糖，孩子们也绝不会把所有的糖拿走，一般只拿一块或者两块。

"万圣节"，多么好听的名字！我特别想给他们讲一讲中国翻译过来的"万圣节"的真正含义，但我发现根本讲不清楚。汉语里的"圣"是一个十分灵活的词，《西游记》里的孙大圣，使"圣"包含的范围十分广，好的妖魔鬼怪也可以成为圣。古人认为，当你不好确定对方身份时，就可以用"何方神圣"来提问，这样一般不会得罪人，如果真是一位大圣，那么正好。如果碰巧是一位小鬼，那他也会自觉被人提高了一等而感到自豪，起码不会当下露出“鬼脸”。这位把西方“Halloween”翻译为“万圣节”的老兄真乃神人也。西方的“万圣节”就是指天黑了以后出来的“鬼”，这种不分良莠，一律以“鬼”论之的做法显然不如中国古人对神鬼世界的理解。所以，“万圣节”三个字给你意识里留下的印象是，噢！这是一个敬仰神灵的节日，而不是像美国人那样都打扮成魔鬼样。

大概那些孩子觉得糖要的差不多了，准备各自回家，尕乐也十分不情愿地和我往家走。她跟我说：有一家人出来一位老大娘，不但给了糖，还给了两颗花生。她把这两颗花生从裤子兜里拿了出来，说：爸爸，这两个花生，你一个，我一个。看来，除了给糖，更古老的万圣节可能主要是给类似花生这样的农产品。我说：太好了，我们先吃了这花生，我们就会心明眼亮，就不怕鬼了。

回到家，尕乐一边数她的收获，一边说那几个孩子的口袋好像比她的沉，她还想出去。我赶紧说：今天你的收获已经非常可观了，而且现在天太黑了，你要是觉得不够，明天我给你买“万圣节”专用巧克力。她终于答应了。

第二天早晨，我打开网络浏览新闻，赫然发现一则最新消息：昨晚美国一个城市，一位 23 岁的年轻人用冲锋枪向站在门外敲门要糖的孩子们扫射，当场打死一个孩子，另外一个孩子和他们的父亲重伤。我震惊之余，庆幸昨晚没有再让尕乐出去。不过，我的确感觉到西方“Halloween”晚上人鬼不分的境界，如果换上中国式的“万圣节”，恐怕就是另一番各路神圣的演义，而不会真的闹出人命来。

2013年11月3日，哈国纪事之十四：

东方学系的第一次国际会议

在我来欧亚大学东方学系后，他们就一直在筹备召开一次国际会议，在东方学系历史上，他们还没有举办过“国际会议”，主要原因是没有合适的召集人，也没有专门的钱邀请。而现在，系里有从中国、日本、韩国、埃及邀请来教学的五位老师，这五位就代表了四个国家，其中，我和埃及来的老师是教授职称，其他三位是年轻老师。这样，就省去专门邀请国外专家学者带来的签证和费用问题，国际关系学院还邀请了10个国家驻阿斯塔纳的大使，好像到会的只有三位，有两位是代办之类。总之，这次名为“21世纪东方学理论发展国际研讨会”完全达到了国际会议的标准。

哈国的大学在宣传和硬件方面十分有经验。比如尽管学校教室非常紧张，但适应各种人数和规格的会议厅、会议室、接待室应有尽有，且装修高档、设备齐全。比如为哈萨克族最著名的专家学者设立的博物馆和收藏室，十分讲究，专业水准高。因此，他们在会议接待宣传布置上，下了工夫。大楼门口立着一个高大的会议宣传牌子，一进门，两边站着穿戴民族服装的美丽姑娘，然后是登记领材料。

会议室在二楼，是一个长方形的圆桌会议室，围一圈可以坐30个人，高大的可旋转椅子，桌子上配备有电脑显示屏、麦克风和传声耳机。会议室没有设主席台，但在主持人位置的侧面，有一个讲演台，在主持人位置的对面是三排椅子，供普通参会人员就座，而在两侧，则是单排座位，其中有几个座位前是玻璃隔音罩，供同声翻译使用。这样的会议室比我在越南和老挝开会时的会议室豪华先进多了，也比国内一些大学的会议室设备先进，当然，蒙古国的会议室最豪华。

在哈国约定的时间总是要推后一些，我已经知晓了。可能是游牧民族的传统习惯，草原上气候变化万千，骑马走路差点时间应该正常。这里的人睡觉都晚，早晨正常的开始时间应该是 10 点，我们会议开始的时间也是 10 点，但过了 20 分钟才正式开始。

会议由国际关系学院的院长主持，这是一位高大英俊的哈萨克男子，长相绝对达到“酷”，还来了一位副校长。会议一宣布开始，那位校长简单说了几句，马上进入大会发言，只是在主持人介绍发言者时简单介绍一下发言人的情况，没有中国特有的首先“排座位和隆重介绍”，然后领导挨个发言，之后合影留念，再回到会场，最后领导都提前退场，留下专家学者才正式开始开会。那位副校长听了一会就悄悄走了，没有专门和众人打招呼，也没见有人专门送。我知道哈国执政党的权威和领导作风强硬，但起码在这个学术会议上的表现让我感到非常正常，行政领导没有人愿意凑这个热闹，露这个脸。

我还发现他们的会议论文集搞得非常好，有几国文字，封面装订和印刷质量都不错，我在会议文件袋里还发现了一个印刷精美、备有公章和国际关系学院院长签字的“参会证明”，上面印有大会名称和时间地点，并有你以什么论文参加了这次会议，特此证明。这个经验尤其值得我们学习，每次开完国内或者国际会议，单位都要你把你讲话的照片、会议邀请函、参会论文交上，证明你是去开会了。不然报销费用就有麻烦，有这样一个正式的文件，一切都好办了，而且可以留存。

我是用中文发言，事先和阿依努尔简单对了一下，她来翻译。在我把感谢的话说完，开始介绍我的论文题目《民族文化多样化和民族认同多重性》时，她在“多重性”的翻译上突然卡住了，停顿下来，吐尔逊老师赶紧接着她把翻译进行下去，直到我讲完，她一直坐在我旁边。后来她说，那一瞬间她的脑子一片空白。其实阿依努尔非常努力，工作以后，甚至可以用“竭尽全力”来形容她的工作精神，但这不是一个“以勤补拙”就能解决的问题。

会议结束后我一直在安慰她，希望她能从失败中吸取经验，在挫折中成长。这个道理谁都知道，但很少有人能够真正从失败中得出正确的经验，因为，几乎所有的人都认为，不如我的人为什么比我做得好、比我得到的多？就是运气好，就是有人帮助。很少有人想我哪里真的有问题，因为，前提已经有了：就是“不如我的人”，其实，这个时候你还没有真正了解自己。

会议午餐非常简单和自由，所有参加会议的人，包括学生都可以领一张餐票，然后是一种快餐式的托盘。整个午餐期间我一直在和一位国际关系学院的著名老教授聊天，他 20 世纪 60 年代就曾经是非洲几国的大使，而且在苏联解体后，他参加哈萨克斯坦代表团前往联合国争取哈国独立。同他谈话我得到了一些非常有意义的启发，我想在合适的时候专门和他聊聊。

下午的小组发言非常认真，主持人要先把所有参加本组发言的论文内容讲解一遍，无论这个人来没来，这就要求主持人不是仅仅为了主持而主持，为了名声而名声。主持人把每一篇论文内容讲解并评价完，大概用了一个小时，然后是准备发言的人上台发言，一般10分钟。我们那个组几乎没有提问的，然后就是我们叫“茶歇”的时间，到专门的餐厅，大家几乎同时进行“茶歇”，真正的喝“奶茶”，吃蛋糕和馅饼。然后就是闭幕会议，由各分会场主持人介绍发言情况，系主任简单总结了几句，就算结束了。

用“第一次”来衡量，这个国际会议真的是开得省钱省心，又收获巨大。首先，成功地宣传了东方学系，制造了相当的声势。其次，有了厚厚的一本会议论文集，取得实际成果。其三，利用了所有邀请和在岗老师的作用，调动了大家的积极性。其四，没有花多少钱，办了首届国际会议。

从这次会议就可以看出，哈国人办事追求时效性和宣传性，他们有足够的聪明和才智把自己的影响扩展到最大，他们也拥有足够的勇气和胆量把事情的形式做到完美，哪怕有时失去内容。因为他们知道，现在需要的是开拓进取，“变无为有”，而不是“曾经拥有”。

2013年11月10日，哈国纪事之十五：

域外管窥五——中国哈萨克族移民与朝鲜族移民情况比较

在中国的少数民族中，与哈萨克族情景类似的还有朝鲜族。20世纪90年代起，朝鲜族也有大量移民进入韩国，也是在韩国提倡的“共同祖国”政策感召下，纷纷前往韩国，并主要从事劳务打工，目前延边朝鲜族移民潮已经基本消退，一些人重新返回中国。尽管两个民族存在很多主、客观方面的不同，但通过比较中国哈萨克族移民与朝鲜族移民的情况，会在一些问题上产生相当的启发。

一、在民族历史上的共同点是都有被长期殖民的过程，而中国居住的哈萨克和朝鲜族始终处于“边疆”地带，相对保留了更传统的民族历史和文化。不同点是朝鲜族是移入中国，哈萨克是世居阿尔泰地区

在阿尔泰山居住的中国哈萨克族历史悠久，他们与最早的“塞种人”和后来的斯基泰人的联系密切，再后来，很多北方民族把自己的历史与匈奴和突厥联系在一起，蒙古帝国时代加强了这种认识。所以，哈萨克在寻找自己国家历史的时候，也认为自己源于此，经常与蒙古族的历史重合，比如他们认可的“突厥古城”也是蒙古人的历史痕迹。然而，阿尔泰的中国哈萨克族是世居民族，并和相邻的蒙古人一直保持着联系。中亚哈萨克人和他们在历史上不断变换的属国问题上有区别，500 多年前建立哈萨克汗国，并不包括阿尔泰地区，也不包括近东的土耳其斯坦。后来，进入沙皇殖民历史时期，中亚的哈萨克地区被纳入俄国的版图，苏联时期哈萨克是苏联的一部分，这种局面一直到 1991 年结束。总之，哈萨克人统一独立的历史时间是短暂的，大部分时间他们处在其他民族的统治下。

中国的朝鲜族是典型的移入民族。在甲午战争以前，虽然朝鲜历经几朝，但始终处于中国不同封建王朝的“羁縻怀柔”之下，属于中国封建中央政府的“藩属国”，纳入中华帝国“朝贡体系”，自称是“以小事大”的典范。在这种关系下，朝鲜人进入中国境内采参、打猎、伐木，或从事民间交易，由来已久。朝鲜族移入中国主要是近代以来开始的，虽然早在 1636 年丙子之战后，朝鲜与清朝政权缔结君臣关系，但 1644 年满族入关，使鸭绿江、图们江以北的大部分地区变得人烟稀少，为朝鲜人越界进入该地区创造了机会。然而，东北长白山地区和鸭绿江、图们江属于满族发源地，清廷对该地区自然拥有强烈的领土意识，同时对该地区其他少数民族也十分熟悉，所以，康熙年间，清廷对中朝边界历次勘查。在 1712 年（康熙五十一年）基本定界，并为了防止大规模越界，清朝廷与朝鲜共同对鸭绿江采取封禁。对朝鲜人越过鸭绿江、图们江的活动起到了一定的遏制作用。但仍不断有移民进入鸭绿江、图们江以北地区。三次大的变化：第一次是鸦片战争后，随着共禁制度逐渐失去作用，朝鲜越界人员增多，到同治年间形成大规模越界开荒，清廷无力严治。第二次是甲午战争后，朝鲜人越界进入中国避难，出现大规模朝鲜族定居区，日本对朝鲜的统治是要全面消灭朝鲜民族，朝鲜进步人士开始以中国为基地反抗日本帝国主义的统治，因此，与朝鲜接壤的地区就成为朝鲜国内抗日势力的后方。在延边一些朝鲜族认为自己定居此地已经是第六代，那么，从时间上推算应该在20世纪初移居延边，这正是日本殖民朝鲜初期。这些人都有亲戚在朝鲜，有比较鲜明的民族意识。第三次是朝鲜战争期间，战争使万余中国籍朝鲜军人进入朝鲜并留了下来，大量朝鲜人为躲避战祸进入中国定居下来，这些人或他们的后代是20世纪80年代后非法越界的主要构成人员。战争期间两国边界相互往来不分昼夜，边境附近人民相互往来不分你我，在20世纪60年代中国正处在困难时期，我方边区人员也有越界进入朝鲜边区寻求食物，而80年代后出现大量朝鲜非法越界者利用延边中国朝鲜族非法移入中国。

二、历史不同造成“回归祖国”的真实差异

每个民族的历史都以个性化的方式流传下来，即使是同一民族在不同地区的不同历史阶段，他们对历史起源的认同是一致的，这是民族归属的基本条件。

在阿尔泰地区居住的中国哈萨克族保留了传统的哈萨克族历史文化，他们的语言和生活方式基本上是阿尔泰地区部落历史的延续。因此，阿尔泰地区的哈萨克族认为这里就是故乡，他们是中国的少数民族，而哈萨克斯坦是以哈萨克族为主体民族的国家。所以，他们“回归祖国”是想改变自己新疆维吾尔自治区的少数民族的地位，不想错失成为这个新兴的哈萨克人自己国家国民的机会。

中国朝鲜族虽然是移入的跨界民族，但长期生活在中国一方，形成明显的聚居区，保持了浓厚的朝鲜族文化传统。在20世纪80年代以前，对中国朝鲜族的影响主要来自国内政治和朝鲜半岛对立双方，中国朝鲜族处在较为封闭的边境地区，经济发展相对落后。改革开放后，韩国提出的“共同祖国”政策，吸引历史上从韩国移出的现在可以找到证明的中国朝鲜族重新移入，所以，中国朝鲜族移民韩国是真正意义上的“回归”，而不是增加主体民族人口数量。那时，中国朝鲜族移民韩国主要是为了获得经济利益和韩国国籍，因为，相对当时中国的经济发展程度和工资收入水平，韩国远远高于中国。在此之前，中国的朝鲜族大多支持朝鲜，在此之后，情况发生了逆转，他们大多数开始支持韩国。

三、“回归祖国”的目的影响国家认同

在民族认同方面，无论是朝鲜族还是哈萨克族都没有太大问题，但在国家认同方面，由于国家始终处在发展变化当中，而每个民族个体都存在不同的利益诉求，因此，表现极为复杂。

中国哈萨克族面临来自外部和内部的社会环境压力。从外部来看，哈萨克斯坦的“回归祖国”运动对中国哈萨克族有相当吸引力，他们明白自己选择离开故乡意味着什么，也知道哈萨克斯坦吸引他们移入的目的是什么，他们甚至清楚哈萨克斯坦的哈萨克人“俄化族性”是什么。所以，尽管人们都想去看看，真正踏踏实实留下来的高端人才是少数。中国哈萨克族形成自己独特的认同格局：第一个层面是认同哈萨克族拥有共同的历史与文化；第二个层面是移民哈萨克斯坦的中国哈萨克人认同哈萨克斯坦，生活在中国的哈萨克人认同中国；第三个层面是两边都有认同，但坚持不去哈萨克斯坦的哈萨克人实际上增强了对祖国的认同，而在哈萨克斯坦取得成功的人更倾向认同哈国，不成功的人则倾向于中国，甚至返回故乡。

朝鲜民族历史上就是有迁徙特点的民族，在当今世界，很多国家都有朝鲜族。中国的朝鲜族总体受教育水平高，文化素质和工作能力突出，在国内适应能力强。大部分移民韩国的中国朝鲜族主要是为了提高生活，所以，就像韩国人一样，在韩国成功的一些中国朝鲜族后来也移民美国和欧洲国家。也就是说，国家认同并不是中国朝鲜族移民韩国的目的，只是一个动机。对仍然挣扎在底层的移民来说，韩国不但不是天堂，而是充满残酷竞争和剥削压迫的“旧社会”，因为，有一个“新社会”比较存在，这就是朝鲜。不要用“外人”的眼光把朝鲜的国家制度和封闭状态看作“邪恶”国家，在一些朝鲜人看来，真正让民族获得独立的是朝鲜，让核武器爆炸和发射卫星上天都是朝鲜干出来的。单一民族国家的国家认同最容易被民族政治认同所左右。

四、朝鲜民族的“民族性”和中国朝鲜族认同特点

了解一个国家的特点是什么，必须了解组成这个国家的民族特性是什么。正如锻造一个模具，组成模具的物质和温度是模具成型的条件，不同的物质需要不同的温度，历史的误差就表现在民族和国家的多灾多难上。

尽管早期朝鲜国家的历史始终在中国宗主国的阴影之下，但中国对周边“藩属”的统治是“英联邦式”的，其民族国家依然存在，国家政权独立性依然存在，民族传统和文化依然得到发展。甲午战争后日本殖民朝鲜50年，对朝鲜民族危亡意识产生深远影响，日本对朝鲜的统治是要全面消灭朝鲜民族，消灭这个民族的传统和文化。所以，在日本殖民朝鲜初期，朝鲜的部分政治势力有借日本人摆脱中国“压迫”的倾向，但随着日本残酷的殖民统治和压迫，朝鲜进步和独立人士开始以中国为基地反抗日本的统治，又把中国看作复活朝鲜的希望，在日俄战争和伪满洲国后，中日矛盾日益激化的情况下，朝鲜抗日救亡与中国国内进步势力在政治目标上取得一致。抗日战争期间，朝鲜人对待中国的行为是矛盾的。一方面他们仇恨日本帝国主义对朝鲜民族的奴役压迫，另一方面他们也视中国为曾经的压迫者，甚至一些人幻想借日本人之手灭掉中国，他们起码可以成为二等民族，他们在日本侵略者的胁迫下参与了日本对中国的侵略。另外一些人在苏联的扶植下组建朝鲜劳动党并领导人民进行了抗日战争。

抗日战争后，朝鲜半岛却出现了分裂。在当时，社会主义制度对落后国家的统一和民族力量的凝聚具有得天独厚的作用，苏联社会主义国家的成功使人们相信广大穷苦老百姓在共产党的领导下是可以掌握国家政权并取得胜利的。朝鲜解放初期也的确显示出这种发展趋势。正是在世界社会主义运动蓬勃高涨时期，朝鲜获得了苏联的大力支持，人民群众也为在短时间内实现国家的独立、繁荣和富强而奋发努力，一些跨界的朝鲜人返回自己的国家，甚至当时一些韩国人也偷越边界进入朝鲜加入到社会主义建设中。

朝鲜战争的爆发，其外部推动力主要是斯大林调动和消耗美国军事力量的战略，而内部原因是长期压抑的朝鲜民族主义的爆发。历史再一次证明弱小民族国家的命运掌控在大国手中的事实。朝鲜战争是朝鲜民族的悲剧，它不但使一个饱受压迫的民族走向分裂的深渊，而且使双方都把自己的命运捆绑在两个超级大国的战车上，把自己民族能否复兴成功与社会政治制度化为一体，迫使这个具有强烈个性的民族把民族性与政治性合二为一，构造了现在朝鲜民族的民族特性和社会特征。换一种说法，就是朝鲜民族强烈的民族独立性和长期以来无法摆脱外部控制的矛盾状况，造成现在朝鲜民族强烈的民族自豪感与强烈的被认可需求，所以，无论是韩国还是朝鲜，民族认同和国家认同必须是一致的，分裂就变得不可避免。今天朝鲜半岛局势的不稳定与这种社会特征有密切的关系。

朝鲜战争是朝鲜国内政治危机的转折点，此后，朝鲜在苏联、中国之间摆动，意识形态成为朝鲜政治生活的主流，而那些不能忍受残酷的政治运动和更为严酷的饥荒的人便借助他们一些早期移居延边地区的朝鲜族亲朋非法越界进入中国。如果再把近代以来朝鲜人进入中国的历史情况联系起来，可以肯定的事实是中国与朝鲜接壤地区是朝鲜半岛动荡的“避风港”。因此，中国的朝鲜族并不急于认同韩国或者朝鲜也就可以理解了，就是在美国，你可以发现有“韩国同乡会”“朝鲜同乡会”“中国朝鲜族同乡会”，这清楚地说明中国朝鲜族在国家认同上的相对独立性。

五、存在的问题和思考

任何跨国移民，不论是哪个民族，都存在民族认同和国家认同的纠葛，但侧重点不同。民族认同解决文化和生活习惯方面的问题，国家认同解决政治生活方面的问题。一个国家的政府如果不主动挑起民族识别上的差异，民族认同一般不会直接影响国家认同，如果国家政治利益集团希望借助民族认同的力量加强凝聚力，排斥力就是不可避免的。

韩国提出所谓“共同祖国”论，如果可以证明三代以内有亲人源自韩国，即可申请韩国国籍。韩国主张的核心目的是试图引起朝鲜“崩溃式”的居民外逃，增加朝鲜内部分裂的压力，在几乎整个20世纪90年代，朝鲜的非法“脱北者”问题成了当时中朝边界最严重的问题，韩国也成立了专门机构并提供专门经费，培训和安置这些“脱北者”。中国朝鲜族主要依照韩国的“祖国身份证明”的合法途径进入韩国，目前，无论是朝鲜“脱北者”还是中国朝鲜族移民都进入了一个相对稳定阶段。究其原因，一是韩国吸引“脱北者”的目的已经达到，继续大规模开展下去，就远远超出了政治意义。二是中国朝鲜族移民基本达到“自然饱和”，也就是符合条件的、能去的和该去的基本都去过韩国了，也有大批不适应韩国的中国朝鲜族又返回中国。延边地区经济发展和传统的人际关系仍然是中国朝鲜族认同中国的重要原因。

因此，中国朝鲜族本身并不存在政治意义上的分离倾向，至于他们有多少选择支持韩国还是支持朝鲜，都不会影响当地社会发展和稳定。需要重视的问题：一是增加当地人口，使边境地区朝鲜族聚居的乡镇恢复常住人口数量，保持边境地区繁荣与稳定；二是扩大城市化的同时，增加社会就业能力，使脱离土地的农民有可靠的收入；三是允许其他地区朝鲜族进入延边荒芜乡村安家落户，增加社会劳动力；四是扩大医疗保险和提高教育水平，在比较当中充分显示中国社会经济发展的强大影响力。

迷石下的风景

2013年11月14日，哈国纪事之十六：

生死朋友

我特别怀念祖国，特别想我的几位好朋友，每逢过节或者周末，我们经常在一起喝茶聊天吃饭，然后打“拖拉机”。现在想起来，那真是人生最惬意的时候。

现在，孤独成了我的家常便饭，回忆高朋满座的时候就成了填补孤独时的美酒。昨天我看《搜神记》中《山阳死友传》，原来范式和张劭在太学一起学习，成了好朋友。分手时，范式对张劭说：“两年后我去你家看望你，并拜见你的父母。”那个时代这个诺言有点玄，但张劭相信范式，两年后约好的那一天，范式来到他的家。后来，张劭生病，他身边的朋友照顾他很周到，张劭临死时却说：“遗憾没有见到我的死友！”他的朋友说：“我们尽心伺候你，这不是死友，你还想见谁呢？”张劭说：“你们是我的生友，山阳范式是我说的死友。”不久，张劭就死了。一天，范式忽然梦见张劭，他戴着黑色的礼帽，帽檐上挂着飘带，对他说：“我在某日死了，将在某日埋葬，永归黄泉之下，你没有忘记我，怎么才能赶上呢？”范式哭醒过来，马上就准备好丧服和马车，往张劭家奔驰而来。下葬的那天，棺材却不肯进入墓穴，张劭的母亲抚摸着棺材说：“难道你还在等谁吗？”一会，远处传来车马声和哭声，他母亲说：“这个人一定是范式了。”范式来到棺材前说：“生死不能同路，永别了！”牵着绳子，棺材才往前移动入穴。

这个故事打动了我。古时人们就把朋友称为生友和死友，过去没有细想，现在想来，生友好当，死友难做。你想想，好朋友没了，逝者一去百了，活着的却不免想起，悲从中来。几度人生，感念父母给我生命，苍天让我游走人生，更加触动了我思念朋友的情怀。

想来，我半生还真有一位“死友”。

记得我们小的时候，经常搬家，因为父母是军人。最后回到地方工作，我的小学五年级就在一所回民小学完成。那时回族人有习武传统，有一位同班同学的武艺在同辈当中出类拔萃，我相当佩服，习武一般是在天黑以后，他曾经引我去观看他们的练习。小学毕业后，我们去了不同的中学，我的家又搬到别的地方。

在我读初中一年级的时候，有两个坏小子经常拦住我找茬儿，他们曾经是我在另外一所小学读四年级时候的同学，我不知道他们为什么要找我的麻烦，他们知道我曾经在回族小学读过书。有一天，我偶然遇到了那位习武的回族同学，当时他的家境不好，他不想学习，想到外面工作。我说起我在那所中学的遭遇，碰巧他知道那两个同学，其实，他们住得不远，相互认识。

第二天放学后，往西面走的学生都从学校的后门出去。当我出了后门来到那条小路时，发现那位回族小学同学正在和那两位中学同学打架，当然，他把他俩打得狼狈逃窜。我知道他是在为我报仇，我的心被他的侠肝义胆所感动，对他勇猛非凡的武功佩服得五体投地。他没有和我正面打招呼，只是拍拍我的肩膀，对周围的人说："以后谁再敢欺负你，找我！"然后，他就自己走了。

当时应该是春天里的一个日子。

此后，一直没有见到他。我想下次我见到他时，应该感谢他为我"两肋插刀"。我时常想起他，直到冬季一个阴沉沉的雪天，我忽然碰到一位认识我和他的同学，他告诉我，他死了！他是在从一列奔驰的火车上往下跳时，被高出铁路路基的土坡弹回来，滚到火车下面。

这是我第一次感受到一个活生生的朋友突然逝去，我懵住了。我无法理解他为什么要跳火车，那是一列货车。

我见过他母亲，知道他家里有 7 个孩子，但我没有去他家。所有的大人都不会相信他为我曾经做过的事情，所有的孩子也不会相信他这样一个人在我心中的位置。我只有自己相信我还记得他，可以肯定，在这个世界上，能够想起他的人恐怕只有我，能够怀念他的人也恐怕只有我，今天，还能够提起他的人，这个世界上恐怕只有我了。如果我没有记错的话，那年应该是 1975 年，刘全是他的名字。

我并不相信命运，也不相信生死轮回，更不相信报应，但我相信精神和意志。一个怀揣着梦想和渴望的精神世界一定五彩斑斓，这种精神支配下的人生一定充满生机和情趣；一个相信意志可以主宰自己命运的人，他的人格和品德必定会在凡俗尘世中慢慢升腾，蒸发出灵魂中积淀的人性光彩和真谛。

我特别喜欢看《雪山飞狐》，对胡一刀那样的英雄佩服得五体投地。我特别憎恶那种利用别人侠肝义胆的卑鄙小人，觉得这样的人比敌人坏多了，因为，前一种人是天生的坏种，后一种人只是对手而已。可是，为什么世界上后一种人总是比英雄活得更长！这或许是为了让我们怀念他们？或许是为了使英雄本色永久长存？或许是为了让小人多活几日，以明世人眼睛？

我最终从事民族学研究，不知是冥冥之中与我从小的多民族教育背景有关，还是与潜意识中感念那位回族朋友有关，不得而知。但在哈萨克斯坦，我每礼拜日去清真寺，也算还了我心中少年时这个朋友的愿。我从来没有对别人谈起过这件事，也从来没有向别人提起他的名字，不过，我时时想起他，也记得他长什么样。

愿真主保佑他的在天之灵！

2013年11月16日，哈国纪事之十七：

"信任"为什么在哈国是"稀缺商品"

最近我在上课的时候，时常与哈国的学生讨论"信任"问题，因为，纯粹就个人感受来讲，哈国给我留下最困惑的印象就是人与人之间的不信任。我原来以为这只是我来的时间短的缘故，和别人交往不深，语言上又有障碍。但是，经历了一些事情以后，在与一些老师学生就信任问题交流看法以后，我感觉不是上述原因造成的，而是有深刻的历史和社会原因。

当然，在市场经济的作用下，中国人传统的人情世故正在消失，亲戚朋友之间的礼尚往来之情也在淡薄。因为，人们在考虑所有问题的时候"价值"成为衡量的基本标准，所谓"君子取其义"早已被"众人取其利"所取代，这不完全是坏事。但是，如果一个社会物质财富极大丰富的结果是"人人自私自利"和"个个物欲横流"，恐怕是社会倒退的表现。所谓"历史发展的客观规律"告诉我们，"随着物质财富的丰富，人们的精神世界也会获得极大提高"似乎没有被充分证明，相反，人们的行为必须被各种各样的法律条文所规范，人们的思想必须符合社会基本道德底线。即便这样，国家每天也要花费大量的人力物力去纠正违法和违规的人。

就哈国的情况来看，似乎与我们的情况有所不同。

首先，哈国号称是"资本主义民主制国家"，主要表现在国家不负担任何个人的信用和使用，就是说，职业和工作完全是个人选择，在这里舒服了，挣钱多，就可以一直干下去。不舒服不愿意，也可以马上辞职。可是，现实是所有好的职业和岗位都必须用"钱"来打通。这就使单位法人或者部门领导人成为事实上的"老板"，他们的行为在民主掩盖下更加肆无忌惮，因为，个人的选择是"自由"的，别人不选择你也是"自由"的，不需要理由。哈国人在面临所有重大问题时最有效的途径就是"钱"。他们说，这是俄罗斯人留给他们最坏的"遗产"，或许，也可能这是俄罗斯人从他们这里学来的呢？总之，长此以往，造成社会上人与人之间冷漠是必然的，增加人与人之间的不信任也是必然结果。中国与哈国在这方面的区别是"人情是主要的"，"钱是润滑剂"，没有人光有钱是不行的，哈国只认钱。

其次，哈国社会的权利阶层长期固定化，形成相对稳定的利益集团，他们相互掩盖，压制反对声音，致使正义善良的呼声根本得不到反映。此外，哈国政治利益集团反击攻击他们的对手的最有力的武器是"保卫哈萨克人的国家利益"，一切试图纠正或者推翻他们的政治群体或者呼声都可以被冠以"破坏国家稳定""挑战哈萨克为主体民族国家"的叛逆者。因为，哈国把所有政治利益集团整合为统一的"光明祖国党"，在所有政治领域都占有绝对优势，他们正带领所有哈萨克人创造世界奇迹，"一个用最短时间建成的发达国家——哈萨克斯坦——即将成为现实"，谁敢挑这个如此美好国家的毛病！有两位辞职的老师在和我谈到这个问题时，甚至因此为哈国未来担忧不已而流泪。

其三，哈国很少有领导人因为贪污腐败而被查处，是"民主制度”保护了这些人，因为，这种民主表面上允许言论自由，但就是没有人听你的，任何反对声音都不会引起注意。同时，民主制度要求你尊重别人的权利和法律，如果你有钱，任何侵犯你自由和尊严的行为会马上被法律制止，而在这个社会，有钱人是不会挑战现实的。换句话说，当民主制度只给予普通公民选择职业的自由却让他们无法自由选择，当国家允许普通公民只要不违法干什么都可以挣钱的时候，他们只有拼命工作去挣钱，所以，普通人下班后再干一份工作是很正常的。其实，哈萨克人并不懒，他们工作的时间和辛苦程度不比我们差，但靠工作挣到的钱远远无法与一些人的“灰色收入”相比，这加重了整个哈国社会人与人之间的不信任感。

其四，哈国人与人之间缺少“人情投资”，有朋友告诉我，哈萨克人最不愿意欠别人钱，因此，别人也别欠我的钱。他们喜欢交易马上见效，如果今天能够拿到100，你告诉他明天就可以110，他们绝对拿100。如果你让他办事或者得到帮助，一般是有代价的，他们在这个问题上十分敏感，你只要不装糊涂，你是可以感觉到他们细微的变化，提示你注意他的代价。因此，哈萨克人自己说“我们爱占便宜”，就是指这种情况下他们喜欢得到“给予”，甚至有人把此视为哈萨克人游牧生活特点造就的习性。因此，哈萨克人与人之间就充满了这种“分量与比对”，增加了社会信用的负担和人之间感情的费用，因此，尽量减少平时的往来和相互帮助，于是，整个社会也就让你感到有一种冷冰冰的距离。

其五，中国哈萨克移民相互间的感情与本地哈萨克人形成比照，说明中国哈萨克人在人情世故方面受中国传统文化的影响。中国哈萨克族移民在哈萨克斯坦相互间联系密切，互相关照，而且，他们一般情况下都是亲戚拉亲戚，朋友拽朋友这样来到哈国，这也增强了中国哈萨克移民凝聚力。他们与本地哈萨克在人情世故方面的差异也经常导致双方交往遇到困难，他们难得交上好朋友，因此，他们把这种哈萨克人称为“俄化了的哈萨克”。那么，你也可以想象，这些“俄化了的哈萨克人”也会把他们称为“中国化了的哈萨克”。

事实上，一个社会人与人之间的信任关系，是一个社会文化成熟、制度相对完善的标志，人的信任关系是这个社会信用关系的基础，而信用是现代工业社会资本流通的“润滑剂”。有一个良好信用的社会，就会促进资本流通，提高资本效益，帮助健全社会经济制度和劳资关系。因此，西方国家对个人信用的重视超过任何文凭和职位，达到一个人可以靠信用安身立命的程度，可见，以人与人之间信任为基础的社会信用是现代国家的基本特征，当一个社会人与人之间的信任存在严重危机的时候，谈何建设发达国家?

就从哈国社会存在的信任问题也可以看出，哈国距离民主制度还有多么远。或者我们可以这样看：在类似俄罗斯、哈萨克斯坦等这样的国家，西方民主制度也许根本就不适合？在非洲强行推广所谓“西方式的选举和多党制”导致的社会混乱和倒退屡见不鲜，但西方舆论认为“民主是要付出代价的”，他们甚至把“快乐的贫穷”也比“富裕的专制”好，以此当作理想来宣传。

刚刚闭幕的党的十八届三中全会，描绘了新的中国改革开放的蓝图，走有中国特色的社会主义民主道路，应该是也必然是我们坚定不移的选择。哈国社会存在的深层次问题，也提醒我们建立中国式的社会主义民主制度，必须把如何增强人与人之间的信任作为一个重大课题来研究，必须把增强社会信用和个人信用联系起来，让个人信用记录成为社会诚信的标志，才能真正让“好人当道”，社会才能和谐发展。

在开斋节上

2013 年 11 月 17 日，哈国纪事之十八：

我感受的中、哈“朋友之道”

我生性喜欢热闹，呼朋唤友，喝酒聊天，或者围坐一圈，打打扑克，促膝品茶。像我这样的人生活在中国最好，我在《美国那些事儿》里就曾说过：如果你喜欢热闹，喜欢呼朋唤友，喜欢自由闲聊，那你还是在中国待着。外国朋友们见了面，也把在中国这样热闹的场景作为最美好的回忆，他们的“party”的热闹是“胡闹”，中国的热闹里藏着一种朋友间的信任和友情释放。所以，来到哈国后感觉孤独是再自然不过的了，不过，这种孤独感超过了我的想象，不是没有“party”，也不是没有朋友聚会，而是一种凑合，一种迫不得已，即使当你身在这样的场合也隐隐地感觉到的是一种人情冷漠。

有一次，我被邀请到国际关系学院的一个汉语课堂去讲课，学生的兴趣极高，下课后一位学生提议到我宿舍喝茶，继续聊天。在我看来，课余和外教加强交流，是学习语言和了解国外情况的最佳机会，我们学外语的时候，被邀请去外教宿舍喝茶是最高兴的一件事。我十分爽快地约好她们和他们的老师一起来我的宿舍，为了接待他们，我准备了很多食物，还特意做了一大锅牛肉炖土豆，到了约定的时间，只有老师带着他的女朋友过来，不见学生。他们的老师说昨天还专门提到今天来你这里，今天打电话找不到人。我当时感到有点不可思议，仔细想想，中国和哈国在朋友之道和为学之道上存在非常大的差异，这根本不是一个简单的爽约问题。下次再见面时，他们都好像从来没有发生过这件事情一样。问他们为什么没有来啊？他们面面相觑，说睡着了、忘记了、回家了、有事情，等等，总之，好像是我挑起的是非，热情也大不如前。后来，我不主动邀请别人，大家恢复了以往客客气气却冷冰冰的样子。

经过快三个月的时间，现在，我只和几位老师和几位汉语特别好的学生保持经常往来，他们约我到商场，帮助我买东西，我约他们来喝茶或者吃饭，还看了一次电影。现在，我知道了在这里老师从来不会请学生喝茶吃饭，学生也从来不请老师参加聚会，除了新年这个节日以外，师生没有任何节日庆典，甚至他们没有老师带队实习这一教学环节。老师们之间更是冷淡，应聘而来，解聘而去，不带情谊，没有感伤。行政运作基本上是靠金钱推动，人事关系更是现金交易。人们不需要友情，需要友情的人是傻子。

真的，我原本很傻。上帝给了我一个冥顽不灵的脑袋，从小笨嘴拙舌，而且，大约在我1岁多的时候发生了一次意外，让我的眼睛出现机械性斜视，直到我10岁的时候才通过外科手术矫正过来。你们想想，谁会喜欢我这样的孩子！当然，妈妈例外。我弟弟小的时候聪明乖巧，两只大眼睛格外好看，大家都喜欢他，父母自然也特别疼爱他。

情况改变大约发生在我小学三年级的时候。一天放学，在我经过操场的时候，一个小学生上体育课用的铁球不知从什么方向飞来砸在我的脑袋右侧，当时我就昏了过去。醒来的时候，天已经快黑了，操场上没有一个人，我挣扎着回到家里。

当时似乎没有太引起别人的注意，家里的人不相信真的发生这样的事情，但我的脑袋好像比以往敏感了许多。事情并没有结束，大约在一年后，我和哥哥等几个小朋友在一辆停在路边的军队车辆上玩，当时我们家住在一个部队大院里，我们没有注意到司机上了车，车忽然启动，除了我，其他的孩子都跳下车了，我情急之下，手抓着后槽边缘，身体垂下，然后一松手，我的身体在惯性带动下，向前趔趄了几步，就摔倒在地，前额正好撞在地面上的一块石头上，我记得当时我前额上被撞出的大包可以用自己的眼睛看到。总之，我没有死。然而事情还没有结束，大约在三年后，我又一次被飞来的物体击中脑袋，但这次是左侧，我当时就昏迷过去，大约半个小时后才苏醒过来。我的脑袋最后一次被严重击伤是从我哥哥的肩膀上直接栽到水泥地上，当时他正在习武，我俩在切磋摔跤技艺，他不小心把我摔到地上，我清楚地记着当时眼前的金星向外放射着，一圈一圈。也就是说，在我 15 岁之前，我的脑袋从四个方向都遭受过重创，除了后脑勺以外。

现代脑科学研究了很多外部原因导致性格和智力改变的例子。总之，我的性格和后来的兴趣发展与我的兄弟们不同，我把这归咎于上帝硬“砸”出来的结果。正如我特别喜欢和我的朋友们在一起，特别喜欢和人交往，特别敏感于别人的心理和情感变化，这份敏感不是天生的，我自认为是来自“脑外伤”；重视朋友情谊却不是后天形成，而是来自于性格。或许，这就是为什么我要写中国和哈国在朋友之道上的差距的原因。

首先，中国人讲“有恒产者有恒心”，这是一个真理。需要从“纵向”和“横向”方面来理解：“纵向”表示稳定的物质基础是经过长期积累下来的，物质积累的结果是精神的自由和活跃，一个人是如此，一个民族也是如此。一个人每天为饭食而奔波，一个民族长期为获得安定而奋斗，他们真的没有时间和精力去享受自由和发展爱好，也就难以有“恒心”。没有“恒心”当然就难以有可靠的“朋友之道”，因为，“朋友之道”的核心是有“恒心”，有“恒心”的前提是有“恒产”。哈国毕竟是新立之国，“恒产”还在初创阶段，即使有，也大多是“暴发户”之类。“横向”表示当下拥有“恒产”的数量和质量，西方国家强调中产阶级对一个国家发展和稳定的重要作用，实质就是强调有“恒产”者的数量和质量，中国也在关注中等收入阶层的成长状况，就是把有“恒产”者与中国社会进步与发展联系起来，限制非法所得和依靠权力爆发，这样，社会才会凝聚“正能量”。哈国还没有经历中国式的改革开放，更没有经历制度调整和大规模反腐败，人民还没有从民族主义的洪流中漂泊到平静区，所以，还顾不上谈“朋友之道”，认清敌人远远要比交朋友重要。

其次，中国历来把亲情和朋友关系当作“安身立命”的基础，因此，“重信守道”是获得别人推荐和赞赏的前提。尽管我们没有美国的“信用记录”制度，但在交通和信息不发达的过去，每个人的“忠信仁义”记录在所有亲戚乡邻的“口碑”中。显然，这已经不适应今天社会信息和交通状况，我们必须尽快建立类似美国的信用记录制度，从客观角度改善中国已经被损坏到面目全非的信用传统，让“朋友之道”重新回到我们的生活当中。因此，我们的“朋友之道”面临的任务主要是恢复。哈国面临的任务是开创和融合，因为，“俄罗斯化”的哈萨克人和中国来的哈萨克人与乌兹别克、蒙古来的哈萨克人在“朋友之道”上都有差别。“人以群分，物以类聚”，自然，“朋友之道”基本上是在各自熟悉的文化环境中存在，越过这个隔阂，就很难找到可靠的“朋友之道”。所以，在哈萨克斯坦，大家警惕性比较高，防骗和防诈意识敏感，朋友圈子小也就顺理成章。在阿斯塔纳，所有住宅楼的单元门都安装电子门禁系统，绝不比北京的差，绝大部分的电梯都需要用钥匙才能启动，所有的公共建筑和单位都有年轻的门卫24小时看守，比如欧亚大学的所有教学大楼和建筑在进门处都安装有“刷卡式”门禁系统。当地人说主要是为了防止流浪汉、酒鬼和吸毒者，说真的，我只有碰到过一次酒鬼的经历，因为，我晚上很少出去。

其三，人生的主要快乐方式不是来自偷偷地听着金币从手指缝掉到地板上的声音，也不是来自悄悄地自我享受或者独自

东方学教研室为我们搬的桌子

欣赏。有一则故事讲道：有一个对朋友十分吝啬和自私的人，上帝准备惩罚他。这个人喜欢和朋友们打高尔夫，但每次都不出钱而且球技极臭。这天晚上，他独自一人偷偷溜进球场，想试试自己的手气，结果，他每次都是一杆进洞，一连打了30杆，杆杆如此，这家伙都快疯了，他想明天讲给他的朋友听，他们一定会把他佩服得五体投地。天使问上帝："你不是要惩罚他吗？为什么还帮助他？"上帝说："这就是惩罚他呀！你想，谁会相信他能做到如此？"因为，他无法证明真的有奇迹发生，对他人格损伤并带来巨大痛苦的原因，正是来自于人们根本不相信他。"朋友之道"主要是学会分享，人生其实就是经常想那么一些人，那么一些人经常想起你，是温柔的、美好的、善良的怀念。

其实，就个体来说，这并不难达到，但国家能否提供一个和平富足的社会环境是实现分享美好与幸福的前提条件。中国经济的快速发展，人民生活的巨大变化，为朋友分享美好生活提供了条件。但是，物质欲望破坏了"朋友之道"的分享快乐，因为，人们都在问：为什么他们过得比我们好？没钱的人在问，有钱的人也在问。事实上，每个人的生活都是别人无法取代和比拟的，原因就是你的生活只有你的亲人和朋友能够分享，你总想着过上他们无法与你分享的生活，当然你不会快乐！相反，当你无法与亲人和朋友分享你的人生的时候，人的恶劣本性就会膨胀，欲望和邪念就会占据你的精神和思想，快乐就会离你越来越远。

资本主义与利己主义本质上是一个事情。在资本主义物质财富极大丰富起来之前，比如近代欧洲和美国，残酷剥削和疯狂压榨是通常现象，很多发展中国家正处在极大丰富起来之前，亲情友情打折，甚至荡然无存都是无法避免的。当物质财富丰富到可以让绝大部分人过上富裕生活时，朋友之道才得以恢复，但已经今非昔比。不要以为人类进步是客观规律，在某些方面，人类的退步是显而易见的，就拿“朋友之道”来说，今天的人远不如古代的人。

我们只能好自为之。

2013年11月21日，哈国纪事之十九：

在阿斯塔纳看第一场电影

很奇怪！今天是11月21日，我的哈国纪事正好写到第21篇，没有任何事先设计，完全是偶然。因为，上个星期三我给东方学系大三的学生上课时，讲到我想看一场哈萨克自己拍摄的电影，但这个愿望一直没有实现。我说："我看电影的目的有二：一是听说哈萨克只有一部自己拍摄的哈语电影，举国欢庆，我想看看这部电影拍得如何；二是我想看看阿斯塔纳的电影娱乐设施，听说绝对世界一流水平。至于听懂听不懂我一点都没有考虑。"这个班有一位汉语非常好的学生叫阿利雅，她曾经在中国宁夏大学学习过一年汉语，于是，当时就约好星期四中午我们去看电影，因为，我只有星期四这一天没有课。

当然，星期四的天气出奇的好。连续几天的狂风，夹杂着雪粒，我叫它们"雪粒"是因为不是雪花，而是像沙子一样的雪粒，在星期四停了下来，太阳也出来了，虽然有些冷，但无疑是个好的天气。阿利雅是一位哈萨克族姑娘，她的家不在阿斯塔纳，在阿斯塔纳北部大约500公里的一个城市，因此，她应该算是北方姑娘。在哈萨克斯坦，西部的姑娘比较温柔，南部的姑娘比较保守，而北部的姑娘比较厉害，阿利雅就是一位敢说敢想敢做的姑娘。大概也和她的家庭有关系，她的爸爸是律师，所以，从小她就知道应该怎样去说去做。

我们约好中午12点在我楼下见面，然后乘坐公共汽车去，但她发来短信，告诉我她12点半到，这我早已经预料到，几乎所有约定的事情、约定的时间，只要只是口头上的，都可能被推迟，现在只是半个小时的推迟，可以算是准时了！阿利雅知道我对一些哈萨克人不守信用和不守时有看法，所以，她还知道通知我一下。果然，在12点25分的时候她在下面打电话说“到了”，我赶紧关掉电脑，穿上衣服就往下走，由于她提前了五分钟，我匆忙中把准备好的照相机忘记拿了。

我们是乘坐50路公共汽车，到了目的大厦，我才发现它还是位于阿斯塔纳最繁华的那条街上。这个集商贸娱乐餐饮为一体的大厦是个新建筑，内部十分宽敞，大厦的中部依然是玻璃天幕，这在阿斯塔纳的很多大厦中都采用这种采光设计，楼内白天不用灯光照明，光线明亮自然。大厦内人不是很多，电影院在三楼。

这个时间看电影的人太少了，我可以仔细观察这个阿斯塔纳最豪华的电影院。真的，影院太好了！它有七块超大屏幕，每个可容纳300～500人，设施绝对一流，音响太棒了。灯光布置非常专业，特别是它的座椅，宽大松软，还可以向后倾斜一定的角度，设计十分人性化。电影院的走廊宽敞干净，与我在美国和中国看到的一样，走廊正中是卖爆米花等电影院专配食品，侧面是发售电影票的柜台。一般成人电影票白天是1200坚戈，相当于人民币45元，晚上和休息日是1500坚戈，每周三白天的学生票是500坚戈，平时拿学生证优惠20%。来看电影的大部分是年轻人。

但今天依然没有哈萨克斯坦的电影，哪怕是哈语翻译的电影也没有，只有好莱坞的电影。看来，美国的电影文化真的全面占据了各国电影院，这和好莱坞电影占据各国票房绝对记录是一致的。

我们只好选了一个马上就要放映的电影去看。这是美国好莱坞拍摄的系列 21 世纪科幻大片，我参观过美国洛杉矶的环球影城，对美国“梦工厂”印象深刻。不过，我觉得除了设备的因素以外，美国电影编创人员的想象力才是真正一流的过硬的，他们有自己的套路，但被各种文化背景的人所欣赏，核心还是在于满足了电影艺术给人们带来的艺术享受的独创性。事实上，美国电影从内容上也在说一个道理，也在暗示一个他们批判的政治对象，也在利用脱离实际的“蒙太奇”宣传西方的价值观和文化偏见，但真好看!

中国的电影发展迅速，不过，除了技术上学习好莱坞以外，表演上我们一些人也试图学习好莱坞影星的演技，结果都带上一些港台色彩，把大陆传统的东西丢掉了。从根本上说，中国文化塑造出来的人和美国文化塑造出来的人在行为举止上天然地就有区别。可是，中国人的真实生活就是拍摄不出来好莱坞电影表现出来的人性和自尊，除非拍摄“张艺谋式”的“中国场景”，外国人看了，瞧！中国人原来就是那个样子。中国人看来，哇！原来过去还有这样的事情。其实，中国三十年代至五十年代的电影走在中国人的道路上，后来偏废了。

美国人的日常生活是否就像好莱坞电影表现的那样让人动心？随时都可能惊心动魄？随时都可能幻影显现？随时都可能出现艳遇？周围都是美女俊男、身手不凡？其实，美国人的生活最平常最安稳了，甚至比我们想象的保守多了，再出名的人到了美国都沉没下去。大概正由于美国人的日子太平淡太安稳了，他们把想象力都发挥在了电影上，这和他们喜欢观赏搏击类节日和美式橄榄球属于一个性质。不然，如何打发那安静得让人发疯的时光？所以，平时美国人只是安静地过自己的日子，不去打扰别人，把钱和时间都用在旅行上了。

中国人的劣根性核心是“表现欲”，本质是“土豪式”的享受观。把自己有钱和有地位用最粗俗的方式展示出来，满足“农民式”的占有欲望，即储蓄式的财富占有和挥霍式的物质享受。这真的和美国人有区别，或许这才是中国电影为什么比不上美国电影的根本所在？或许这也是为什么中国人嘴上骂美国人，心里却羡慕美国人的内在心理因素？或许这就是中国人在经济上快速发展了却永远成不了超级大国的文化原因？承认我们的文化劣根性，就是要把别人优秀的文化思想和精神道德借鉴过来，但不是有些中国电影表现的自我作践。

在阿斯塔纳这几个月，我时常看俄罗斯电视节目，这里有一个专门播放“怀旧”电影的频道，有歌曲、有电影，也有人物专访。我看了好几个苏联时期的老电影，印象深刻，特别是相当早期的描写十月革命前后的几个电影，让我知道十月革命前俄罗斯人民的生活状况。给我的感觉是，俄罗斯人有自己非常独特的历史观和文化观，我现在知道俄罗斯人对自己民族的历史有一种“悲凉感”，他们低沉的曲调和常常陷入沉思，与这种历史悲怆感有关。我们一直以为，便宜都让俄罗斯人占了，偷着乐吧！事实正好相反。他们认为，俄罗斯民族几次濒临灭亡，就是在整个民族舍生忘死地与敌人的搏斗中才挽救了多灾多难的俄罗斯，我们俄罗斯为什么要经历如此的苦难？上帝为什么把最残酷的考验三番五次地搬在俄罗斯人面前？包括苏联解体，俄罗斯人也认为，我们是在浴火重生，是通过“我不先死谁先死”来探索实现人类美好未来的道路。你好好想想，正是这种俄罗斯民族的历史观，才决定了俄罗斯在国家利益和国际关系上的强硬作风，因为，俄罗斯认为，我们不能再被别的民族欺压和左右了。而以往，真的很难理解俄罗斯人的倔强和排外。此外，俄罗斯人欣赏自己粗犷的民族性格，对俄罗斯语言也有一种特殊的喜爱，由于词汇构成叠加的原因，他们的排比句真的很有气势，增加了语言的豪迈，这样，俄罗斯民族文化的鲜明个性和语言风格合二为一，构成独特的俄罗斯民族和国家，我们就明白了俄罗斯为什么是俄罗斯人的俄罗斯。

中国更是如此，但似乎是时间太久了，汉族的族性特征和文化特性由合二为一，变成“化整为零”，也就是说，汉族虽然人口占多数，但汉族文化的“浓度”被“稀释”掉了。因为，特别南方的汉族被海外吸引，并不留恋祖先的文化；特别北方的汉族被北方少数民族吸引，留恋和喜爱北方民族式的生活；中间生活的汉族被“长江”和“黄河”困扰，也失去了大半汉族传统的优秀民族文化。没有人自觉地从这个方面考虑中国民族性的问题，只是读着《狼图腾》时，总感觉中国人现在确实缺点什么，总感觉做中国人自豪不起来，总感觉我们自己就已经把自己压死了。因为，多数中国人绝不允许别人比他聪明，哪怕只是聪明一点，也要想办法把那个聪明的家伙搞坏、搞掉，于是，中国人的“窝里斗”彻底把自已毁掉了。中国汉族的文化需要一个“重整山河”的时代过程，这恐怕不是一朝一夕能够解决的。

从白洁列克上看阿斯塔纳

2013年11月25日，哈国纪事之二十：

跨国交流的文化障碍和历史偏见

与那些外语水平相当熟练的人相比，我在国外的交流沟通时常会遇到麻烦，即使是使用英语进行简单交流，也时常感到不能把自己的情感和思想充分地表达出来，尤其是在学术讲演和专业问题分析时，不能畅所欲言，让我时时心存“块垒”，哀叹空有锦囊妙计。后来我发现，即使外语相当熟练，在交流沟通方面也存在问题，因为，比较使用共同母语时交流达到的沟通深度，非共同母语间的交流不可能达到前者的程度。就是母语一样但文化背景不同时，比如中国哈萨克族和本土哈萨克族之间，也存在沟通上的问题。在经历了三个月与不同语言背景的人的“翻译交流”后，我认为，交流沟通的主要障碍来自于文化差异和历史偏见。

先从文化差异方面的原因来说。

首先，拼音文字和汉语在发音上的差异是引起沟通障碍的基本原因。不要小看拼音文字和音节文字对理解的影响，因为，汉语音节的语速和四声变化，在不同场合和不同情绪下变化明显，拼音文字也有语速变化，但通过语气来加重或者减轻语言的分量，而且，拼音文字的连续发音，没有汉语明显的停顿，让你无法把握重点和语气变化的位置。其实，拼音语言一般会配合丰富的面部表情和肢体动作来渲染语言效果，汉语的口形变化不夸张，因而引起的面部表情变化也不明显，除非是情绪状态下。因此，我们在与他们交流时，会感到眼睛和耳朵紧张，光听还不行，有时会特意让他们慢一点说。可是，他们也会要求我说慢一点，他们在听懂每一个音节时也会出现困难，因为，汉语的每一个音节就是一个意思。我让他们说慢点，实质是寻找汉语语言的节奏，不习惯拼音语言的发音，没有把一个单词前前后后的那些发音都听懂；他们让我说慢点，他们也在寻找一个词组前前后后的发音，但汉语没有，汉语的简洁让他们适应不了，他们无法确定一句话是否结束。他们还在听，结果是你说完，他还在那里点头，发觉你不说了，他们会问："然后呢？"没有然后。

其次，人们的理解能力来自于成长环境和知识体系，就大学生这个教育层次来说，在进入大学学习以后，一般年轻人已经形成基本的认识事物和理解事物的能力，而且，他们一般会非常相信自己的判断力。因为，他们通过考试证明自己的知识体系是可靠的。然而，在不同发展程度的国家，真正给予可靠知识的教育也是不同的。哈萨克斯坦主张快乐教育，教育的目的在于培养拥有强烈民族自豪感的哈萨克"雄鹰"，他们自身的竞争力还没有排在人生首要位置。这种社会氛围，会让大学生产生一种他们拥有绝对的学习能力，可以轻松掌握老师所授知识的感觉。因此，在学习过程中，他们会把不能理解的词语视为无用，或者是老师讲错了；把自己无法准确理解的事情以为是奇谈怪论，所以不值得去钻研学习。但他们把自己的事情看得比学习重要，比如，如果没有来上课，会打电话告诉你今天我有重要的事情，不能去上课了，请您原谅。在学习汉语的过程中，他们以自己学习拼音文字的习惯来学习，以为只要记下来，就认住了，就能够“读和说”。所以，他们把学习的生字和词汇记在笔记本上，就万事大吉了，下次你再问，他们会说“见过，就是说不出来”。因为，汉字不是眼睛盯着就可以读出来的，这让他们感觉汉语学习难，也让一些学生放弃了学习汉语。从根本上讲，他们认为用汉语的语言方式理解这个世界存在困难，他们认为，哈萨克语是世界上最古老的语言，有最丰富的词汇，再加上他们都可以使用俄语，大学生英语也不错，走遍世界都不怕了。学习汉语的动机往往与好找工作和挣钱多有关。另外有一个让你意想不到的原因，就是本土哈萨克人认为，中国移民来的哈萨克族汉语水平当然比他们好，他们再努力也赶不上这些从小就使用汉语的哈萨克人，他们干脆不去学习，或者选择学习日语、朝鲜语、阿拉伯语、甚至突厥语。这种情绪在某种程度上阻碍了他们与中国的跨文化交流。我曾经和来上课的学生聊起过同学们相互间学习竞争的事情，她们给了我一个惊人的答案：如果有坏学生来上课，她们就不来，有时，坏学生会团结起来孤立学习好的学生，所以，她们根本没有学习竞争。因为，每个班只有一位男同学，我问他是这样吗？他说，男同学不这样，那是她们的事情，她们大部分毕业就要结婚，学习对她们没有用。

其三，长久以来，西方和俄罗斯对中国文化的认识存在明显的偏见，这种偏见不属于文化差异，但主要表现在把文化差异放大，集中中国文化习惯的糟粕方面加以夸大宣传，造成文化观上的歧视。真正了解中国古老文化的伟大奥妙之处的西方人少之又少，相反，通过西方媒体歪曲地认识中国传统文化的别国人多之又多。当你和他们在一起时，他们在言谈之中表现出对中国历史和现实的无知，真的让你感到震惊。不是我们宣传得太少，而是他们宣传错误的东西太多；也不是没有正确的渠道获得有效信息，而是他们根本不相信正确的渠道，因为，他们认为，中国所有真相都在“个别人”手里，中国所有发生的事情背后都有不可告人的目的。西方媒体已经把这种偏见通过长时间的全方位的“媒体事件”，不断“见证”“中国故事”，成为别国人观察中国的“棱镜”。破除这种偏见绝不是一朝一夕所能完成的，事实上，我们也不需要从自我做起去破除这种偏见，我们只需要继续办好我们自己的事，继续走自己的路。相信那些闭着眼睛的人终究会睁开眼睛的，因为，任何偏见最终伤害的只能是持有偏见的人自己。如果我们总是去讲自己是怎么做的，总是去向他们解释我们的政策，他们反而耸起耳朵，闭上眼睛，甚至开口要价，结果，授人以把柄，让本来的偏见更加难以扭转。

世界上任何一种现存文化没有“全优生”，更不存在什么“普世价值”，文化的基础永远是以这种文化产生的历史特征、地理特征和当地人民建立的社会共同构成的，因此，文化存在差异也是必然的客观的。中国文化历史延续数千年而不绝，中国文化聚居了世界最多的人口而兴旺，就这两点就证明了中国文化的伟大和深奥。然而，正由于这个无法比拟的优势，让那些别有用心的人处心积虑地歪曲中国历史，让这些国家的人民从被歪曲的历史教育中增加对中国的反感甚至仇恨。

因此，就跨文化交流沟通中的历史偏见问题，主要有：

第一，新中国成立后，来自西方敌对势力为达到破坏和挑拨中国与世界其他国家的关系，对中国历史进行肆意歪曲和攻击。这股早期的反华反共思潮，与近代以来西方殖民主义者对中国的欺压行径和蔑视言论前后相关，典型的如“黄祸论”。直接影响了很多西方国家民众对中国文化和中国人民的看法。但是，谎言终究是谎言，粗暴的、简单的政治化的谎言更容易被事实揭穿，现在，只有西方极右翼分子和公开的种族主义言论才会继续把这种历史偏见拿出来，不过，在中国迅速发展的今天，这种理论有时也会与对中国强盛极端不满的人的想法一致。

第二，新中国成立后，与中国存在领土争议和发生过战争冲突的国家，有意编造历史，故意歪曲历史，使得下一代人无法客观认识国家历史和正确处理本国与中国的关系。中国出兵朝鲜有当时国际政治的复杂原因，朝鲜半岛国家在重构自己的国家历史时，都对自己民族国家的历史进行编造，不但激起双方人民的敌视，也引起对中国的不满。印度在歪曲历史尤其是编造中印边境战争史方面达到登峰造极的程度，而且几乎没有学者敢于正视历史，公开历史，极大地影响印度人民对中国国家和人民的正确认识，今天，这种情况依然没有改变。中苏关系紧张直到发生边界冲突，也引起当时苏联国内学者对中国历史的批判和歪曲，其中某些学者继承了沙皇时期大俄罗斯主义的傲慢态度，对中国历史和中华民族进行攻击。同样的情况也发生在越南的国家历史著述中，把中国描述成历史上的殖民主义者，却不提美国对越南的侵略，尽管美国侵越战争结束不到五十年，中国作为越南的宗主国发生在二百年前。这些国家的学生在历史学习中接受了这些编造的历史教科书，对中国会产生一种无缘无故的历史偏见，影响了他们客观认识国际关系和准确把握国际政治格局，最终还是伤害了本国年轻人的智慧和判断力。

第三，出于国内政治的需要，编造本国历史，歪曲两国关系。蒙古国为了证明自己从来就是一个独立的国家，以摆脱隶属于中国一部分的历史的需要，把成吉思汗建立蒙古帝国的时间宣布为本国的建国开始。蒙古国独立的时间并不久远，他们的政治人物担心会有一天人民要求回归中国，所以，从经济发展和政治倾向上几乎全部倒向欧美，他们希望自己的人民憎恨中国，歪曲历史就是为了达到这一目的。不过，对蒙古国来说，这样的历史短视不会长久。日本国在编造历史方面是有目共睹的，不仅如此，日本的政客们把煽动本国人民仇视自己的邻居当作自己的本领，当然，他们对投放原子弹的美国和占领北方四岛的俄罗斯不敢如此，日本国民的高素质在政治倾向上绝对是极端低下的，他们最应该仇恨的是美国，但全体日本国民对美国崇拜得五体投地，安倍发誓要跟着美国打遍全球。日本民调显示有 80%的国民对中国人没有好感，这很正常了，如果他们有 20%的国民敢对美国人没有好感，那才是不正常的。

对于编造历史和歪曲历史的情况，我们的对策就是编撰和出版多种语言的权威的历史教科书，分小学、中学、大学三个层次的读本，免费发放和邮寄给各国教育部门和教育单位。在对外协商和经济合作协定中，应该正式提出这个议定项目。这也是一个大国必须做的，比无偿援助和低息贷款更为重要，也是中国“软实力”的第一步。

2013 年 12 月 12 日，哈国纪事之二十一：

雪中行进　艰难但清晰
——2013 年中国与周边国家关系年终专稿

随着大寒节气的到来，北方的冬季迎来了厚厚的降雪，人们在雪中行走倍感吃力，但回眸身后，却发现一串清晰的脚印标示着你行进的路线。2013 年中国与周边国家关系正如雪中行进，的确艰难，却更清晰，充满自信。

西方舆论时常用“负责任的大国”和“盟友关系”来比对中国与周边国家关系，借此来败坏中国的名声，加剧中国与周边有争议国家的紧张关系。其实，就今天的中国在地缘政治的影响力和国际关系中的大国地位来看，2013 年的中国正迈向实现“中国梦”的门槛。如果放眼 1949 年以后的中国与周边国家关系，我们会发现一个奇怪的现象：在中国与周边国家关系好的时期，我们的“内政不平”；在中国政治经济强劲时，我们的周边“外交不平”。如果再放眼民国以来的中国与周边国家关系，我们会发现那是一段无法收拾的旧山河，陷入“国破山河在”的境地；如果再放眼 1840 年以后的中国与周边国家关系，我们更发现中国处在面临西方宗主国的侵略和盘剥之下，昔日的藩属和朝贡之国的利益被殖民主子的利益取代，把战争强加在中国人民头上，强取和豪夺相邻的中国领土和资源。

所以，历史的脚印清晰地告诉我们，中国任人宰割的时代结束了，周边国家被殖民的时代也结束了，但殖民利益和冷战遗产却依然存在，所有中国与周边国家存在争议和冲突的问题都与1840年以后西方殖民战争和冷战有关。即使是1949年以后，中国政府和人民不得不忍辱负重，放下自己的紧迫任务去满足“社会主义阵营”的利益，放弃自己的正当要求以换取和平环境并赢得道义，甚至以“志愿”的方式支援朝鲜战争，把最好的、最急需的物质无偿支援越南。这一切随着中国的改革开放发生改变，随着有中国特色社会主义伟大建设的成功实践发生逆转，我们不再是过去的中国人，我们知道并懂得了国家利益高于一切，我们终于明白了西方国家为什么坚信在国与国关系上“只有永远的利益没有永远的朋友”，而以往我们总是把国家关系想象成“中国式”的感情投资。

正是这种变化导致“大雪纷纷”，然而，这是中国与周边国家关系回归正常前的必经“季节”。

第一，中日钓鱼岛之争既是日本帝国主义侵略中国留下的贻害，也是美国继续冷战思维，遏制中国战略的遗产。引发中日钓鱼岛争端是美国围堵中国的战略部署，以此打破中国争取和平发展的环境，根本目的是毁掉中国经济继续强势发展的机遇。这一战略与日本妄图永久霸占钓鱼岛相符合，日本更大的企图是利用钓鱼岛争端把美国拖入可能发生的中美战争，实现摆脱美国的目的。因此，中日钓鱼岛争端绝非局部意义的“热点”，而是中国突破美国遏制，恢复应有的领土主权，实现强盛国家必须迈过的一个障碍。这必将是一场长期的复杂的且具有战略意义的争端，在美国放弃遏制中国，或无法威胁中国的情况下，日本是不会主动挑起战争的。2013年的钓鱼岛争端只是前奏，2014年或者未来五年将会出现解决钓鱼岛争端的机会。

第二，朝鲜半岛危机依然存在。金正恩政权的稳固性并没有让人们在眼花缭乱的各种“事件和事变”中得到肯定，相反，内部冲突加剧了可能存在的不稳定因素，这无疑鼓励了美国和韩国从内部搞垮朝鲜的阴谋。事实上，美韩从来就没有放弃使朝鲜从内部崩溃的计划，正如美国成功地使苏联自我崩溃一样。此外，朝鲜核问题依然是朝美博弈的焦点，朝鲜把拥有核武器作为自己的“撒手锏”，美国把朝鲜坚持拥有核武器作为制裁的直接理由。其实，中国在朝鲜半岛危机问题上可发挥的作用是有限的，“六方会谈”不能单纯为了会谈而会谈，各方即使坐在一起也没有发挥作用，反而成为攻击对方的借口。目前，朝鲜局势的不确定性增加，中国需要继续支持朝鲜保持局势稳定，从经济上加强与朝鲜的联系，避免或者提前应对朝鲜做出“过激行动”的可能性，维护世界和平。

第三，中国与东盟的关系正在出现向正确方向转变的趋势。如前所述，个别国家企图永久霸占以往攫取的中国领海和岛屿，中国已经开始崛起，决不会答应，但中国一贯主张以和平的方式解决国与国之间的争端，通过双边谈判达成最终结果。然而，美国“重返太平洋战略”正好利用菲律宾和越南急于强化非法侵占中国南海岛屿的企图，从南海方向遏制中国走向海洋。美国的目的，一是破坏中国与东盟的关系，东盟目前是仅次于欧盟的中国第二大贸易伙伴，人口和资源相对集中，潜在的市场利益巨大；二是迫使中国无法有效利用南海，南海是中国走向海洋最重要的出口，南海本身的资源和价值是中国的核心利益之一。目前，“克强外交”的作用正显现出来，中国与东盟国家已经在经济和地区合作方面迈上新台阶，越南也在积极寻求通过双边谈判解决争端，个别国家开始处在越来越孤立的状态。中国与东盟的关系正在朝正确的方向发展。

第四，中俄关系正处在历史上最好的时期。俄罗斯人民在经历了苏联解体后的痛苦经历后，意识到俄罗斯民族需要的民主不是“欧美式”的民主，俄罗斯民族需要的自由也不是“西方式”的自由。以反苏共意识形态而著名的诺贝尔文学奖获得者索尔任尼琴后来成为俄罗斯保守派的代言人，他认为，我们希望通过改变得到的不是现在的俄罗斯，俄罗斯民族的优秀传统正在丧失。普金力挽狂澜，使俄罗斯这匹脱缰的“野马”得到控制，普金意识到加强与中国的关系，对恢复俄罗斯人民的信心和大国地位有极其重要的作用，因为，中国的成功说明前苏联借助西方“民主化自由化”的改革是彻底失败的。普京拥有俄罗斯民众70%以上的支持率，其事实就是俄罗斯人民不再相信“西式民主”的神话，而不是西方舆论宣扬的俄罗斯人天生喜好个人权威。事实上，中国经济上的快速发展和政党政治的完善，对俄罗斯人的心理影响是潜在的巨大的，对维持普金政权的合理性有无形的支持力量。所以，2013年中俄关系继续向全面深入发展是肯定无疑的，问题是，一些俄罗斯学者始终瞧不起中国文化，对中国发展的成就和前途抱有怀疑，他们的言论和著述影响了一些俄罗斯人和中亚懂俄语的人对中国的看法。

第五，中国重构“古丝绸之路”的战略吸引中亚国家。中亚是内大陆的“腹地”，历史上，游牧民族在这广袤的土地上施展自己驾驭骏马奔跑的技艺和攻城略地的战法，由此，也成为连接世界各地的交通要道。所以，居住在中亚各国的不同民族处于大聚居、小散居状态，苏联时期，民族混杂居住的情况加深。23 年前，当中亚五国独立时，虽然都以一个民族的名称赋予这样一个国家，但是，国家内部多民族构成的复杂性和民族间矛盾的尖锐性，严重影响了国家稳定和民族团结。在这种情况下，中亚国家希望加强与中国在经济上的合作，以促进本国经济发展，同时，希望加强与中国在反恐领域的合作，以提高本国安全水平。“上海合作组织”的组建和发展就是最好的证明，今天，“上海合作组织”正在向多功能转变，配合新一届政府提出的“新丝绸之路”战略，中国与中亚国家的关系上了一个新“台阶”，不但在传统的能源和矿产资源方面合作加深，而且在交通运输、农业技术、环境保护方面开展合作，取得巨大成果。“新丝绸之路”或者“西进战略”遇到的障碍主要是俄罗斯的怀疑和不安，我们需要充分说明这是一个“共赢”战略。

2013 年注定是一个开局之年，所有的问题都处在一个向何处发展的状态，在中国与周边国家关系中，这种情况更为明显。事实证明，2013 年必然是中国发生巨大变化的年份，我们不再因循旧路，我们充满自信，我们既不是“民族主义”，也不是“国家主义”，我们就是“中国主义”，就是恢复曾经拥有的“中国精神和中国元素”，把中国的国家利益看得更高，这应该是所有国家的政府和人民秉持的普遍道理，难道中国政府和人民不应该这样认为吗？

2013年12月16日，哈国纪事之二十二：

废都——阿拉木图

云南大学邀请我参加12月4日召开的“中国边疆及边疆治理理论的挑战与创新”学术研讨会，而且报销我全程的费用，所以，我决定参加他们的会议。为了节省旅费，我提早订机票，而最便宜的机票是从阿斯塔纳中转阿拉木图然后飞北京的机票，我就订了11月28日早晨7点飞往阿拉木图，下午5点飞往北京的机票。这样，除去等候飞机的时间外，我大约有5个小时在阿拉木图。

我一直想去阿拉木图看看，之前，一些从阿拉木图搬到阿斯塔纳的人对他们居住过的前首都有两种截然不同的看法：一种是好，理由是气候比阿斯塔纳温暖，有山有水，商业发达，物价便宜。又一种认为不好，理由是空气污染严重，特别是冬季，而且商业太发达，以致人们只注重钱，人情关系不如阿斯塔纳。当然，迁都之举，主要是为了平衡整个哈萨克斯坦的政治布局，稳固哈国北部的局势，增加哈萨克人的比重。这是领导人的考虑，普通民众只是选择自己的工作和生活的城市。

十分巧合的是我的学生王蕊在中国驻阿拉木图总领馆工作，她是中央民族大学民族学院民族学专业的博士研究生，同时是沈阳师范大学外事处的领导，由于工作的需要派驻阿拉木图两年。她是那种聪明稳重而且办事周到的人，驻外期间把父母接到身边，好让她随时照顾老人，可见她的为人处世。她知道了我飞机经停阿拉木图转机的空闲时间，就安排我利用这段时间参观阿拉木图。

早晨7点这个时间对阿斯塔纳的人来说，相当于凌晨3点，尤其在冬季，除非工作时间安排没有办法，一般7点钟的时候正睡得香。所以，我让送我到机场的努尔苏坦老师在12点半到我住的地方，然后送我，这样，他回到家大约在1点半左右，这个时间一般是正常上床睡觉的时间。我可以安心在机场等候，不必担心他睡过头或者拼命早起而让我心有不安。他说已经准备了四个闹钟，我说算了，我还是自己当“闹钟”吧。

到了机场，我发现像我这样等候飞机的人不在少数，大家找个空闲的座位都打起盹来。我在一个等候区的最后一排椅子上休息，是那种背靠背两排的座椅，把携带的两个包放在右侧，其中一个包是我在阿斯塔纳买的纯皮的漂亮包。大概是这个包吸引了一个年轻人，他来到背对着我的最后一排另一侧坐下，然后脸上盖一张报纸，像睡着了一样，我有些不解，空位子那么多，什么偏偏要坐在我的后面？我有些警惕，但一会儿敌不住困意，打起盹来。忽然，我睁开眼睛，发现那个小子不知什么时候竟然坐到了我放包包座位的后面，而且，他好像正要有什么举动，被我睁开的眼睛阻止，所以，他手里的报纸变成正在阅读状。我站起来，拿上包包，直接到前面有人坐的位置上重新坐下，我一直回头看着他。他大概觉得再下手的可能性不大，便起身朝外面走去，随后又有一个比他年龄大的男子也从那个方向走出去。可以肯定，这是一次有惊无险的插曲。

终于起飞了！阿斯塔纳航空公司的准点率非常高。

到了阿拉木图机场，与阿斯塔纳机场比显得破旧和狭小。王蕊正在路上，她说遭遇堵车，不时有人过来问我是否打车，我只好找个椅子坐下来。一会儿，只见她急匆匆跑进来，她开的自己的车，我终于可以坐在车里欣赏阿拉木图的大街了。

但是，从机场出来不久，就进入狭窄和拥挤的街道，不知是积雪溶化以后的缘故，还是街道本来就陈旧狭窄，阿拉木图没有像我之前想象的那样充满异域和浪漫的情调，相反，所有进入视野的景色都带有一种“灰”，空气的确不如阿斯塔纳清新，人流却比阿斯塔纳多。

忽然，我看到前面有一座漂亮的清真寺，就让王蕊把车停在路旁，然后，我们进去参观。那天，清真寺正好举办一个

阿拉木图的清真寺

女人们在清真寺

宗教性质的研讨会，布置整齐，我们只好从旁边的小门进去，他们还允许我们上楼参观，从这座清真寺就可以看出阿拉木图的历史比阿斯塔纳的久远。后来我才知道，这座清真寺叫中央清真寺，是哈萨克斯坦最古老、最美丽的清真寺之一。现在的清真寺是在始建于1890年的老清真寺基础上重建的，是阿拉木图的主要景点之一，可容纳7000多人同时礼拜。庭院的面积为0.95公顷，院内有整齐的草坪、花卉、长椅、路灯和巨大的榆树以及常年翠绿的冷杉，给人带来许多舒适和惊喜。清真寺分有男、女独立的入口和大厅，大厅可阅读古兰经，钻研伊斯兰著作和文献。规模大，构造简洁大气，这座清真寺体现出罕见的品质：将宏伟和简朴有效结合，没有过度的浮夸，外形简朴。白色大理石外表和金色圆顶凸显简洁和大方，相得益彰，完全符合伊斯兰教精神。祈祷大厅的气氛有益于深思，是沉静、平和的，使人很快调整至祈祷状态。清真寺内、外依传统装饰有古兰经诗句。这真的是一次难得的意外相遇，再次让我感受到伊斯兰教对哈萨克斯坦的影响。

从清真寺出来，王蕊打电话给熟悉的一个中餐馆老板，订了我爱吃的红烧茄子、清炒苦瓜，还有清蒸鱼，这是当地的一种鱼，加上三鲜饺子。太好了！这时距离吃饭的时间还有一个多小时，在我们去这家中餐馆的路上，王蕊又带我去参观了一座东正教堂，尽管这座教堂的外观和内饰显得陈旧，但肯定更为古老。在进入教堂的路旁有俄罗斯族老年妇女在等待施舍。在教堂的礼品部，王蕊给她的导师们买了礼物。

抓紧最后一点时间，我们又参观了乐器博物馆，这里的展览设计绝对一流，但参观人员稀少。博物馆集中了所有古代游牧民族发明和使用过的乐器，当然，是以哈萨克族为代表的。应该说，很多乐器在北方草原上是通行的，不能肯定说这个乐器就是我们祖先使用的，而且即使今天是某一个民族仍然在使用一种乐器，也不能肯定这种乐器必定是从这个民族流传至今。我时常想，在过去，人们没有发明归属权和通过专利获利的意识，谁的好大家一起学习，反而促进了各民族的文化交流，从某种意义上说，专利制度纯粹是“思想创造”的买卖市场规则，阻碍了人们相互学习。

在这个博物馆附近，就是阿拉木图著名的苏联阵亡战士纪念雕塑公园，巨大的雕塑群和安静的公园显示苏联政府对在战争中牺牲的苏联战士给予永久的纪念和崇高的地位。在阿斯塔纳也经常会碰到类似为某一场战争的牺牲者竖立的纪念碑。中国人似乎不喜欢到处建阵亡将士纪念碑，不是他们容易把牺牲的英雄忘掉，而是他们更希望通过纪念战争而唤起和平，现代中国人的战争从来都是为解放自己反抗侵略而奋起，忘掉侵略战争加害给中国人民的痛苦，永记牺牲的千千万万烈士，目的是唤起爱国主义情怀和保卫祖国的意识。

这样密集的参观行程已经让我饥肠辘辘了，我们赶到那个中餐馆时，已经快2点。我们只有一个小时的吃饭时间，好在王蕊提前订好并吩咐做好，所以我们一坐下，菜就端上来了。王蕊本来准备了一瓶酒给我带回中国，但我的托运行李从阿斯塔纳就办好了，到北京才取，所以，当时决定就地把酒喝了。回国之前的这顿中餐更唤起了我对祖国的怀念，想到即将见到亲人，即将回到我的家，我把那瓶酒喝掉了半瓶。

阿拉木图街景

匆匆的阿拉木图之行，让我体会到“废都”的含义，再没有政府的大笔投资，再没有新建的大厦，再没有拓宽的街道，也再难以吸引更多的人才。城市在自生自灭，人口在自然增减。其实，倒也我行我素，落得“天高皇帝远”。人间世道恐怕正是这样！

不要以为所有机场的登机口都是单独的一片区域和一个入口，阿拉木图机场的登机口就是一个门，一个真正的GATE。安检和候机大厅在一起，大家都坐在大厅里等着广播或者看电子屏幕，开始登机时，乘坐这趟航班的乘客就都起身到那个门口排队然后进入飞机，倒也直截了当。

飞机按时起飞，我要了靠窗口的座位，很快就睡着了。

阿拉木图

2013年12月18日，哈国纪事之二十三：

从哈萨克斯坦独立纪念日想到的

1991年12月10日，当时的哈萨克政府决定将国名改为哈萨克斯坦共和国，12月16日，哈萨克斯坦议会通过了《哈萨克斯坦独立法》宣布独立，之后，每年的12月16、17日放假两天，以纪念哈萨克斯坦独立日。这个节日类似中国的国庆节。

苏联解体给20世纪末的世界增添了14个新国家，如果把俄罗斯这个重新恢复的国名算上，就是15个新国家。它们是先前已经宣布独立的波罗的海三国——拉脱维亚、立陶宛、爱沙尼亚，首先签署《独立联合体协议》的俄罗斯、白俄罗斯、乌克兰，随后宣布独立的中亚五国——哈萨克斯坦、乌兹别克斯坦、吉尔吉斯斯坦、塔吉克斯坦、土库曼斯坦，再就是格鲁吉亚、阿塞拜疆、摩尔多瓦、亚美尼亚。在车臣自治共和国也宣布独立后，俄罗斯认为联邦宪法只是赋予加盟共和国脱离和加入联邦的自由，而“自治共和国”不属于“加盟共和国”，最后不得不使用武力加以制止，战争断断续续打了10年，不是普京力挽狂澜，恐怕随后的分裂趋势可能波及更广，更难以解决，即使今天高加索人也是经常搞恐怖主义，威胁俄罗斯的安全。

如果把苏联解散“华沙条约组织”导致捷克斯洛伐克一分

为二，南斯拉夫一分为五，即塞尔维亚、斯洛文尼亚、马其顿、波黑、克罗地亚，看来这个世界并没有完成“民族—民主”国家的进程，可能的分裂重组在未来继续存在。苏丹一分为二就是明证，让塞尔维亚人无法释怀的科索沃即将举行“独立公投”，历史正继续着。

世人们！睁开眼睛看看，不到30年的时间，世界上发生的国家分裂事件；睁开眼睛看看，两次对伊拉克战争和阿富汗战争造成的无数死伤；再睁开眼睛看看，从利比亚到埃及，“阿拉伯之春”推翻和动摇了多少伊斯兰国家。现在叙利亚内战战火依然在燃烧。牢记分裂导致的战争和牺牲，牢记分裂给人民带来的无数苦难和心灵创伤，牢记什么是背叛和放弃。正是在这样的政治氛围下，哈萨克斯坦的独立节，给人有不同于中国国庆节的感受。

首先，苏联解体是苏联建国时就埋下的隐患，是历史的“无言反正”。对这个问题的反思其实早就开始，1991年10月，中共中央召开座谈会，讨论的问题包括：1.按列宁的帝国主义论，资本主义是腐朽的、垂死的，为何在二次世界大战后西方资本主义腐而不朽，垂而不死？2.按马克思列宁主义的看法，社会主义制度是优越的，为何出现了苏联东欧变局，丢掉了社会主义政权？3.如何建设中国特色的社会主义？据说，这三个问题是江泽民提出的。当时没有在理论上展开讨论，但问题是清楚的，列宁在缔造苏联时理论与实践出现矛盾：实行党内民主集中制和国家体制实行联邦制，违背了当初自己提出的建立社会主义中央集权大国是建设社会主义国家的必要条件的理论，直接目的就是为了维护和继承前沙皇的全部领土，尽管通过“联邦制”的号召，那些即将分离出去的前沙皇殖民地的布尔什维克党又回心转意，但历史证明这一“政治技巧”带来的后患就是苏联最终解体。1991年在苏联“8.19事件”后，中国共产党实事求是地认识和解决了当时中国面临的如何继续改革开放的问题，中国才保持了科学发展的道路。我提出这个问题，是因为“苏联解体”是这些国家能够获得独立“绕不过去的坎”，而研究和找出列宁建国思想的失误又是理解苏联解体“绕不过去的坎”，但是，在批判列宁处理有关国家和民族问题上存在的理论错误时，我们遭遇了“坎”，所以，至今不能把问题讲清说透。归结一句话：如果列宁当时允许格鲁吉亚、乌克兰、白俄罗斯独立，中亚五国或许今天还是俄罗斯的。

其次，苏联解体导致的民族分离从人类国家发展规律上看是一种“历史的反动”，也就是说，今天获得独立的国家也好，重新回到历史起点的俄罗斯也好，都经历了一场人为灾难。2005年4月25日，普京在“国情咨文”中对苏联解体作了经典评述：“首先应当承认苏联解体是20世纪地缘政治上最大的灾难，对俄罗斯人民来说这是一个悲剧，我们数以千万计的同胞流落在俄罗斯土地之外，苏联解体就像流行病一样也波及俄罗斯自身。人们的积蓄化为乌有，曾经的信仰不复存在，许多部门机构或被解散或是匆忙地进行了改革，而国家的完整因恐怖主义的影响和随后的妥协而遭受损害。寡头集团完全掌控着大众传媒，它们只为自己的小集团谋取利益，而普遍的贫困开始被视为正常的现象。但要知道，所有这些都是在经济急剧下滑、金融动荡和社会瘫痪的背景下发生的。” 2005年5月，普京在接受德国电视记者采访谈到苏联解体时还形象地说，这确实是千千万万人的悲剧，“我们在泼水的时候，连同孩子一起倒掉了”。

经历了那样一场痛苦灾难以后，由苏联分裂出的那些国家虽然已经基本走出困境，但留下的创伤依然在影响着今天人们的生活，特别是类似中亚五国存在的“排俄”运动，至今在俄罗斯与中亚五国之际发酵。俄罗斯的经济恢复最快，目前人民生活水平得到大幅提高，中亚五国的经济发展参差不齐，总体上远远落后于俄罗斯。由于俄罗斯与这些国家间互免签证，所以，不少中亚国家的人到俄罗斯打工，可是，俄罗斯人心里积压的火还在，他们对这些来自中亚的人的态度好不到哪里。留下来的那些俄罗斯人所面临的问题更为严重，他们的孩子就出生在当地，他们虽然是俄罗斯人，但已经习惯了当地的环境和生活，如果在“排俄”期间他们没有回国，那么现在他们是打算彻底留下来的。比如，目前哈萨克斯坦仍然有28%的俄罗斯族人，可是，哈萨克斯坦在法律和政策规定上，如选拔政府官员和对哈萨克语言的要求，对哈萨克族的优待直接压抑了俄罗斯人的热情。所有宣传和电视节目都是哈萨克文化和历史的内容，而苏联时期俄罗斯人对哈萨克斯坦的现代化建设作出过巨大贡献，现在，这些都变成反面教材。无论如何，这对双方来说都是一种伤害，在独立纪念节日里，我没有感受到中国国庆节那种普天同庆的气氛，多少有点冷淡和官方色彩。

其三，从苏联一分为十五，最明显的是国家变小了，人们共同的感觉是苏联人的大国威风没有了，但不同国家的人民的国家认同对象变化了。俄罗斯人是理所当然的苏联继承者，但是，苏联带给他们的似乎主要是痛悔和苦难，其实，当初叶利钦主张俄罗斯独立时，是有一种“甩包袱”的意图，后来发现上了美国人的当，“包袱”丢得太轻易了，可是木已成舟，用布热津斯基的话说：“俄罗斯应该意识到自己已经不是二流国家。”就是说一流国家想都别想，二流也已经退出了。这对自豪的俄罗斯民族来说是个沉重的打击，他们不习惯被世界如此注视。所以，普金在俄罗斯的高支持率是完全可以理解的，是西方一手导致的俄罗斯人不再相信他们的蛊惑，渴望恢复自尊和强大的国家。这股士气是俄罗斯“国之善存”的根本，也是俄罗斯未来重回大国地位的动力。

其他中小国家的人民也需要慢慢适应忘掉苏联，记住自己是新独立国家的公民，但是，通行的俄语，甚至本民族语言由俄文字母拼写的处境，无论如何是难以与俄罗斯完全切割开

独立广场和旁边的清真寺

的。中亚五国的人民除了获得独立的国家以外，目前还没有从解体的困境中完全走出来，除了哈萨克斯坦经济发展迅速，人民生活改善比较明显外，行政体制本质上还带有前苏联的色彩，他们还没有找到一个更好的学习对象，人民也还没有从旧的社会氛围中彻底走出来的。就像一个孩子过早地成家立业，还没有具备完全控制国家的所有客观和主观条件。尽管所有以某个民族命名的国家都宣称自己是古老伟大的民族，并且曾经建立过辉煌的王朝，但现实就是这样，没有人再去扶持你，你需要靠自己去打拼。

其四，国家的主权和领土完整始终处在潜在的危机当中。在哈萨克斯坦首都阿斯塔纳，宏伟的独立广场，它的旁边就是亚洲最大的清真寺，然后是民族艺术博物馆。在欧亚大学西边，建有“祖国母亲”纪念碑和广场。这些耗费巨大的建筑绝对是值得的，因为，她们向每一个参观者提示这个国家的信仰、历史和文化。所有能够展示哈萨克民族伟大历史和文化的创作及作品都受到政府的极其重视。因为，唤起民族的自豪感和自信心是巩固国家的基础，通过各种方式聚集民族认同感，包括发挥宗教认同的力量，是当下哈萨克政府不遗余力推行的政策。因为，危机感始终伴随着这些新独立的国家。

在没有了意识形态的差别外，并没有合适的东西填补信仰真空，俄罗斯以及所有新独立的国家都曾经面临这一困境，事实上，西方民主自由的东西并不是“氧气”一样被所有人需要，发生“过敏反应”的还不算少数，所以，民族的、宗教的、古老文化的东西就恢复过来。时至今日，包括俄罗斯在内，可以说仍然没有找到民族信仰的灵魂和凝聚点。一个民族信仰的内核应该是共同的历史，而核心应该是共同历史基础上形成的文化认同和价值观。这与政治没有直接关系，不同时代有不同的“政治认同”，而民族认同是超越时代的，就这一点，可以把政治认同归纳在党派意识范畴内，而排除在民族认同之外。而且，政治认同是从事政治活动的人群具备的，普通民众没有也不需要具备清晰的政治认同，一些人非要你承认民族认同与政治认同的关系，是不了解认同概念的含义，他们把所有能够加在“认同”这个词前面的定语都看成是固定一样的，严格意义上说，没有“政治认同”这种东西，只有政治信仰。“认同”是第三者角度观察问题得出的结论。

不要以为有关认同的争论没有意义，不只在中国，在中亚国家也面临如何加强民族和国家认同的问题，但他们主要从历史和文化角度提升本民族的自豪感和自信心，政治信仰已经是一个不敢轻易波及的内容。1999 年 12 月 30 日，普京发表《千年之交的俄罗斯》一文，总结过去共产主义信仰的教训。他说：“在即将过去的这个世纪里，俄罗斯有四分之三的时间是在为共产主义原理而奋斗的标志下生活的。看不到这一点，甚至否定这一时期不容置疑的成就是错误的。然而，如果我们不意识到社会和人民在这一社会试验中付出了那种巨大的代价，那就更是大错特错了。主要的错误是：苏维埃政权没有使国家繁荣，社会昌盛，人民自由。用意识形态的方式搞经济，导致我国远远落后于发达国家。无论承认这一点有多么痛苦，但是我们将近 70 年都在一条死胡同里发展，这条道路偏离了人类文明的康庄大道。”普京没有否定共产主义信仰，他否定了利用政治信仰来发展经济的灾难性错误。我们有的文章提出“倡导什么样的政治认同”，这是一个真正的“伪命题”，看似“宏大而坚强”，其实什么都没有，完全是在个人意识里构成的“形而上”的东西，却冠冕堂皇，你一争论，就变成了共产主义信仰的对立面，变成爱国主义的对立面。

2000年12月，俄国家杜马根据普京的提议通过有关法律，规定用苏联国歌旋律作为俄罗斯的国歌，并用红旗作为俄军军旗。当时，普京的主张遭到右翼势力及前任总统叶利钦的强烈反对。叶利钦批评说，老国歌只代表官僚权力的苏共党代会，年轻一代人不会喜欢，总统不应该盲目崇尚民意。

总统府广场前的圣诞树

但普京强调，苏联国歌曲调激昂，振奋人心，否定苏联时期的一切象征性标志从原则上讲是错误的，否定历史会使整个民族“数典忘祖”。

2013年12月24日，哈国纪事之二十四：

欧亚大学孔子学院的六周年

2013年12月20日，欧亚大学孔子学院举行了成立六周年庆典暨迎新年晚会。中国驻哈各机构代表、欧亚大学校办主任、欧亚大学各系部负责人及孔子学院全体师生出席了晚会。我应邀前往。这里的中方院长是来自中国西安外国语大学的李喜长教授，他已经在欧亚大学孔子学院呆了4年，因为是俄语专业出身，他在哈国应该没有交流的困难。这里的哈方院长是萨乌列女士，她是一位聪明漂亮的女子，还有两位教学秘书，加上新来的西安外国语大学的潘麦琳老师和志愿者教师冯娟，一共有六个人。

听说在哈国一共有四所孔子学院，这在设立孔子学院的国家非常突出，现在，哈国有接近一万名学生在中国学习，就哈国不到1700万人口来说，这个比例是相当高的。毫无疑问，有这么多学生在中国学习与孔子学院有直接的关系。因为，孔子学院就是在从事汉语培训和教授汉语，对一些大学生来说，能够去中国继续学习汉语求之不得。而孔子学院每年都有一定名额，资助哈国学生前往中国学习汉语，根据不同程度分一年和半年，也有资助硕士和博士项目，这对受资助学生来说当然是一个难得的机会。

庆祝活动从下午3点钟开始，他们请了学校的领导和有关汉语教学方面的老师，还特别请到了中国石油下属的北京大厦的经理和其他驻哈机构代表。中石油阿斯塔纳“北京大厦—阳光酒店”总裁先生代表中国驻哈各机构致词。他说，欧亚大学孔子学院是在哈萨克斯坦率先揭牌成立的一所孔子学院，六年来，作为中哈友谊的重要桥梁，为增进哈萨克斯坦民众对中国语言文化的了解，进一步发展中哈友好关系，积极开展汉语教学和各种文化活动，取得了有效成绩，为增进中哈人民之间的相互了解和加深两国友谊作出了积极贡献。还特别感谢欧亚大学孔子学院为“北京大厦—阳光酒店”、中国驻哈大使馆及其他驻哈机构输送了几十名熟知汉语言文化的优秀翻译工作者。

欧亚大学校办主任杜曼说，近年来随着中哈两国之间经济、教育和文化等方面交流的不断加强，要求学习汉语和了解中国文化的哈萨克斯坦人越来越多，孔子学院在这些方面做了大量的工作，特别是中、哈双方院长同心协力、积极配合，克服了发展中遇到的诸多困难，使欧亚大学孔子学院成为了哈萨克斯坦汉语言文化传授的中心和亮点，其工作范围已经推至西哈、北哈和东哈诸多地区。他表示，相信欧亚大学孔子学院将会为促进中哈两国教育、文化等领域关系的进一步发展做出更大的贡献，并且将会成为“丝绸之路经济带”建设中的重要文化使者。

接下来，孔子学院学生组建的“茉莉花”文艺俱乐部为来宾们奉献了他们精心准备的节目。舞蹈《中华之韵》为活动拉开了帷幕。接下来表演的歌舞《即刻出发》、萨克斯独奏《神奇东方》、茶艺及合唱《爱一点》、舞蹈《天使的翅膀》、手风琴伴舞《感受东方》、诗歌朗诵《友谊》等。这些精彩的节目不仅具有鲜明的友谊主题色彩，更体现出东方文化的特有魅力，为晚会增添了欢快、喜悦的气氛。精彩的表演使所有来宾都为之陶醉，甚至连楼梯台阶上都挤满了闻讯前来观看节目的师生。大家纷纷称赞中国文化的感染力和友谊的凝聚力。

孔子学院的学生在表演

在文艺表演期间，穿插表彰了“汉语周”各项活动获奖学员，再就是表彰那些认真努力学习汉语的优秀学生和特殊学员，就是来自社会上不同年龄和职业的学生。先由学校的一位教授代表孔子学院为第一项获奖者颁发奖状与奖品。总裁、杜曼主任、孔子学院的哈方院长为“优秀学生”和“特殊学员”颁发了奖品和证书。

突然，我听到主持人提到我的名字，我一时发蒙，不知道要我干什么？阿伊努尔老师喊我：“吴老师！让你上台颁奖！”我赶紧走上台前，主持人念到一位获奖同学，我就从旁边一位手捧奖状和奖品的礼仪女生那里拿过一份递到获奖学生手里，然后和他们握手，向他们致敬！获奖人中竟然有一位身材矮小的老婆婆，我急忙上前，没有站在原地等她走过来，俯下身，给她一个热情的拥抱。我真没有想到会有这么年长的学生！

庆祝活动的最后一个内容就是聚餐了，完全是哈萨克式的“摆桌子”，这样大家可以自由交流，大家一边聊天，一边品尝。之前，我只是和他们认识，并不了解欧亚大学孔子学院的工作和教学，这是第一次与他们交流和畅谈。当然，对中国“汉办”开展的卓有成效的孔子学院工作我还是知道一些，因为，上文提到过的王蕊，她的博士论文就是研究“孔子学院”的，她在沈阳师范大学外事处就一直从事与孔子学院的工作。通过这次的活动加深了我对孔子学院的认识。

为哈萨克文化名人颁奖

首先，孔子学院是我们输出“软实力”的良好方式，通过教授汉语，传播博大精深的中国文化，也培养了他国年轻人对汉语的兴趣和求知欲望。现在，孔子学院的实践已经呈现一定成效，急需在途径和方式上有所创新。因为，通过孔子学院的途径到中国学习的学生，他们的学习目的多种多样，导致资助的效果下降。单纯学习汉语的目的，使来中国学习变成一种“奖励或者旅游”，如果能与学生未来工作选择或者去中国进一步深造联系起来，效果就会更加突出。

其次，国家“汉办”在组织孔子学院的师资和教学方面下了很大力气，取得突出成就，现在需要进一步规范中方院长的选拔并明确其职权，形成政策性法规文件，更好地指导未来孔子学院的工作。因为，在不同国家，由于各方面原因，有些中方院长的工作权利没有得到有效尊重和支持，而外方院长的权利也得不到有效监督，有时外方院长形成主导，中方院长陷入领导与被领导的矛盾当中，话语权被剥夺，引起外方的冷淡甚至排斥。

其三，在教材出版和宣传方面，国家“汉办”应该组织国内一流学者编撰适合外国人阅读的《中国历史》《中国民族》《中国地理》《中国文化》的多种语言版本教材，作为汉语教学的辅助教材，免费发放给孔子学院所在院校的学生和老师。这应该是一项极其重要的工作。我在欧亚大学，看到印度经常免费邮寄大量书籍给这所学校，其中大量的是有关印度历史和文化的英语简易读本，我还看到世界银行资助出版的有关达赖喇嘛的书籍，免费邮寄到欧亚大学。其实，他们在这方面早就下了大工夫。我们没有简明、易懂并具权威性的中国历史、民族、地理和文化的多种语言读本，当然很难普及有关中国的基本知识，纯粹依靠孔子学院的汉语教学，影响面小，时间有限，书籍却可以长时间、多层次存在影响。同时，还增加了孔子学院汉语教学的内容和课程设置。这项工作应该首先由外交部与各国通报协商，由国家“汉办”提供样书，以利于通关。

第四，在合适的国家和适当的时机，可以考虑把孔子学院逐步提升，在完善的教学机制和水平考核方面达到一定要求后，可以承担国内大学的汉语专业培训和资格认证，而不仅仅是汉语水平考试。扩大规模和提高质量是进一步生存下去的一个出路。

总之，孔子学院的探索和实践是成功的，为国外中国文化的传播和汉语教学作出了贡献，我们可以在此基础上，把孔子学院的工作做得更好，把中国的“软实力”发挥得恰到好处。

2013年12月30日，哈国纪事之二十五：

民族符号与国家象征的关系
——以哈萨克斯坦为例

对一个民族的感性认识首先是通过这个民族特有的印迹在头脑中留下烙印，这个印迹就是“民族符号”，即那些证明是该民族历史文化过程中传承下来的、别的民族没有的独特的文化活动，包括艺术、体育、语言文学和生活习俗。民族符号与宗教和人种特征不同，宗教信仰存在广泛的跨民族性，人种特征也不是民族差别的准确衡量标准。当民族符号与国家象征接近一致时，民族符号得以强化，当民族符号与国家象征不能达成一致时，问题出现复杂性。本文试图通过探讨哈萨克斯坦重塑民族符号的努力，探析民族符号与国家象征的关系，以加深对民族文化的理解和重视。

一、民族符号的形成与作用

特征是一事物区别于他事物的本质属性，有人以为除去特征这个事物还存在，这是纯粹的误解。特征是事物本质属性的表现，即决定内容的特质，事物存在的形式是多种多样的，在每一样存在的形式中都可以找到这一事物的特质。因此，特征就像符号一样标明此事物的存在，人的存在即是如此。

基于一般意义上的人的特征是生物学研究的领域，离开生物学，人的特征就随时显现出来，即此人与彼人的差别，首先是人类学意义上的种族差别[①]，这是人们都尽量回避的话题。其次是民族学领域的研究范畴，细致地研究不同人的特征。再次是政治学的角度，把人归纳为各种政治制度下的人群。无论如何，纯粹意义上的独立存在的人几乎没有，人从一出生直到死亡，他身上赋予的所有特征都证明“他就是这个人”。

任何一个人必然归属于一个民族或国家，才能确证“他是谁”。当然，在民族和国家产生前，这一群人区别于那一群人的特征还不是民族和国家，而是血缘和种族特征，再后来就是氏族和部落。这两种东西至今还是鉴别一些人身份的必要特征。[②]比如，南斯拉夫解体时，克罗地亚人得到德国人的全力支持，因为他们属于一个种族；再比如非洲尼日利亚也搞西式的总统选举时，决定人们投谁的票的原因是你属于哪个部落；同样，在哈萨克斯坦你属于哪个部落，是一个必须搞清楚并且对你人生前途可能产生重大影响的因素。美国未来学家约翰·奈比斯特认为“种族意识是西方的核心意识”，其实，在非洲黑人的种族意识也很强烈，也就是说，那些种族特征非常明显的人，他们必然地被打上种族的特征。承认不承认不重

① 种族差别是显而易见的，它不应该是研究的禁区，美国著名学者奈比斯特认为：“种族意识”是西方的核心意识，只不过他们不明说罢了。我们干脆不去研究，现实中遇到了也就不知道正确的应对理论和措施。

② 对这个问题给予深刻研究的是美国的亨廷顿，在他的著作《我们是谁：美国国家特性面临的挑战》中，他正确地嘲笑了那种把“公民民族主义与种族民族主义二分法或在其他名称之下的二分法，过于简单，是站不住的”。事实上，对于不同发展程度的民族和国家关系之间，民族符号和国家关系呈现出完全不同的景象，不能简单地说哪种民族主义好或者坏，关键还是看站在谁的立场上。参见作者：《我们是谁》，27页，北京，新华出版社，2005。

要，重要的是你看没看见、想没去想。种族的融合改变了一些人的观念，但人们期待的融合方向是趋于比自己高的种族，无疑，这进一步证明种族特征近乎永恒的影响。

除此以外，早熟的民族把那些属于本民族的特征泛化出去，逐渐形成民族特征的“标准版本”，到这个民族建立自己的国家时，这个民族所拥有的特征就成为“民族符号”。比如历史传说和图腾崇拜就会在国旗、国徽、国歌中表现出来，成为国家象征；比如神话史诗会成为人们选择颜色、形状、纪念方式的缘由，而那些民族英雄和传奇人物就会成为激励民族主义和爱国主义精神的典型，是民族艺术和文化的永恒主题。

概括起来，属于历史的民族符号主要是种族、部落和历史记载，属于文化的民族符号主要是神话史诗、图腾传说、民族艺术和体育，属于生活的民族符号主要是日常习俗、节日庆典和衣食特征。上述民族符号在政治和经济生活中的体现，代表了这些民族符号在政治和经济活动中被利用。因为，民族符号是相对稳定的存在，而政治和经济活动的不断变动证明他们不具备民族符号的依附性特点，民族符号只是被利用。①

二、民族符号的变化与排异

民族符号虽然具有相对稳定性，但存在过程始终处在完善和充实之中，只要民族本身没有消亡，民族符号就会不断延续下去。这种延续是以符号的原型为基准，让人们一看就知道符

① 历经数个时代或者王朝，依然可以清晰地罗列出民族符号的存在，证明民族符号的存在规律是超越政治制度的，是文化范畴，但又以物质文明为前提的民族特征。

号的含义。比如成吉思汗的“纛”（读 dao）[1]，蒙古语叫“苏力德”，一个成吉思汗号令千军万马的旗帜，在巨大的木杆上矗立巨大的“山”形兵刃，四周装饰着白色的狼尾。在内蒙古伊克昭盟的成吉思汗陵和蒙古国外交部展览大厅，都把这个“纛”作为成吉思汗的象征供奉着，它也成为自称是成吉思汗子孙的标志物。在随后的延续过程中，“纛”的形象转化成各种民族符号出现在纪念品和国家象征的图册上。

民族符号出现后，随着本民族的兴衰而变化，那些较早成型并影响广泛的民族符号可能不仅仅被本民族利用，一些后来居上的强大民族也会直接继承这些符号标志。所以，古代民族的民族起源和后来的民族构成或许并不完全一致，相反，那些容易被接受并对外开放的民族，他们的民族符号逐渐成为具有一定代表性的标识。完全从图腾传说和史诗神话当中推断古代民族的组成有时可能并不准确，因为，民族符号下的民族处在此消彼长的过程中。

但是，民族符号变化有自身的限定因素：一是与文字记载的历史直接相关，如果民族的起源和历史过程被本民族的文字记载下来并得以流传，那么，这个民族的符号系统会相对稳

① 九斿白纛，也称“九足白徽”或者“九足白旗”“九脚白旄纛”等，蒙古人称查干苏力德，这面旗帜有着悠久的历史。九斿白纛是大蒙古国的国徽。九斿白纛中的“纛”字在古汉语里解释是古代军队的大旗。据《蒙古秘史》载：成吉思汗于丙寅年“在斡难河源头，建九脚白旄纛做皇帝”。另据《元史·太祖本纪》记载：“元年丙寅（1206年），帝大会诸王群臣，建九斿白旗，即皇帝位于斡难河之源。”这是蒙古人首次对九斿白纛的记载。从这时候起，蒙古人在和平时期、庆祝时刻都立九斿白纛，将其视为民族和国家兴旺的象征。

定，没有文字只有语言的民族的符号系统单一并且容易断裂。二是与民族生产力发展水平有关，拥有较多人口和商品生产能力的民族，同时也会把本民族的符号系统传播出去，达成共识，但这是一个此消彼长的历史过程，因此，被继承下来的民族符号未必就是当初创立符号的那个民族。三是与自然环境有关，北方游牧民族的符号系统相对稳定，是因为游牧生产方式不容易改变，生存方式艰难而且周期性长，游牧民族认识的自然变化是相对稳定有规律性的，因而，他们认可的民族符号也具有相对稳定性。南方民族的自然环境四季适宜，容易迁徙和杂居共处，他们认识的自然变化规律较为灵活。

民族符号在变化中会对异己的民族符号进行排斥，除非被接受或者融入到共同的符号系统中，否则，民族符号的排斥就可能是一场争夺战。一些民族符号的相互排斥，实质反映了各民族在早期形成阶段的矛盾斗争，而这个矛盾斗争的过程恰恰是民族走向成熟和强大的必然发展阶段。在这个阶段，各种民族的“雏形”都在竞争中不断融合，因此，不能说哪些民族符号就属于哪个民族的。而排斥发生在民族符号已经形成和稳固阶段，民族符号的影响力已经对其他民族产生作用，这种作用有时是排斥的，有时是战胜的，大多暗示本民族的强大和永恒，民族符号成为强化民族意识的特定标识物。

哈萨克人有一个关于凤凰的传说，通过这个传说证明哈萨克民族天佑吉祥的原因。一天一个哈萨克猎人来到一片高耸的白桦林，看到一棵白桦树冠上有一个凤凰巢，巢里有一枚巨大的凤凰蛋。此时，一条恶龙正从树下爬上树冠，准备夺取这枚蛋。在这千钧一发的时刻，猎人拉弓放箭，射死了恶龙，这个情景正好被飞回来的凤凰看见，从此以后，哈萨克人就始终处在上天的护佑之中。[①]

龙凤呈祥！汉族传统符号中龙凤是多么和谐的一对，但在哈萨克人的这个动人的故事中，龙凤成了冤家对头。在很多近代西方编造的传说中，龙总是扮演坏的角色；而在西方的古代史诗和神话传说中，没有发现对龙的恶意描述，我怀疑贬低龙的想法是近代西方人的发明。在这个哈萨克人的故事中，“凤凰”的翻译恐怕也是后来人的附会，因为，这里的“凤凰”准确地说是一种巨大的玄鸟或神鸟，未见得就是凤凰。但懂汉语的人知道玄鸟或神鸟一般就是指凤凰了，于是，这个民族符号就与中国人的美好吉祥符号发生排斥。

三、近代民族国家的产生与民族符号的强化

事实上，民族符号在近代民族国家产生后，其作用才真正被自觉地利用，特别是西方资产阶级民族利用强大的国家力量，把自己打扮成“上帝的使者”“自由女神”“美丽的天鹅”“法兰西雄狮”等来拓展殖民地。

西方国家在近代进入“民族—民主”国家之前，首先从种族上已经确证了自己的符号特征，他们深信白种人的优越并充满自信。其次从文化上他们已经拥有完善的语言和文字体系，民族历史的特征和传说习俗也已经固定下来，他们需要的是“传播他们的高等文明，救赎那些愚昧的族群”。其三从生产力水平上他们已经走出旧时代，一个新的时代正在展示出无穷魅力。

所以，近代西方早期工业化国家对其他民族国家和地区展

① 参见银帆编：《哈萨克族民间故事选》，上海，上海文艺出版社，1986。

开的殖民侵略战争，对尚未完成上述三项任务的民族来说，就是消灭自己的民族进程，如何保卫自己民族的符号就成为一场保卫民族本身的战争。这种情景有一种古典的悲剧色彩，类似犹太人远走他乡①，有点匈奴西循②的味道。我们经常读到手持冷兵器的骑兵如何冲向机关枪和山炮构成的敌阵，其实，这种情景几乎发生在所有保卫拥有强大民族符号却不拥有机器工业的民族战争中，因此，印第安人的失败和终于失去引以为荣的民族符号是必然的，现在，他们美丽的民族符号只是纪念品。

那些终于走出近代民族征服的不公平泥潭，建立起自己民族国家的发展中国家，把原有的民族符号强化为国家象征，把民族凝聚力和爱国主义统一起来，把民族符号上升为一种团结的力量和政治旗帜。不能不说这是对殖民侵略和经济压迫的一种反作用力，甚至宗教也成为国家凝聚力的最有效符号，某一特定宗教或者教派就在民族自救当中升华为民族符号，成为至今抵抗西方的重要思潮和力量。

如果民族符号在类似的捍卫民族事业中产生了巨大影响，

---

① 3000年前，大卫以耶路撒冷为都城，建立了统一的古以色列王国。随后，大卫的儿子——所罗门王开创了历史上的鼎盛时代，这个犹太盛世的标志即为耗费七年打造的圣殿。据说这座为供奉摩西十诫和约柜而建的殿堂宏伟壮丽，曾被誉为“上帝的居所”。公元前586年，耶路撒冷被巴比伦人攻占，圣殿被付之一炬。之后，圣殿被重建，但很快又被罗马人夷为平地，仅存西边的一段护墙(因此哭墙原名西墙)。罗马帝国统治时期，绝大多数犹太人逃离耶路撒冷，由此展开了两千年大流散的血泪史。

② 西汉晚期，匈奴分裂，北匈奴继续与汉朝为敌。公元73年至91年，东汉联合南匈奴持续发动了对北匈奴的战争，将北匈奴逐出漠北高原。北匈奴则逐渐向西后退，直至顿河、多瑙河流域，并以南俄罗斯大草原为基地，对罗马帝国发动战争，是致使罗马帝国最终灭亡的主要原因之一。

那么，这类民族符号就与国家象征紧密联系起来，成为主体民族在国家地位的确证和象征。一些原来并非独立或者处在王朝时代的民族，通过民族解放战争获得独立并建立现代国家，这个民族的历史传说和原来受到压抑的民族特征，以民族符号的形式与国家象征联系起来，而领导民族解放和独立事业的人物也最终成为国家的标识。如非洲的一些国家尼日利亚、肯尼亚、赞比亚等一批国家就是如此，拉丁美洲的独立象征玻利瓦尔、自由战士格瓦拉，包括古巴的卡斯特罗也是如此。甚至类似南非的曼德拉、印度的甘地也属于这类国家象征。

而一些原来就是独立的或者早已经就是统一的民族国家，在反抗民族侵略和保卫国家生存中取得胜利，主体民族也会把战争过程中引导整个民族同仇敌忾的民族符号与国家象征统一起来，借此唤起人民永恒的记忆，激励后代牢记历史。如法国的“圣女贞德”和《马赛曲》，中国的毛泽东和《义勇军进行曲》，俄罗斯的库图佐夫和《苏联国歌》等，如此算来，美国的华盛顿也应该列入国家象征行列，几乎每个国家在不同的历史时期都存在这样的情况。

那么，类似中亚五国这样独立的新国家，他们必须寻找自己民族早已经拥有的民族符号，以便证明自己早已经是伟大成熟的民族并建立过强大的国家，现在只不过是恢复往昔的辉煌而已。因此，他们的民族符号建设就成为国家独立统一的象征，是我们研究当代民族符号和国家象征的典型范例。

四、当代新生国家的“民族符号”现象

苏联解体以后，世界上又多了十几个国家，像原来的波罗的海三国和格鲁吉亚都拥有古老的、辉煌的民族国家历史，

他们只需要重新恢复过来就可以了，前南斯拉夫分裂出的几个国家除波黑情况特殊外[①]，其他也都有悠久的历史和民族文化。可类似中亚五国的主体民族，虽然拥有古老的历史和民族文化，但从蒙古帝国时代以来，始终处在不同汗国和国家统治下。在沙皇俄国殖民统治下，中亚各民族的历史发展进程受到阻滞。到了苏联时期，中亚五个加盟共和国的现代化过程完全处在俄罗斯文化的制约下，一方面他们的确获得了巨大的支持，迅速步入了现代工业化时代；另一方面本民族文化受到压抑，民族特征陷于逐渐淡化的阶段。突然来临的民族独立与国家诞生，让中亚五国的主体民族面临如何迅速恢复自己民族的历史和文化这样的重大课题。正如哈萨克斯坦总统纳扎尔巴耶夫在 1998 年 3 月 17 日与文学艺术界和科学界知名人士座谈会上说道："让世界真正承认你的最好的东西就是你的历史。"重新构建民族的历史，实质就是重新落实民族符号，把人们已经淡忘的、形象模糊的民族文化特征重新描绘和突出出来，是这

---

① 12 世纪末叶斯拉夫人建立了独立的波斯尼亚公国。14 世纪末，波斯尼亚曾是南部斯拉夫人最强盛的国家。1463 年后成为土耳其属地，1908 年被奥匈帝国占领。1914 年 6 月 28 日，奥匈帝国皇储弗兰兹・裴迪南大公在萨拉热窝遭当地青年暗杀，成为第一次世界大战爆发的导火线。1918 年第一次世界大战结束后，南部斯拉夫民族成立了塞尔维亚人—克罗地亚人—斯洛文尼亚人王国，1929 年改称南斯拉夫王国，波黑是其中的一部分，被划分为几个行政省。1945 年，南斯拉夫各族人民取得反法西斯战争胜利，成立南斯拉夫联邦人民共和国，波黑成为南斯拉夫联邦的一个共和国，20 世纪 90 年代，南斯拉夫战争时期独立，并且根据《岱顿协定》，它目前是国际社会的受保护地区，由欧洲议会所选出的高级代表所管理。该国在行政及管理上被分成三个实体，其一为波黑联邦，另一为塞族共和国，再次为布尔奇科特区。

些新独立国家的紧迫任务。

首先，重新解读历史。

中亚国家各主体民族有一个共同特点，就是在漫长的游牧帝国时代都建立过辉煌的独立的汗国，不论时间长短，这个时期必然是民族振兴的源头。除塔吉克人属于波斯人种外，其他四个民族都或多或少互有联系，如何证明自己是最优秀的中亚民族，是古代游牧帝国的真正继承者，就成为中亚各国重建国家的历史命题。

哈萨克人无疑具有优势，他们与早期塞种人的关系，斯基泰人的文化影响，直到突厥人的考古遗存，都把哈萨克人的历史推演到中亚草原上游牧人的祖先那里。但是，其他中亚游牧民族，特别是蒙古人也分享了早期草原历史的辉煌，因此，能否从古代草原上驰骋的各部落民族中找出哪一个就是本民族的起源并不是一件简单的事情。古代的历史记录并没有被完全发掘，近代的历史却陷入被殖民统治的悲惨境地。而在苏联时期，回避这些中亚民族曾经辉煌历史的研究是国家需要。所以，重新解读历史，建构新国家的历史基础，就是重塑民族独立的历史必然性，就是对今天主体民族的历史使命和国家命运的肯定和统一。哈萨克斯坦总统纳扎尔巴耶夫在他写的《在历史的长河中》一书中说："民族思想的形成只有建立在重新阅读我们自己历史的基础上""因此，在 21 世纪坐标下思考民族的历史是表达民族思想的第一步，而无论如何不是相反。"[①] 可以肯定，这股重新解读历史的思潮，在未来还会继续深入下去。

---

① 转引自张娜：《哈萨克斯坦国家意识形态建设初探》，载《贵州民族学院学报》，2006（2），63 页。

其次，重新唤起民族记忆。

中亚国家近现代历史过程是一个使他们逐渐远离历史舞台中心的时期，很多民族符号已经被本民族人民所淡忘，或者不被看重，这当然是被动的，甚至痛苦的。今天重新唤起民族记忆，就是重新把以往民族的特征强化到符号的高度，让人们知道这就是“你的”。哈萨克斯坦把“叼羊”游戏提高并发展成为一种世界级的运动就是一个典型。其实，这个运动项目在蒙古人和其他中亚游牧民族中都有，但哈萨克人把它发展成一项世界级运动，还举办了国际锦标赛。如果你看了哈萨克组织的“叼羊”，就会发现这的确不是一种表演或者游戏，需要娴熟的马术和凶猛的冲击，还要有绝对默契的集体配合。

2013 年 12 月 30 日，由哈萨克斯坦体育部和光明祖国党组织的表彰大会，专门表彰在哈萨克民族传统体育和文化领域做出杰出贡献的人物。主要是“叼羊”、“追姑娘”、马术竞技、古典式摔跤、拳击中获奖的优秀运动员，还有在传统诗歌、歌曲、曲艺、文学创作和报道文章中有突出成绩的人物。整个表彰过程就是目睹哈萨克民族符号的再现，整场观众的热烈和激动就是哈萨克民族对自己民族符号得以恢复的肯定。你可以深切地感受到哈萨克政府和光明祖国党在重新唤起民族记忆，从而重建民族符号方面，做出很大努力。

事实上，在电视、报纸、出版、影视宣传以及公关场所，哈萨克政府已经想尽一切办法把哈萨克民族的所有可能成为民族符号的东西都隆重推出，即使是第一部哈萨克自己拍摄的电影、第一场国际性“叼羊”比赛、第一部电视剧、第一个冠军、第一个追姑娘运动的骑手，包括最优秀的驯马师、养马师、挑马师都可以登上前台，成为国家表彰的英雄。这就是民族符号成为国家象征的典型。

其三，重新确立主体民族的感情。

“重建、重塑、重解”的基础是民族感情，深厚的民族感情来自本民族对其历史和文化的认同，而认同民族的历史和文化又与这个历史和文化是伟大的、英雄的并且“福运当头”有关。历史上有“霉运当头”却初衷不改的例子，如犹太人，但在今天交通便捷、语言通用、迁徙容易的时代，恐怕再难出其右。20 世纪 90 年代独立的中亚各国主体民族，他们需要的是把人们离散的趋势停止下来，把淡化的民族特性重新找回来，以此区别任何别的与我类似的民族，最终唤起民族情感并把这种情感导向爱国主义。

叼羊比赛冠军

纳扎尔巴耶夫深刻地明白这个道理，他说："如果我们能够深刻理解这样一个政治存在——哈萨克斯坦；深刻理解我们每一个人的命运都与她息息相关，那么，我们民族间的和睦将更加巩固。"[①] 这是唤起一种理性的感情，不只是要求哈萨克民族对哈萨克斯坦充满感情，而且要求所有民族对这个政治存在充满感情，因为，所有居住在哈萨克斯坦的人都与这个国家息息相关。

那么，重新确立主体民族的感情，当然是因为哈萨克民族就是赋予这个国家名称的民族，然而，更重要的是，必须让每一位哈萨克斯坦公民知道能够获得今天的独立和发展是历史的必然，因而，必须对其历史和文化充满感情。这就需要把哈萨克的民族符号"外溢"到所有公民，这是重构历史的主观条件，如果人们不了解或者怀疑这个族裔的历史和文化，那么以这个民族为主体的国家就是值得怀疑的。这就是民族符号向国家象征过渡的感情需要。

事实上，任何一个现代国家，当民族符号已经进化到国家象征的阶段，公民就没有必要培植倾向于主体民族的感情，每一位主体民族也没有必要把自己烘托成为民族主义者。在民族符号仍然处于巩固国家象征的阶段，培植和塑造民族符号的独特意义就依然有强烈的必要性，特别是中亚国家在经历了长期的主体的政治压抑和文化淡化后，突然面临重建民族符号和重构民族历史的任务，就把民族符号和国家象征的关系突出出来，成为典型。

---

① 转引自张娜：《哈萨克斯坦国家意识形态建设初探》，载《贵州民族学院学报》，2006（2），64页。

2014年1月2日，哈国纪事之二十六：

新年感悟

无论从哪个角度讲，2013年的最后一天都是让人难忘的。除了2007年最后一天是我和孩子在美国一起度过外，每年的最后一天都是和我的亲人在一起。这一天格外重要的原因是第二天我们的日程表最大的那个数字变成了“2014”，也就是说，以前的日历再也写不回去了。对我们来说离死亡又近了，对孩子们来说离成熟更近了一步，如同树的年轮，外面的越来越大，里面的才能生长出来，树才越来越粗壮挺拔，只不过人的“年轮之树”是靠精神堆积起来的。财富却如同树叶一样，随着四季转换，由嫩绿到茁壮，再到枯黄，真真切切“沉舟侧畔千帆过，病树前头万木春”。我们今天能够读懂更外面的“人之年轮”，沉湎于回忆、怀念、欣赏，进行汲取、总结、提高，就是因为精神以物质的形式留给了后人，而不是金钱以“树叶”的形式飘落四方。

我不是说叶子对树不重要，茂盛的叶子保证了树干的营养生长，我是说如果把树干比作“人之年轮”，精神积累的痕迹就是人成长的“年轮”。只有当你飘零在外时，你才会对树干的存在有真切的认识，更深地体会到“叶落归根”的含义。其实，不仅是在“人之将亡”时有“叶落归根”的愿望，每逢佳节和纪念时刻，也会产生强烈的“回归故乡”和“深切怀念”

的冲动，2013 年最后一天，当我正在想如何排遣思念亲人之情以度过这寂寞的时刻，我的学生别克邀请我去他家过新年。

别克是哈国西部阿克托别的人，5 年前他们迁居到阿斯塔纳，他的妈妈为正在欧亚大学上学的他和弟弟创造好的条件而拼命工作。2013 年的 12 月初，别克告诉我他们买房子了，他们终于告别了租房子住的日子。可以感到他们是多么高兴！我知道阿斯塔纳的房价对普通收入家庭是非常贵的，而租房子不但贵更难找寻到合适的房子，可以说房子是在阿斯塔纳生活下去的最重要条件。这种情况和北京一样，不一样的地方是北京的房价更贵。所以，我十分想知道别克家的新房子，想认识他的家人，他的主动邀请让我十分感动。在我接受了别克的邀请后，吐尔逊老师说他的邻居也邀请我参加他们一同举行的新年

别克家的客厅

聚会，我告诉吐尔逊老师我要去参加别克家的新年聚会。

别克先到我的住处接我。

他的家在阿斯塔纳城的西南，一个很好的高层建筑，有三个房间和很宽敞的餐厅。听说是他妈妈的好朋友的房子，以7万美元的超低价卖给他们。如果按照正常价格，大约需要10万美元。显然，这是一个需要突破重重困难才能在阿斯塔纳站稳脚跟的家庭，我一下子理解了别克每次上课时的疲倦，他在拼命地帮助妈妈挣钱，现在，他们终于可以稳定下来了。

在别克的新家我还遇到了他的两位姨妈和她们的两位女儿，如果加上别克一家三口，一共有7位，就是三位母亲带着四个孩子。我没有见到他们的父亲，但我不能问。我在祝福时说："这个新年是我最有意义的一个新年，一是因为我在世界上最寒冷的首都迎接2014年，二是因为我在一个纯粹当地人家里过一个哈萨克人的新年，三是这是你们新家的第一个新年，而我是第一位客人，还是中国人。"她们被我的话所打动，眼睛里放射出激动的光芒，我接着说道："别克是我教的学生中最勤奋最懂事的一位，他有点像中国的大学生，自觉刻苦认真又充满人情，他在学习中不忘替妈妈分担忧愁，是个孝顺的孩子。"别克的妈妈的眼睛涌出了泪花，最后我说："我非常高兴在这里过新年，给我在哈萨克斯坦的日子留下难忘的一页！祝愿我们的友谊永远常存！祝愿中国人和哈萨克人永远是好朋友！"

那天晚上，我几乎喝掉一瓶格鲁吉亚葡萄酒。

回到我自己的家时，正好是接近午夜12点，外面不断响起鞭炮声，窗外升腾起的各色礼花点缀着清澈的夜空，但声音似乎被寒冷的空气凝结，传到耳朵里时变得遥远而无力。站在窗前，我不由得格外想念北京和北京我的家。

我想，在阿斯塔纳这样寒冷的地方，创造新生活是困难的，寒冷就使得人们放弃很多生产和生活活动，或者必须提高成本才能进行下去。大概这就是地域的局限。你根本无法想象类似中国沿海发达城市的建设和生活会在这里展开，也就是说，如果一辈子就生活在阿斯塔纳，那么你真的无法体验更多的丰富多彩的生活，阿斯塔纳只是一个极端。

我想，这里的生活成本其实是很高的，如果想过安逸舒适的生活需要的成本更高。因此，普通人都在拼命工作，拼命挣钱，因而，人们对交往的成本也十分在意，并因此限制了人们的交往。这和中国的情况有点类似，人们常怀念过去钱不多时的人情往来，现在有钱了，人情往来却越来越少。哈国也是如此。看来，发达和有钱并没有加深传统的人情往来，而是把人情价格化了。

我想，短暂的国外生活有一个好处，当你意识到周围存在的问题，而这些问题并不真切地影响到你时，你会带着一种超然其外的悲剧意识观察问题，并因此更加珍惜现在的你。我想到此时的北京，此时的祖国大地，那样辽阔，那样多彩，生活是那么平和，富有人情，中国人又是那么勤劳坚忍。

我想，在未来的时间里，我更加热爱我的家乡、我的亲人和我的祖国。无论走到哪里，只有那里才是我灵魂得以安顿的地方，只有那个房子属于我和我的生活，只有那里的人说的话才是我不需要经过翻译就能够听懂的语言。当然，熟练的外语也可以解决沟通问题，但永远也不能取代母语对你心理和思维习惯影响的地位。

这些平时看起来简单的道理，此时此刻却不断涌上我的心头。我不知道是为什么，或许是窗外呼啸着的寒风？或许是对中国菜的思念？或许是渴望通畅的汉语交流？总之，我在心里默默祝福我的亲人朋友：2014 年平安幸福！

组织学生欣赏二胡

2014 年 1 月 15 日，哈国纪事之二十七：

冬季的阿斯塔纳发生的那些事儿

一、卖鱼的俄罗斯女人

金黄色的头发、白色的皮肤、灰褐色的眼睛、高高的个子，她一看就是一个俄罗斯女人。当我在欧亚市场周六周日才有的集市上转悠的时候，在一溜卖鱼的排档中遇到这样一位卖鱼的俄罗斯女人，她冲着我使劲推销她的鱼。再过一个档口，我就走出集市，我停下来，看着她的鱼。有一种新鲜的鱼，又宽又扁，呈椭圆形，在中国也曾见过，但没有这么大，大的有接近两斤，小的也有一斤。我用手指了指这种鱼，她说着什么，我又指指她手里的计算器，这回她明白了。于是，她在计算器上打出 500 坚戈一公斤的价钱，我买了三条稍微大一点的，估计有 4 斤多，花了 1100 坚戈。

回到家后，我马上用新鲜的一条鱼做了一个汤，非常鲜美，纯粹鱼的味道。听说在哈萨克草原上有很多天然湖，人们承包以后，就以原来湖里的鱼为种，专门养护和限制，有时也投放饲料，结果，湖里的鱼长得肥壮。也有在流动的湖水中靠打鱼为生的渔民，他们在不同季节捕获不同的鱼类，有一种哈萨克特有的生活在淡水中的咸水鱼，白色的细小鱼鳞，肉质鲜美。

这次买鱼以后，第二个星期的周日，我又去这个集市购买东西时，正好路过她的鱼摊。这个俄罗斯女人认出了我，冲着我大喊大叫，指着她的鱼。我微笑示意，表示说我出来时，再买她的鱼。一会儿，当我买完别的东西走到她的鱼档前，我指着那种白色的鱼，她指给我计算器看，原来是 900 坚戈一公斤，我买了一条，花了 1100 坚戈。

此后，每个星期日，当我一出现在她的鱼摊前，她就向我招手致意，大声嬉笑，我就停下来，走到她摊前，选一种鱼买。几个星期后，我的冰箱的冷冻室除了鱼几乎没有任何其他东西，而且，几条大鱼占了很大地方，我一个人吃起来也比较麻烦。就想等等，吃得差不多再买。

又是一个星期日，我又路过她的鱼摊，她仍然热情高涨地向我招手，别的鱼摊的摊主也盯着我，我觉得如果我不过去，就好像她的鱼出了问题，或者是我出了问题。我的腿不由自主地走了过去，但我没有急着挑选，而是站着看她卖鱼。

她一边冲我笑笑，一边给别的买主称鱼，因为无法用语言沟通，只有用表情来表达意思。我发现她说话时嗓音有点嘶哑，笑起来时，虎牙的位置露出两颗金牙，她的眼睛沉陷在眼眶里，周围布满了操劳的皱纹，她的鼻子是典型的欧洲人的鹰钩鼻子，嘴角仍然微微上翘，显出欢快的本性。

一拨买鱼的人走了，她给我指了指刚才卖给别人 1100 坚戈的鱼，在计算器上打出 900 坚戈的价格，然后把大拇指伸出来。我不知道这个大拇指是指鱼好，还是价格好，还是她好，还是我好，总之，这个价格吸引了我，于是，我的冰箱里又多了两条大鱼。

这个星期，为了消化我冰箱里的鱼，我请吐尔逊老师两口子来我这里吃鱼，我和他们讲起了买鱼的故事，他们都哈哈大笑，说这个买鱼的俄罗斯女人盯上了我，我不买她的鱼，恐怕她鱼都不卖了。不过，进入12月，天气特别冷的时候，这个集市也就要关闭了。

又是一个星期天，天特别冷，我估计集市可能要关了，所以，赶紧去再买些蔬菜和水果，鱼是绝对不能再买了，我的冰箱和我的食谱并不能消耗每个星期购买的那些鱼。我想绕开集市的入口，从另一个地方进，但仔细一想，我又没有欠她的钱，为什么我要躲着那个鱼摊呢？于是，我镇定地路过那个鱼摊，卖鱼的俄罗斯女人还在，她依然是兴高采烈，她居然还说了一句“咳，Thank you！”我也冲着她说“Good afternoon！”她没有指她摊上的鱼，但她的摊位下面搬了一个筐，里面摆满了个头非常大的鸡蛋。我正好需要购买鸡蛋，于是，我走过，指指鸡蛋，她指着她的鸡蛋在说着什么，我不明白，只是想知道多少钱，她在计算器上打出250坚戈，我不清楚250坚戈是指几个？这里卖鸡蛋是论个，不论斤。我不想知道多少个鸡蛋250坚戈，这关系不大。我给了她1000坚戈。她开始给我往塑料袋里装鸡蛋，我感觉她给我装的鸡蛋数量应该超出了1000坚戈，几乎满满一大塑料袋。

回到家里，往冰箱里放，不小心掉到地上一个鸡蛋，啊哦！是一个双黄蛋！正好，晚上吃炒鸡蛋吧。于是，又留出三个，一打，全部都是双黄蛋。噢！我明白了，她说这些鸡蛋是双黄蛋，所以价格贵一点，但我感觉却是太便宜了，1000坚戈相当于40块人民币，买50个双黄鸡蛋。

从买完她的鸡蛋以后，她的摊位也就关了，又过了一周，整个集市也关了。这一段时间，我一吃那些双黄蛋，就想起这位卖鱼的俄罗斯女人，她们是善良和美好的，她们的生活肯定是辛苦的，但欢乐和细致依然显示出俄罗斯妇女的性格特征。今天冰箱里的双黄蛋还剩下一个，我想，正好用这个故事留住冬季里的阿斯塔纳的鲜活美好的回忆。

二、零下三十七度去清真寺

迄今为止，阿斯塔纳最冷的一天依然是零下 37 度。

那一天是 12 月 22 日。按照中国的节气，那一天正是冬至。

那一天也是星期天。按照我在阿斯塔纳的习惯，这一天下午我要步行去哈兹莱提苏旦清真寺，一是为了走路锻炼身体，二是可以穿越半个阿斯塔纳，可以游览市容。当天上午我在屋里，并不知道外面有多冷，只是听到狂风呼号，外面风雪弥漫。犹豫了一下，我还是出去了，但比平时晚了，大约是在下午 5 点钟。

出门前，我把羊皮坎肩套在了羽绒服里面，没有穿棉裤，只是加厚的保暖绒裤，因为担心走路出汗，戴上绒线帽子、羊毛围巾和滑雪防水手套。

出了门，我被冷空气呛得咳嗽起来，就像吸进去消毒水，嗓子发紧。手套内侧的防水胶忽然变硬。我把围巾往上拽了拽，迎着风雪，一步一步走着。说来奇怪，我原来最担心冻脚，可是连脚冷的情况都没有出现。我来阿斯塔纳时，只带了脚上穿的一双皮鞋，原来计划到天气变冷时，买一双这里人穿的皮棉鞋，但是，我每天都出去散步，那双皮鞋太不跟脚，我就让阿依努尔带我去欧亚市场买一双旅游鞋。那时刚 9 月下旬，天气温暖，但早晚已经有些许凉意，所以，在挑选旅游鞋时，她提醒我这里天凉，我便选择了一双中国产的皮面黑色旅游鞋，5000 坚戈，就是人民币 200 元。当时穿上有点热，天气冷了以后，我穿上厚袜子，脚一直没有感到丝毫凉意。我自己也感到十分奇怪，把这双鞋拿在手里仔细看了好多遍，搞不清楚就是这样一双十分便宜的中国产皮旅游鞋，在零下 37 度我的脚没有感到冷。

腿上被寒风吹透了，但因为始终在运动中，并不会感到特别冷，走到后来腿就不冷了。可是胳膊却感觉到冷，我是一件厚衬衫加一件羊皮内里的坎肩，外面是羽绒服，身上因为有坎肩不冷，但胳膊不动，寒风慢慢吹透羽绒服，凉气逼进只有衬衫遮挡的胳膊，好在胳膊并不重要，或者说并不是十分怕冷，随时可以活动一下，如果身上冷了，恐怕就会打哆嗦，就会走不了那么远。坎肩的作用体现出来了，我一直认为这个坎肩是多余的。

在进入哈兹莱提苏旦清真寺前，有一段路十分空旷，寒风夹杂着雪粒肆无忌惮地横扫大地，我迎着风，唯一暴露在外面的只有眼睛和鼻子，此时，眼球有一种晶莹剔透的感觉，好像是在“冰气”中转动，鼻尖发麻，一旦有鼻水流出，马上感觉鼻子两侧冻得痛。我把眼镜早已经摘下来装在口袋里，羊毛围巾裹在羽绒服帽子的外面，只留下这两个器官来“探路”。人们说，阿斯塔纳最冷的时候需要穿“皮羽绒服”，就是外面是真皮，里面是羽绒，我看到一些人穿这样的衣服，但我的羽绒服应该也没有问题，这是我为去冬季的延边图们江江边调研专门准备的，那里冬季也达到零下 30 度。然而，如果里面穿的东西单薄的话，零下 30 多度可能真的不行。

进入清真寺里面，马上被温暖包围，由于天冷，来祈祷的人很少，来的人都是必须来的。人们都默默地脱鞋，去放鞋，然后去沐浴，然后去通过一个比一个更大一些的圆顶来到最大的天穹下面的大厅里，找一个合适的地方默默坐下来，面向“正壁”。

我走到一根大理石柱旁边，面向“正壁”坐下，把衣服放身后，靠在石柱上休息。我感到刚刚洗过的脸微微发热，是寒风吹过产生的作用，这种感觉会让你很快进入一种朦胧欲睡的状态。忽然，一个人走到我身旁，指指了前面已经排成行的礼拜人群，耳边响起“伊玛目”特有的洪亮低沉的祈祷歌声。我赶紧站起来，排到礼拜人群的后面，随着“依玛目”的声音，模仿着别人的动作。正在这时，我的电话突然响了起来，我赶紧摁掉电话。

需要交代一下我的电话。我的智能电话在哈萨克斯坦不能用，因为，当时购买了当地电话卡后，装到我的电话里，发现根本没有反应，但装到别人手机里就好好的。我当时以为是技术原因，心想，回到家里再慢慢试，等回到家里，我发现是这里电话卡的电路比我的电话卡的电路小一圈，但是旧电话没有问题。所以，只好启用了一个 5 年前的诺基亚手机，平时，除了携带我的智能手机外，还要带上那个结实耐用的小诺基亚。

祈祷一结束，我马上查看来电显示，原来是夫人的电话。我赶紧拿上衣服往外走，到了外面，给她打电话，通话结束后，就准备“打道回府”。把衣服穿好，围巾围好，手套套好，迎着更加凛冽的寒风往回走。大约走了一刻钟左右的样子，我忽然感觉裤子口袋里的沉甸甸的智能手机不像平时那么沉，用手一摸，坏了！不见了。我马上想到是在祈祷时手机从口袋里掉出去，我没有发现。因为，我当时就感到那个手机从牛仔裤向外开的口袋里往外挤，但突然的电话铃声分散了我的注意力。

我马上往回跑，寒风已经感觉不到，只是在想如果找不到怎么办？手机里储存的联系人该怎么办？跑进清真寺，看到一个工作人员，我想说什么，但又一想，我说的他听不懂，他说的我听不懂，还是先奔我刚才待过的地方。一个熟悉的黑色的皮壳子摆在那里！里面是我的手机。我的心情一下子放松下来。

这个不大不小的插曲，顿时让零下37度变得温暖起来，一时周围的人都好像充满了善良和关爱。带着这种心境，我重新走进暴风雪中，路上几乎没有人，只有像我这样的人才会在这样的天气里游览市容，我慢慢地被风雪包围，我红色的羽绒服，就像裹在一团白色云雾中的一个移动的红心，那颗心此时根本没有在风雪中，而是想着自己的妻子和孩子，她们才真正温暖着寒夜中孤独行走的我的心。人就是这样，一个极端总是联系着相反的另一极端，正像“身处极寒”必然“心处极暖”一样，人们心灵向往彼岸。因为，彼岸永远是未知的，理性根本达到不了，所以，人们就总是在无意识中，让心灵和想象去探寻彼岸世界，这不由理性控制，往往是现实与情感的截然对立。

那天晚上我睡得很沉。

三、一个甘肃来的中国哈萨克人

他叫阿里班，一位从甘肃来的中国哈萨克族人。

第一次见到他时，远远地看着他走过来，戴着风格迥异的皮帽子，看上去很年轻。走近以后，又觉得他不小了，进了屋子，摘掉帽子好像换了一个人，十分宽敞的前额，浓密的眉毛铺设在微微突起的眉骨上，显得敏锐又英俊，但由于他头顶部的头发略显靠后并且有点稀疏，使敏锐英俊的面容显得有些老成。他说话声音浑厚，目光恳切，不时会讲出一些人生哲理或者幽默俏皮的话，比如，当你惊讶他的儿子长得太像他的时候，他会回答："这是真品，当然像。"如果你再问他为什么会这么像时，他会回答："这是一个只能通过实验才能回答的问题，你要不要实验一下？"

他个子高，身材魁梧，只是略微有点驼背，大概是长久伏案工作的缘故。他是听说我，专门向我请教岩画问题的，他对岩画是发自内心的热爱，对岩画的热爱又是来自于对突厥历史的兴趣，而对突厥历史的兴趣又是对哈萨克历史的研究，对哈萨克历史的研究源自他在伊犁师范学院哈语系的学习。最终，对哈萨克历史的研究决定了他自愿来到哈萨克斯坦想从事专门的哈萨克教育和历史研究工作，后来就接受了欧亚大学科学研究中心突厥学研究所的工作，放弃了原甘肃阿克赛县中学校长的职务，并且在未来可能更高的收入和职位。

所以，他是我遇到的唯一一位为自己的爱好和理想来到哈萨克斯坦的中国哈萨克移民。我这样说，一是因为他在中国的境况不错，正是干事业的年龄。二是他的妻子是建筑设计专业毕业的大学生，在当地找工作和挣钱应该都可以。三是他是1970年出生，2006年正式移民哈萨克斯坦，这样的年龄似乎不大适合再进行创业，而他选择了一切重新开始。他相信自己的理想追求会实现，于是，不顾一切移民到了哈萨克斯坦。

问题就在于，他来到哈萨克斯坦后，一切并不像他设想的那样。

首先是他遭遇当地人的嫉妒。因为他在中国当过中学校长，所以，一开始他被一个州的教育局长聘请为当地中学的教导主任，负责教学，学校的教学工作也迅速有了新的变化，这位局长十分欣赏他的才干和经验，经常把他请到家里吃饭聊天。一天，一群恶棍在外面围住了他，问他是不是想当校长，他说他根本没有那么想，如果想当校长，他在中国就是校长。然后告诉他不准再去找那位局长，让他离开那里。他只好放弃为哈萨克斯坦教育奉献自己的知识和经验的理想。据说在基层，移民遇到类似的情况不在少数。

其次，他接受欧亚大学突厥学研究所的研究职位，但是，哈萨克斯坦的大学重视学历，他的本科学历使他在欧亚大学的这个研究所只能从事翻译工作，关键是他每个月的工资只有不到5万坚戈，相当于人民币2000元，这对于一个三口之家无论如何是难以支撑的，况且他还要租房子。在阿斯塔纳，如果没有自己的房子的话，那么，花销最大的就是租房子，比如学校为我租的这个两居室的房子每月是1000美元，这是正常价格，是当地一个正教授工资的一半。所以，他只好花了5万美元买了比较偏僻的一处30多平方米的房子，把储存的资产全部投入到房子上。这个房子外表看还可以，里面实在小得可怜，关键是低矮压抑。即使就是这样的房子，他买以后，已经涨到8万美元。在世界上最冷的首都，房子是比食物更重要的生存条件。

其三，在他勉强可以开始投入自己喜爱的工作的时候，他的夫人病倒了。我估计是连续的操劳和找不到工作，让他的夫人心力交瘁，患上了胸椎结核，她肯定在病症初期怕给焦头烂额的生活再添麻烦，不愿意对家人说，以为扛一扛就过去了，结果病来如山倒，她在床上躺了将近一年，后来在乌鲁木齐治疗了半年，才可以下地活动。2014年1月，又住进阿斯塔纳的专科医院，据说情况并不好。

所有这一切并没有打垮阿里班。上面的情况都是我后来去他家和他聊天知道的，在此之前和在此之后，我从来没有感觉到他是一个有这样境遇的人。他表现得乐观豁达，精神抖擞。

其实，他的知识基础主要是哈萨克语言文学，兴趣在北方民族历史和岩画方面。然而，当我和他谈起岩画的“场域”、岩画与巫术、岩画与器形的关系时，他被吸引了，他知道遍布哈萨克草原上的岩画的学术和历史价值，但不知道应该如何展开和深入研究。所以，我们相谈甚欢，信息交流十分畅快。

我时常在想，这样一个素质很好的人，对自己追求十分明确而且理想很高的人，为什么在国内却没有得到应有的发展呢？看来，哈萨克民族的历史和文化的确是一个“招牌”，如果说这个领域在中国属于“偏窄”学科，那么在哈萨克斯坦就是“中心”学科。实际上，“本土”哈萨克人已经把民族传统的东西丢得差不多了，中国传统教育当中注重历史传承的优良习惯，使少数民族也把传统文化和历史作为教育的核心内容，这一点培养了他们对本民族历史文化的热爱。

阿里班就是典型。

他认为，在哈萨克斯坦开展研究就是名正言顺的正统核心，他要通过历史和考古遗迹的研究证明哈萨克人的历史是悠久并且是独特的。然而，哈萨克斯坦已经聚集了一批来自中国和蒙古的哈萨克学者想完成这个历史使命，那些在原来国家就已经成功或者更早来到哈萨克斯坦也已经占据优势位置的人，形成了自己的圈子和领域，像阿里班这样充满理想和勇敢精神的人，只有先选择队伍，加入进去，才能逐渐展开。他清醒地认识到这一点，所以，十分满足于现在的研究身份和地位，如果不是经历那些生活磨难，他或许会感到更加快乐。

说到底，他的研究价值和为民族献身的精神并没有在工资报酬上得到体现，相反，他不得不做两份工作，以满足基本生活需要，即使这样，加起来也才 10 万坚戈，可这是哈萨克民族的脊梁。恐怕没有官员和领导认识和肯定这一点，恐怕这也是让他感到沮丧的地方，尽管他根本不把钱放在眼里，但没钱是无法生活下去的。

我为阿里班追求理想的精神所感动，更为他在生活的挫折面前始终保持乐观而敬佩，但有时觉得有点可惜。他渡过难关取得成功的时间并不多，而我感觉真有点前途未卜。唯一让我替他高兴的是他的儿子，一个聪明好学、模样俊秀的哈萨克小伙子，但愿他的苦已经被爸爸妈妈领受了，能有一个幸福快乐的未来。

愿安拉保佑阿里班一家！

哈里班

四、教工排球比赛

阿依努尔和我说，今天下午她要去教工排球比赛现场，为国际关系学院队助威，问我愿意不愿意。那天是1月15号，星期五，没有事，正好可以看看哈国大学老师们的业余集体生活。

我们到达体育馆时，别的学院排球队正在比赛，场面十分热烈。这是一个简陋陈旧的体育馆，一个排球场几乎占据了场地的全部，两边的空余只够坐下一排人，所以球场两边的条凳上坐满了人，球场底部两端刚刚够发球的距离，如果是专业的跳发，肯定是不够了。体育场的高度也不够，经常有击球过高碰到顶部的情况，这种时候是判罚击球的一方失误。这个体育馆大概是建校之初的建筑。

就是在这样的场地，各院系之间的比赛却毫不含糊，甚至可以用激烈来形容，两边的拉拉队更是声嘶力竭，喊声震天。因为还没有轮到国际关系学院队上场，所以，两边的座位都被别的院系的拉拉队占领，我们只好先站在进门的空地和底部观看。

我发现他们的身体就是好，无论男女，上场的队员都能跳起来，不要以为跳起来没什么，我参加过中央民族大学的教工排球赛，除了少数打得好以外，真正能跳起来接球或者回球的没几个。他们却几乎所有的人都能跳起来，而且反应快。

这大概与哈萨克人的游牧生活有关，尽管不是所有的人都有游牧的经历，但确实喜欢户外活动和体育运动。更重要的是，我发现在这里，身体的强壮与否绝不单纯是健康的问题，是你能否成功的先决条件。小伙子必须是那种身材矫健型，沉稳而有力，姑娘当然是身材迷人，美丽而且个性。总之，如果你看到体格健壮，行动机敏，穿着讲究，可以肯定，这是一个成功人士。所以，哈萨克斯坦在英国 BBC 做的宣传片就是一个拳击手和全民练拳击的场景。

这真的和中国有点不一样。英俊高大的男人已经成功了一半，而漂亮聪明的女人基本就已经成功，他们需要做的就是学会选择，能够抓住机会而已。而没有这个先决条件的男女，付出的努力肯定比上面两类人要大得多，他们要让别人相信，我也能成功!

其实，在西方国家普遍存在这种现象，俄罗斯当然就是典型，普京为什么要“秀肌肉”？为什么要“战老虎”？为什么要开战机？为什么要下潜艇？为什么要滑雪？为什么是柔道“黑带九段”？用一句俄罗斯流行歌曲的话：“嫁人为什么要嫁普京这样的人？”不仅仅因为他是总统。法国总统奥朗德开摩托车

教师排球赛

穿越半个巴黎去会见新情人，法国人觉得这很好！他有那么大的劲，干总统这个活在体能上应该没有问题。

你能想象我们的领导滑雪吗？秘书、家人就把这种想法消灭在萌芽当中。你能想象我们的领导开战机吗？恐怕高血压、心脏病就把他们阻滞了。不过，会见情人这档事儿，中国的各级贪官们创造了奇迹，可以与奥朗德媲美。

轮到国际关系学院排球队上场了，这简直就是一支“梦之队”：队长就是高大英俊的国际关系学院院长本人，副队长就是美丽聪明的国际关系学院副院长，二传手是国际关系学院特聘欧亚大学孔子学院中方院长，其他三位都是生龙活虎，余下的替补队员也个个身手不凡，在场下摩拳擦掌。

国际关系学院队的对手与他们在技术上旗鼓相当，关键是对方有两名队员肯定过去是有过专业训练的，一米八以上的个子，扣球有专业运动员的风采，但其他运动员差一点，还有一名满头花白的老运动员。所以，第一局，国际关系学院队轻松取胜，第二局他们队长和核心队员休息，换上替补，结果比分落后，等重新换上一线队员时，回天无力，输了第二局。

到决胜局，双方都发挥出色，比分交替上升，战到18平，国际关系学院队的队长叫暂停，但裁判没有停止比赛，因为此时球在对方手里，可是裁判也没有提醒这边运动员，示意对方发球，这边当然没有做好准备，球发过来，队长直接用手接住，扔在一边，这边运动员当然是要听队长的。于是，国际关系学院队没有理睬裁判，全部聚在一起。这时，另外一位年纪较大一点的裁判示意当值裁判允许暂停。

重新开始后，国际关系学院队的队员们全力以赴，双方比赛进入白热化状态，下面的拉拉队已经喊不出声了，只有拼命敲东西和爆发欢呼声。最后，国际关系学院队赢了！

我自然也被比赛气氛所感染，出来后，发觉嗓子有点痛，说话声音嘶哑。我在想，中央民族大学的这类比赛都是娱乐性质，大家都是玩，热闹就行了，很少有认真的。这里的教工排球赛却让你感到是一种对抗，每一个人都十分认真，相当卖力。他们如果把这种精神用到教学和主要工作中，那该多好！因为，我遇到的一些事情，让我产生如此感叹。比如，包括我本人在内的三个来欧亚大学的教授，我们的签证在移民局登记时，不是把批准号登记错了，就是把性别登记错了，或者是邀请函内容发送不全。这样重要的事情接连出现低级错误，这只能是认真不认真的问题。教学安排和教室安排混乱，管理只停留在签字和计划层面，实践层面很少有人认真管理。当然，这也可能是国情问题，我们不能将中国与这里相比较。但教工排球比赛，却给我留下完全不同的印象，不是他们干不好，关键是他们愿意不愿意干好。

五、考试

1月13日是个星期三，这一天上午9点开始，我带的硕士研究生要进行考试。

考试的形式是口试。

在国内，我还没有经历过类似的考试形式，所以，考试结束后，我对这次考试进行了总结。从安排上来看：第一步：根据你的教学大纲和讲课内容，出45个问题，只有问题，不用附答案。第二步，由教学秘书把这45个题，以每三个题为一组，编成15个考试卷，每个卷子上都印有年级、老师和考试时间。第三步，考试当天，由主考老师和一名监考老师同时去教学秘书处领取封口的信纸袋，然后到指定考场。第四步，考生到齐后，当场打开信纸袋，拿出15个题，由考生抽取一个，然后发给考生一页考试专用纸，回到座位，在这张纸上准备你的简单回答，时间是30分钟。第五步，根据名单排列，叫考生分别上前排就座，回答手里的三个问题，时间大约10分钟。第六步，主考老师根据考生的回答和纸面上的答案，当场给分，然后由考生当场在考试卷和成绩本上签名认可，主考老师和监考老师分别在成绩单子上签字。

根据情况看，这种形式的优点是当场评分，学生不用再担心，老师完全可以根据平时这名考生的学习情况给予判断，学生现场签字认可。缺点是不能严格掌握考试标准和内容，主考老师根据平时考生的学习态度来确定最后分数，现场并不能体现真实学习情况。而且，考试前要求复习，45个题还是需要背，并不能节省时间，10分钟也发挥不出学生的表达能力，容易流于形式。

考试中，我的一个学生A把中国近代历史与中国现代历史混为一谈，而且答卷上也是这么写的，我提醒她再回到座位上修改一下，但她不愿意修改，就签字走了。另外一位学生B，汉语水平不如她，平时学习也不如她的学生，却回答得比她好，我给B的分数比回答错了的A同学高。后来，另外一位我的学生C打电话问我，为什么B学习不如A，而考试得分比A高？我告诉她原因后，她为A惋惜，同时认为当场给分，对A有点不公平。实际上，A准备不足，或者她几乎没有准备，但她抽到的题却是涉及具体年代的问题，她回答错了，当然就不可能得高分。B有准备，弥补了平时的不足。

此外，我发现她们每个学生都有一个学籍本，类似护照大小，封二是照片、姓名和专业，然后就是每门课的名称、课时、考试成绩和学生本人、老师的签字，十分清楚。有了这个东西，找工作时，考研究生时，不需要再复印成绩单，再盖章，以后，一遇到此类问题，也不需要再跑回学校开证明。一本在手，随时可用。

这时我不免想起中国的造假，如果那样，中国大学的“成绩本”真的恐怕不多了。所以，这个问题的根本不在于合理不合理，还在于合不合中国的国情，而中国的国情根本不在于物质文明发展了，精神文明就提高了。中国的物质文明并不是从来就低，中国人的文化素质也从来不是低的，但是，中国人的个人价值始终控制在政治伦理的框架内，个人道德和信誉始终被集体舆论和官方控制，所以，对集体有利而于个人无情的人，可以被赞誉为道德楷模，丧失个人信誉但于国家事业有成则可以名留青史。长此以往，中国传统伦理道德下，将是最无义无情无信，一切都可以伪造，只要能够赚钱；一切都可以做，只要自己不用；一切都可以卖给别人吃，只要自己不吃。

当然，中国人太多，中国太大。

我们什么时候也能让学生人手一册自己的“成绩本”？

2014年2月15日，哈国纪事之二十八：

“布拉白”——哈国的“瑞士”

“布拉白”位于阿斯塔纳以北250公里，接近俄罗斯的鄂木斯克，纬度靠近新西伯利亚。据旅游资料介绍，“布拉白”号称哈国境内的“瑞士”，山峦起伏，湖水荡漾，松涛翠柏，蓝天白云，游人如织。我来欧亚大学后，熟人也常常提醒我，“布拉白”是一定要去的，不然你会后悔。我是去年9月份来阿斯塔纳，到我熟悉了情况，也知道该如何去的时候，这里已

“布拉白”的路

经降下第一场雪。朋友告诉我，下雪后路不好走，还是等明年春暖花开的时候吧。

寒假我的夫人和孩子来看我，陪我度过阿斯塔纳寒冷的冬天，也陪我在异国他乡度过中国的春节。说真的，在平均温度低于零下 25 度的寒冷季节，除了市内的室内商场、剧院、购物中心可以逛逛以外，室外活动最多就是在风弱的下午，去河边开辟的冰场滑冰。

阿依努尔曾经许诺一定带我去趟“布拉白”，她听说我的夫人和孩子来了，就要请客。我说请客就算了，如果我们能去趟“布拉白”就太好了。她说：“那太好了，正好我们的结婚纪念日是 1 月 25 日，我们还不知道如何庆祝呢。”于是，就把去“布拉白”的日子定在 1 月 25 和 26 日。我说听说冬季路不好走，她说：“只要不是刮大风，高速不封闭，就没有问题，而且，巴合江的驾驶技术尽管放心。”巴合江是她丈夫，经营一家汽车配件公司。他们是在中央民族大学读书时认识的，经过 5 年恋爱，结婚 4 年，阿依努尔最后为了爱情追随巴合江来到哈国。过了这个年，就是结婚五周年，所以，这个纪念日他们要认真对待。

剩下的问题就是冬季适不适合去“布拉白”了？其实，我们都抱着这样的一个想法，反正到处冰天雪地，我们的目的就是曾经拥有，不在乎是否春光明媚。或许，冬季还别有情趣。

其实，当地人也很少在冬季去“布拉白”，几乎没有人能够说起冬季那里的情景，好像只有迫不得已的人才选择冬季。阿依努尔两口子也是迫不得已，只是因为我的夫人和孩子只在阿斯塔纳待两周，再没有可以选择的时间。然而，反季节旅游的妙处恐怕恰恰就在很少有人去体会。

原因是，其一，去时一路白茫茫一片，可以领略哈萨克大草原的冬季风貌。这条哈萨克斯坦唯一的高速公路修建得还是不错的，大概就是因为“布拉白”拥有总统夏宫和国防大学，才修筑了这条高速公路。路上车辆很少，上行和下行共六车道的路面大部分只有中间车道完全没有积雪，有的路段路面积雪少，露出两个车道。好在车辆少，超车时问题不大，只是遇到扫雪车辆时会发生人为扬雪，几里长的路面几乎被扫雪车扬起的雪雾迷住，司机们只好跟在后面，瞅准机会一旦看清前方路面，马上加速超过扫雪车。

其二，因为时值绝对的淡季，租房子的价格低得惊人。我们两家租到两套房子一天，共9000坚戈，相当于人民币360元，据说夏季这样的一套房子的价格就需要20000坚戈左右，而且要提前预订。房间布置纯粹俄罗斯式，可以做饭，煮茶，看电视，休息，就是冬季室温不像阿斯塔纳那么热，洗澡恐怕有点冷。租住这样的房间不但比住宾馆方便，而且便宜很多。当然，最让我感慨的是第二天我们要离开时，打电话给房主人，她说正在外面，你们把钥匙放到门口的一块木板下面就可以。她根本不担心家里会丢什么东西，她也没有看我们的证件，只是留下电话。关键是这样的房子并不是专门为出租准备的，平时她们可能自己就在居住，屋子里的生活用品和摆设一应俱全。这在当下中国几乎是不可能的，大概与当地以俄罗斯人为主和旅游人群的素质有关系。

其三，那里并不是完全没有人，也碰到几个来旅游的外地客，但基本上游人寥寥无几，倒也方便了我们四处随便走。从哈国南部的阿拉木图到偏北的阿斯塔纳是一望无际的荒漠和草原，中间几乎没有像样的山，而就从“布拉白”开始，进入了西伯利亚的乌拉尔地区，有山有水。“布拉白”是阿伯莱汗创立哈萨克汗国的“大本营”，他在这里屯集军队并从这里出发四处征伐。这个地方还有一个美丽的湖泊。传说阿伯莱汗征讨一个部落时，部落首领的女儿躲到湖中的一个岩石小岛上，敌人发现了她，眼看无处可逃，她对岸上的弓箭手们说：“谁要能从岸边山上把她手里的纱巾用箭射中，她就回到岸上任其处罚。”当然，没有一个弓箭手能够射那么远，于是美丽的公主投湖自杀。从此，人们把那岩石小岛叫作“迷石”，把对面那座山叫作“弓箭达不到”。当然，在湖水荡漾的季节，人们是无法登上“迷石”观看对面耸立的山峰的，现在，我们不但可

迷石

以登上“迷石”，而且没有其他人打扰，尽情领略攀登“迷石”和站在最高的岩石上观看湖心和湖岸起伏的山峦。

不过，“布拉白”之行给我们留下深刻印象的有两件事。

第一件事，是第二天上午我们去一家俄罗斯餐厅吃饭，这家餐厅就在我们住宿的楼房下面。当我们进去坐下点菜以后，一位俄罗斯大妈走过来和我们主动打招呼，原来租给我们房子的大妈和她是朋友。她说现在是非常淡季，所以，当我们昨天租了那两套房子后，她的朋友过来专门和她喝了一杯，以示庆祝。这家餐厅是她经营的，所以，非常高兴我们来吃饭。我们请她坐下来和我们聊天，她叫瓦西利娅，她年轻时是速滑运动员，她的丈夫是哈萨克人，两个孩子都在外地工作，她热爱这里，热爱运动。看着这样一位俄罗斯大妈，我的“俄罗斯情结”

布拉白“冰雪情深”

那个可爱的瓦西利亚

被触动。她热情快乐健康，尽管年岁不饶人，但她对生活充满希望。我和这位瓦西利娅热情拥抱，让这顿早餐变得快乐无比！

第二件事，是我从滑雪场摔下来。原来我们计划下午2点钟去滑雪，4点钟开始启程返回。到了滑雪场，尕乐、阿依努尔、巴合江和我租上滑雪板，然后开始抓住输送缆绳向滑道攀登。从第一级滑道顺利滑下后，第二次我就向最高级滑道攀登，到达出发点后，我发现坡度比我想象的要陡，我当时只是想已经上来了，就要滑下去。现在想起来，为什么不脱掉滑雪板下到第二级再穿上再滑下去？总之，当时也没有注意到这个滑雪场没有配备滑雪杆，所以，当我开始下滑时，重心不稳，在高速滑动当中向右侧摔倒。你可以想象电视画面当中有时出现的人翻滚着从滑雪道上朝下骨碌的情景，我的滑雪板早就从我的脚上飞出去。我没有感到特别的疼痛，只是当滚动停下来后，听到朵乐在喊我，我赶紧挣扎着站了起来，我担心我的状况影响她的动作，因为，她就跟在我的后面。我说我没有事，还从口袋里把照相机拿出来准备她滑下来时给她照相，朵乐顺利地滑了下去。我感到左胯和右膝盖有些疼痛，但还可以走，我把摔掉的滑雪板找到摆好，可是无论如何也穿不上，只好扛着走下去，走到了第一级。朵乐和阿依努尔在那里，他们想帮助我穿上滑雪板，但是，朵乐发现一个滑雪板的卡扣折断了。我只好放弃，从滑道一直走了下来。在回去的路上，我并没有感到特别的疼痛，只有在开回阿斯塔纳，到一家中国餐厅吃饭时，我从车座位上下来时感觉两条腿有点移动困难。我坚持吃

在“布拉白”住宿房间

完饭再回到家。那一夜，疼痛让我几乎失眠。

后来，在我们去阿拉木图时，我的学生王蕊说起她属鼠，马年“有冲”，过年时节格外小心。我才恍然大悟，我也属鼠，从山上滚下来是必然的，没有摔断某一肢体就算大幸。现在，除了右膝盖还有点疼以外，其他基本好了。

我发现，无论发生什么事情，只要你认识到属于生活的“必然”，你就会坦然面对，甚至还会暗自庆幸没有“糟糕”至极。

尕乐在最寒冷的季节

2014年2月17日，哈国纪事之二十九：

阿拉木图的“高老头儿”

大家不会忘记法国19世纪著名批判现实主义作家巴尔扎克，他笔下的高老头儿后来几乎演化成吝啬鬼的代名词。高老头儿把金币从自己手指缝往下落时发出的声音当作世界上最动听的音乐和享受。除此以外，生活中任何一点浪费都让他心痛不已，让他无法容忍，甚至临死前多点一盏油灯都让他死不瞑目，尽管他的库房里放置着欠债人两年前还回来的馅饼和成捆的蜡烛。

我们在阿拉木图遇到了一位“高老头儿”。

中国驻阿拉木图总领事馆的王蕊是我的学生，她邀请我们全家去阿拉木图旅游，而且领事馆也和国内一样，放假到初七，关键是她提出，她同事过春节回家，租好了房子还没有正式住进去，正好空闲，我们来阿拉木图就住在那里，方便舒适还省钱。她的提议吸引了我们，于是，我计划在初五，就是2月4日去，初七返回。这是一次十分诱人的旅行，一是因为我们准备乘坐火车从阿斯塔纳到阿拉木图，纵贯哈萨克斯坦，可以领略一望无际的雪原风光；二是我们分别买了两种火车的票，一种是老旧的苏式卧铺列车，需要运行20个小时，一种是哈萨克人称为西班牙的快速火车，运行时间只有12个小时，可以充分体验哈萨克人的火车旅行；三是计划游览阿拉木图的麦迪奥滑雪场，听说是亚洲最大的滑雪场。

一切都按计划进行。去阿拉木图的火车是下午两点发车，我的学生别克送我们去火车站，阿斯塔纳的火车站的确不敢恭维，后来我们也知道阿拉木图火车站更糟糕。但这都不是问题，最主要的问题是，我们乘坐的火车上下颠簸、左右摇晃得厉害，以至把我和尕乐都晃晕了车，加上包厢四处漏风，到半夜时分，尕乐忽然从二层铺位上下来，说她很难受。我一看情况不妙，赶紧给她找来了塑料袋，她吐了，而且开始发烧，浑身冒汗，我把她安顿在下铺躺下。我就上二层的铺位，刚躺下，就被一股浓烈的臭烟味包围，我忽然想，可能这趟列车是用煤气取暖，我们是最边上的一个包厢，只有我们一家三口，煤烟气向上走，所以尕乐被呛的症状明显。我赶紧下来，坐在尕乐旁边护着她，一直到天亮。

到了阿拉木图，王蕊开车来接我们，尕乐非常不舒服。一进到房间里她就躺下，我和王蕊出去买晕车药、感冒药、生理盐水和酒精。一番折腾后，尕乐睡着了，我们也有点精神不济，所以，决定今天上午就先休息，下午再说。王蕊一走，我们三个倒头就睡。

大约在下午2点钟的样子，我被一阵开门声吵醒，我以为是王蕊，但接着听到一个男人说话的声音，我坐了起来。接着就看到一个50多岁的高大男人一个箭步冲到厕所门外的开关按钮旁，“啪”的一声把开关合上，后来我发现由于他用力过猛把厕所抽风机的开关损坏了。接着他猛然转向我们睡觉房间，“啪”的一声把开着的灯关上，然后他冲到客厅把光线非常暗的客厅灯也关上。在此期间，他嘴里一直在大声说着什么，当然我听不懂。他拿出电话在拨，我也拿出电话给王蕊拨。王蕊说可能是房主，让我把电话给他，他也在和另外一个人通话，估计是原来租房子的王蕊的同事。这个男人一开始不愿意接我递给他的电话，后来大概知道王蕊是谁后，他接了电话。

王蕊告诉我，他非常生气我们白天开着灯，因为，按照合同，在王蕊的同事正式入住前，电费是由他来支付的。喔！我终于明白了他愤怒的原因。王蕊说你们不用管，她5点钟过来再说。

那个气鼓鼓的男人坐在客厅的沙发上，不停地打电话。我想不通阿拉木图的电费有这么吓人嘛？我们的确应该把不必要的灯关掉，但考虑到我们是如此的疲惫以至开着灯就睡着了，我后来也呕吐了，所以，厕所的灯和抽风机也没有关。

不过，我理解出租房子的人的心情，我想让他平静下来，也让我们能够安静下来。于是，我过去问他，你能听懂英语吗？他说“NO！”我感觉他能够听懂一点点，就用英语说：“非常抱歉！我们只在这里住一个晚上，明天我们就离开了。为了让他的电费得到补偿，我给他5000坚戈。”说完，我把一张5000坚戈的票子递到他面前，他似乎吃了一惊，摇摇头，摆摆手，眼睛转向别处。我把钱放在他面前的茶几上，什么也没有说，转身回到卧室。

一会儿，我听见有关门的声音。起来一看，人没了，钱也没了。

王蕊下午来，问房主呢？我说他走了，为了保住这个男人的尊严，我要求王蕊不要提到我给他电费补偿的事情，除非他自己提。

当然，这仅仅是一个小插曲。

第二天我们的麦迪奥滑雪场之行给我们留下美好的印象，雄伟的雪山和现代化的索道，让这里的滑雪场享有美誉。这里始建于 2011 年的亚洲冬季运动会，此后每年冬季都有一些国家的滑雪爱好者前来，但这里的接待能力十分有限。听说在中国张家口申办 2022 年冬季奥运会上，阿拉木图是有力竞争者。

如果单纯从高山滑雪来看，麦迪奥山当然有绝对竞争力，但如果从设备投资、基础建设、接待能力和影响广泛角度看，中国的张家口无疑更具有优势。我从航空和铁路都走过阿拉木图，一个“废都”应该有的优劣这个城市都有，就是阿斯塔纳的人也不喜欢阿拉木图的人，说他们“钱化”了，没有人情味。我的小插曲似乎印证了外地人对阿拉木图人的看法。

回程我们选择的是“西班牙”号火车，干净舒适快速。正点是晚上 7 点 55 分开车，但晚了 40 分钟，不过，到达时间好像追回来 30 分钟。我们没有后悔乘坐那趟旧火车，或许再过几年它会被淘汰了，到时就是想体验也没有了。

但至今我们也不确定为什么晕车。

2014年2月24日，哈国纪事之三十：

在国外收看索契冬奥会

直到昨天晚上索契冬奥会闭幕，我连续两个星期每天晚上坐在电视机前。大概由于时差关系，在哈国的阿斯塔纳比俄罗斯索契只晚2小时，闭幕式结束后是晚上12点，平时我一般要看到晚上3点左右，所以，一直处于兴奋状态。索契冬奥会的闭幕式比开幕式好，一些对俄罗斯的猜想和谜底，在闭幕式上得到解答，人们会发现那些之前攻击俄罗斯和普京的人，现在明白了俄罗斯人民在干什么、在想什么，普京在想什么。

由此，我也在想中国和俄罗斯的不同在哪里？我们能否从中得到一些有益的启发？

首先，索契冬奥会闭幕式在世人面前尽显俄罗斯深厚的历史和文化底蕴，其中有一幕，是让那些伟大的文学家和科学家以表演再现的方式，让孩子们徜徉在书山和雪片一样的书页汇成知识的海洋。这个创意太好了！我们这样的文明古国想不出来，因为，在我们价值观里，伟大的只有“领袖”，在当下，还包括各类赚了钱的“明星”，那些文学家、科学家、思想家有什么用呢？除非也赚了大钱或者当了大官。这就是我们和人家的差距，这不单纯是文化的问题，而是农民实用主义和封建等级制度长期作用下，在中国人血液里留下的印迹。因此，在我们眼里有价值的和值得羡慕的，不是那些思想的创造者，相反，这类人经常让人们讨厌；不是那些科学技术的发明者，他们一辈子没有很好地享受俗人的高等生活；也不是那些投入毕生精力却收获不大的艺术家，尽管有些人死了以后才有了名声。总之，中国人的价值观决定了他们羡慕那些活着的时候拥有巨大权力和显赫地位的人，每天伏案写作，辛辛苦苦赚不到多少钱，怎么会让人羡慕？

其次，每个民族都有自己的民族主义意识，但很少有一个国家像俄罗斯民族那样与爱国主义精神统一在一起，在所有的比赛项目中，俄罗斯运动员当然都得到本国观众最热烈的支持。不过，有一幕让我难忘，就是在男子个人冰上花样比赛中，当一名美国男运动员突然摔倒并撞击到护栏后，他挣扎着爬起来继续表演结束，全场给予的掌声远远超过他前面结束的俄罗斯运动员，最后裁判给的得分也超过那个俄罗斯运动员。这种时候，你会被一种人类共有的精神所征服，而不是爱哪一个国家；这种时候，你会被自己高尚的情感所感动，而不是庆幸竞争对手摔倒了。这是一个大国国民应该具有的风度。欧洲文明当中对强者的崇拜和佩服源自于他们的理性，从柏拉图、亚里士多德开始，到中世纪宗教理性主义，再到孟德斯鸠和马基亚维里的国家理性主义，欧洲文明中始终有一种服从自然选择和科学理性的东西。

其三，在世界级体育运动比赛中取得成绩，首先是依靠大脑而不是体力，整体的国民素质和受教育程度是决定国民体育运动水平的根本。一些极限运动员是在科学研究和训练基础上培养出来的，而不是“玩命”玩出来的，但我们认为是外国人“不怕死”。其实，只有具备相当高的运动控制力和大脑认知能力的运动员才能从事极限运动项目，那是一个“技术活”，对心理素质的要求远远高于身体。中国不太一样，我们的少数优秀运动员，被描写成从小每天就是“玩”，于是成了世界级。这可能存在偶然性，就像中大奖一样，但与体育运动的精神背道而驰。可是，我们99%的年轻人根本没有时间“玩”，只有那些不打算把学习作为首要任务的年轻人才能“玩”下去，于是，关于年轻人的基本教育和基本心理素质被这些只关心从事某一项运动的他们忽略了。于是，在关键时刻，我们发现一些运动员不是技术不行，而是性格不行；不是身体不行，而是心理不稳；不是折损在成绩上，而是损失在风格上。可是，一个从小就专门“玩”一种运动的年轻人怎么会得到全面的发展？谁也不知道他当初是否具备这项运动的“天赋”？这导致家长把那些最聪明的头脑留在教室里而不是运动场。当体育运动远离了绝大部分人的生活爱好，“专业化”就会慢慢毁掉这项运动。这就是今天中国的体育状况。

其四，在激烈比赛中，能够最终脱颖而出的往往是那些具备“性格魅力”的运动员，就是说，他们的运动方式和节奏感与他们的身体形态和谐自然，或者说运动的最高境界是运动员和运动项目的“天人合一”。索契冬奥会的冰上运动项目竞争激烈，尽管不是所有最优秀的运动员获得最好的成绩，但观众完全可以准确地评价出哪些是真正优秀的运动员。他们对动作的理解和节奏感，是从美的欣赏角度来完成的，而不完全是从“难”的角度达到的。中国的一些运动员在难的高度上达到了，但在展示“性格魅力”和“美的欣赏”方面没有达到自然和谐，对音乐的理解是“外在的”而不是“内在的”。在最后表演赛中，各国运动员发挥非常好，特别是哈国一位男冰舞运动员在哈国传统音乐的旋律中完成的一套动作相当好。事实上，音乐是民族的，东方人的运动旋律和节奏感与西方人存在审美感受上的差异，我们也可以把中国的音乐开发出来，为中国的冰舞运动服务。

因为中国和哈国都希望主办 2022 年国际冬奥运动会，在这个问题上形成竞争态势。从哈国媒体转播情况看，竞争已经开始。我很少看到有中国运动员的比赛场次转播，出现的画面也基本上是中国运动员出现失误的镜头，在闭幕式上，我没有看到中国运动员进入的场景，也没有看到中国国旗出现。可以说，哈国媒体从这次冬奥会就已经做好准备，开始全面的宣传和竞争。我不在国内，当然不知道国内报道的情况，不过，希望中国媒体在介绍索契冬奥会上，更客观全面地反映俄罗斯成功的经验和观众的修养，为我们提供可靠的借鉴和经验。

2014 年 2 月 25 日，哈国纪事之三十一：

哈萨克汇率危机的可控性

从 1 月 24 日开始，哈萨克斯坦货币坚戈对美元汇率从 156 骤然上升到 186，第二天攀升至 216，引起哈国国内市场巨大动荡，几大银行的美元储存迅速下降。两天以后，哈国政府出手干预，到 28 日，汇率比价下降至 186，到目前，货币兑换市场基本保持 1 美元兑换 186 坚戈，虽然比之前的 156 坚戈上涨了 30 坚戈，但如果考虑当前国际经济发展形势和哈国国内情况，涨幅的情况和局面还是可控的。

第一，哈国国内反对派的舆论两个月前就预言坚戈要贬值，因为，他们对 2017 年哈国举办世博会的经济前景并不看好，前期的基础投资会降低有限外汇的利用率。当时，这个观点并没有引起人们的注意，官方把争取举办权定义为重大发展机遇。

第二，汇率动荡之前，纳扎尔巴耶夫总统在议会的国情咨文演说中提出要给国民大涨工资，幅度是 27%，时间是在一年内，并且提出要把哈国人均国民收入提高到世界前 40 以内。根据中国以往的经验，这种情况下，随后就可能出现货币贬值的可能。

第三，哈国国内舆论和民众普遍把美元汇率上升归咎于俄罗斯，原因：一是俄罗斯转嫁索契冬奥会 500 亿美元的投资，因为，之前俄罗斯卢布已经贬值；二是盛传哈国议会要讨论“俄、白、哈三国关税同盟”协定，要停止或者修改。这其中有强烈的国内民族主义舆论压力，引起俄罗斯人的不满。

第四，哈国政府出手干预汇率市场后，坚戈对美元的汇率一直比较稳定，显然并不是“出人意料”，或者存在重大国外金融投机的可能。美元汇率上涨看来是哈国政府有准备的，但第二天涨到 216 时，不排除存在金融投机的行为，但是哪些方面把另外的 30 坚戈套走不得而知。

据信，4 月份，哈国将给公民涨工资，涨幅是基本工资的 17% 左右，这个信息对稳定目前哈国国内民众情结和汇率市场起到一定作用。尽管在此之前阿拉木图等地有小规模的示威游行，但没有产生什么影响，人们都在等待和观望，大部分民众对政府的可控力和判断力仍然有信心。

哈国国内民众生活水平差距大，收入渠道多种多样，影响居民生活水平的因素并不单纯是工资部分。对纯粹依靠工资收入生活的部分居民来说，目前的货币贬值还是影响到他们的生活。因为，哈国总体上属于进口国，很多商品本国并不生产，主要从俄罗斯、中国、土耳其等国家进口。这就使得依靠美元为主要支付货币的进口商品涨幅明显，连带其他商品跟风上涨，增加了社会购买力的担忧心理。

哈国居民的储蓄率不高，购买稍微大一点的商品都要贷款，几乎每个家庭都存在借贷和还贷情况。尽管哈国公布的人均国民收入水平很高，但居民实际生活水平不高，消费水平和物价水平却很高，日常花费巨大，限制了普遍购买力。这与中国的情况正好相反，中国人均国民收入不高，但居民实际生活水平和购买力并不简单，储蓄率高对保持一般居民生活信心有相当“正能量”。

从这次汇率变化看，哈国普通居民抵抗通货膨胀的货币准备和心理准备并不成熟，家庭实际财产价值保有量和保持能力有限，容易在金融危机中遇到困难。随着 2017 年举办世界博览会的临近，哈国国内基础投资和房地产投资将会进一步增大，势必引起固定资产的持续涨价，也会带动消费水平的持续上升，这种情况必然增加哈国国内通货膨胀的可能性，引发货币汇率动荡。因此，未来出现新的汇率波动的可能性大，不过，由于哈国能源和原材料出口的价格相对呈上涨趋势，抵消了进口产品的部分涨价因素。加上俄罗斯和中国市场相对稳定，也是保证哈国市场稳定的前提条件。

通过这次汇率动荡，哈国经济需要稳扎稳打，不图名求快，实事求是，和周边国家建立稳定的贸易关系，保证可持续发展。

2014 年 3 月 10 日，哈国纪事之三十二：

“三八妇女节”在哈国

当我听说“三八妇女节”要放假三天的时候，我还是非常吃惊的。本来 3 月 7 日是星期五，我还按照课程表去教室上课，但到上课时间的 2 点还没有见到学生，正在迷惑之际，两个学生上来找我，说请我参加“三八妇女节”的学生组织的联欢活动，我说：“没有人通知我不上课，去参加三八活动。”学生说，今天不上课，学院要组织庆祝活动，所有的教师都参加。我跟学生到了一楼阶梯教室，那里早已经坐满了人，系主任看到我说：“三八节放假，学生组织联欢。”我说：“没有人通知我？我不知道。”她说：“对不起！她们可能忘了。”

不管怎么说，如果星期五开始不上课，算上星期六和正常休息的星期日，应该有连续三天不上课，这对于一周上六天课的哈国学生来说，还是一个“长假期”。你想想“古尔邦节”才放一天假，就知道这三天假的意义了。这应该算是哈萨克斯坦一个先进的地方，起码表达了社会对妇女的尊重，显然是想唤起男人们重视妇女的地位，因为，事实上，哈萨克是一个男权社会。中国不需要，中国妇女的解放在全世界应该是领先的，因为在大部分情况下，中国妇女的主人地位是明确而经常的。

学生们排演的节目包括中文歌曲和表演，两首韩国歌曲和表演，一首日语歌曲，加上几支哈国歌曲和一个舞蹈，感觉有模有样，热热闹闹，特别是表演的中文歌曲《茉莉花》加舞蹈很有创意。先是一位旧时“阔少”打扮的男学生上来，周围一帮花枝招展的女生围着，“阔少”说：“我心里十分不爽。”众女生说：“那我们给你唱支歌吧。”于是表演了一首《茉莉花》。之后，“阔少”又说：“还是心里憋闷。”女生们又表演了舞蹈，这回那个男生终于说了句：“痛快！”可见，学生们在理解汉语中文的过程中，对中国过去的情况还是了解的。实际上，1991年以后出生的哈国年轻人对苏联时期没有印象，但毕竟思想的转变要远远慢于新政权的建立，所以，关于压迫和等级意识在哈国的现实生活中依然占很大分量，尽管哈国的制度号称是真正民主体制，但事实上当今国家管理阶层和旧的社会管理阶层基本是继承关系，经济命脉和政治决策权力依然控制在少数人手里，所以，哈国社会的意识形态仍然在新和旧之间“运动”。

在来哈国之前，来过哈国的人都说哈国美女如云，甚至有

三八妇女节学生表演中文节目

人说：“去哈国就是看美女，中国男人到了哈国后找个哈国女人，就不想回去了。”说真的，我来哈国大半年，而且应该是在“美女如云”的高校上课，但没有同等感觉，也没有发现“遍地美女”，倒是发现了几个真实情况。

一是哈国女生面临的竞争情况严重。“男少女多”现在正处在 20 岁左右的年龄段，所以，每个女生在 18 岁至 22 岁最核心的任务就是找对象，因此，她们出门的第一要务就是把自己打扮得漂漂亮亮。那么，你看到的美女百分百的是化妆的结果，素颜的她们你是绝对看不到的。还有，就是无论经济多么紧张，几套特别漂亮的四季服装是所有孩子必须准备的。也可能她们的出身就是牧民，也可能她们的家就在贫民区，也可能她们今天还没有足够填饱肚子的钱，但她们必须精神饱满、容光焕发。从某种意义上说，这是哈萨克妇女的悲哀，说明她们受男性选择控制而居于从属地位，男人们对那些违背传统和习俗的妇女明显地给予蔑视，维护哈萨克斯坦这个具有穆斯林特点的社会。

二是哈国的确美女盛行。这主要是由于哈萨克草原上历来是各民族混居杂处的地方，不同游牧民族之间通婚交往的历史久远，优质的种族来源和优良的自然环境当然孕育了优秀的哈萨克人民。所以，身材和面容特殊漂亮的美女在哈国多是正常情况。与一些身材娇小、面容平缓的中国女生相比，哈国一些女生身材和轮廓突出，尤其眼睛格外迷人。但是，她们的特点像俄罗斯妇女一样，在进入中年以后，容易发胖。不过，我发现发胖的原因主要和冬季饮食有关，大量肉食和热量的摄取，不胖才怪哩。如果生了几个孩子，又要干活，不胖也不可能。

三是哈国女生并不浪漫，她们与男生接触的直接目的就是婚姻，如果你想浪漫地先谈爱情，然后再谈婚姻，可能性不是很大。先要以婚姻为目的进行接触，如果只是想交朋友，恐怕没有人会理你。因为，在正式接触前，双方要认真了解对方的家庭、父母、工作、住房和本人的性格方面的情况，这已经打消了浪漫的前提。我在辅导准备参加哈国大学举办的汉语奥林匹克大赛时，有一个问题“你认为男女之间友情和爱情的区别是什么”，所有的女生都认为男女之间没有友情，但她们也认为纯粹的友情高于爱情。事实上，爱情在她们眼里就像流星，一闪而过。

四是哈国女生非常实际，她们非常注意节省，不做不必要的开支。除了极少数家庭是独生子女外，一般哈国家庭都有三四个孩子，如果女孩子多，就要很早帮妈妈料理家务和减轻家里的负担，所以，一般女孩子很会省钱。极少数女孩子羡慕虚荣而流连于有钱人之中，这和中国的情况类似。

其五，一旦男女朋友的关系确定下来，男朋友对女朋友的限制权力迅速增加：过去的一切男性往来都要停止，所有曾经的暧昧关系都要消失。考虑过日子、生孩子的问题会马上提到议事日程上，那些还想继续求学的女生必须得到男朋友的同意，但离开本地去另一个城市的可能性几乎没有；过去想去国外留学的念头必须打消；甚至毕业后想工作也只是一部分人能够获得准许，大部分将会待在家里成为一位全职家庭妇女。当然，也有一部分女孩子自己就不想工作，她们只想结婚后待在家里，靠丈夫来养活。在欧亚大学的学生中，这类女学生不算少数，她们根本不想好好学习，就是来学校混文凭，她们的“示范作用”非常不好，会极大地干扰准备正常学习的人。

最后，就是信仰伊斯兰教和民族认同问题。这个问题是所有伊斯兰国家家庭比较稳定的前提，也是所有有严格宗教信仰和传统习惯的家庭对子女婚姻问题的必要前提条件，特别是伊斯兰教信仰在婚姻问题上的神秘暗示，使一些女孩子根本不敢和非穆斯林男孩子交往。就宗教信仰和民族身份问题上，如果同属穆斯林，女方不属同一个民族，他们可以结婚，比如哈萨克人和车臣人；如果男方不是穆斯林，又不是相同民族，这根本是不可能的；如果女方不是穆斯林，却是同一个民族，可以商量；如果男方不是穆斯林，却是同一民族，可能性不大，除非男方掩盖信仰问题。能够接受中国人的哈萨克女孩子都是非穆斯林，或者是中国男孩子接受了穆斯林信仰。

英国的社会学家们曾经做过一个关于世界哪些地方的女性容易出轨的研究，他们认为穆斯林妇女是最不容易出轨的。也就是说，那些想到哈国寻找爱情的人，事先还是要做好思想准备，那些想在哈国寻找浪漫的人，更要格外小心，不要引火烧身。

2014年3月12日，哈国纪事之三十三：

苏联解体那些事儿

在了解哈萨克斯坦的历史以后，对苏联解体的历史也就更加渴望了解。事实上，西方一些舆论和国内某些文章过于渲染苏联解体与民族问题的关系，有意无意地把民族矛盾激化而导致的民族分离主义与社会主义制度联在一起，以此证明社会主义制度不但没有根本解决民族问题，相反使民族矛盾日益尖锐并最终毁于一旦。他们也将此归罪到苏联共产党的“专制集权”统治上，是共产党执政本身造成的分裂。英国《南方》杂志1990年1月号在题为《中央控制不了》的一篇文章中，说“米·戈尔巴乔夫是制定退却战略的大师，他正以此饮誉世界。这位苏联领导人正在巧妙地日渐贬值的军事资产换取道义上的优势、更大的国际信任和合作”。《华尔街日报》1994年6月20日的一篇文章则幸灾乐祸地把原苏联解体和民族冲突称为“民族分裂的试验场”。

从“为了政权而进行的斗争都是阶级斗争”这样一条马克思的观点来看，苏联解体从根本上说是两种制度、两种意识形态长期斗争、长期较量的结果。从另一个角度说，当苏联放弃社会主义制度，放弃共产党执政地位时，原各加盟共和国和一些大的少数民族聚居地区宣布独立以保证本民族生存安全，保持疆土完整就具有现实和历史合理性。在当今世界只有独立的国家才能得到国际社会的承认和获得国际贸易主体地位的可能。如果各民族要求分离或独立是因为他们感情不和、习俗不容，那是谁也不会相信的。在这里经济斗争和政治斗争始终是决定民族纷争的“晴雨表”。随着波罗的海三国脱离联盟和俄罗斯、乌克兰、白俄罗斯三国首先通过主权国家宣言后，其他十一个非俄罗斯民族共和国才纷纷宣布独立。这充分表明，原来社会主义制度是联盟存在和能够存在下去的唯一基础，也是各民族和睦相处、共同发展的唯一基础，没有了这个基础，无论是什么形式的“独联体”，什么样的“和平伙伴”关系，都存在着事实上的不平等和不信任，都存在着大国的威胁和随时沦为附庸的危险。在这种情况下，其他势单力薄的加盟共和国和某些少数民族首先考虑的是用国家和政权的形式来保护民族生存和地域权利，并以此获得国际社会的承认和进入世界经济运行体系的可能。这是每一个现代民族首先而且必须认识到的一点。况且在大俄罗斯民族主义急剧膨胀的情况下，旧沙皇的阴影又时不时地游荡在其他虽已发展但远非强大的少数民族当中，独立以求自救自强也就成了他们紧急情况下的唯一选择。中国有句俗话叫“树倒猢狲散”，放到这里还是很恰当的。我们不少人并不理解弱小民族的生存意识，总以为他们就是想独立出去，其实并不然。

一旦独立，民族利己主义就成为影响当局政策的主要倾向，更重要的是，社会主义原有的国家整体力量和为全体人民生活谋利益的两大优势没有了，有的是这些国家必须实行私有化，以便人们可以享受西方的“民主和自由”，但结果呢？

俄罗斯《旅伴》杂志1996年1月号发表了一篇题为《苏联

解体是福还是祸》的文章，它用具体的数字描述了这些国家的可怕遭遇。中亚国家脱离俄罗斯则导致它们的工业和农业产值都大大下降。三年来国内总产值损失为：乌兹别克斯坦15%；土库曼斯坦24%；吉尔吉斯斯坦45%；哈萨克斯坦51%；塔吉克斯坦66%。物价上涨情况是：乌是300倍；土是9500倍；吉是200倍；哈是2500倍。塔的情况至今还没有准确数据，但种种迹象表明，那里的通货膨胀要比土库曼斯坦高得多。与中亚相比，外高加索历来被认为是更发达的地区。然而，为了维持本国经济，阿塞拜疆把主要的油田卖给了外国和俄罗斯的公司，国内生产总值近几年下降了一半，通货膨胀率平均每年达1300%；格鲁吉亚和亚美尼亚的经济形势十分可怕，甚至很难用笔墨来形容。这里只引用几个数字：格鲁吉亚的通货膨胀率：1993年7500%，1994年7300%；亚美尼亚：1993年11000%，1994年1100%。要知道高加索居民以前被认为是很富足的。

记得在苏联解体前，关于各共和国要脱离苏联的议论不断出现，某些专家认为，如果乌克兰不再给广阔的苏联提供粮食，它就能在短期内变成第二个加拿大，小麦成海，牛奶成河。结果怎样早已见分晓。甚至东欧的情况更加糟糕。德国《每日镜报》1995年12月8日有一篇题为《东欧国家的贫困》的报道，从一个侧面反映了东欧国家面临的严酷现实。在罗马尼亚，入冬的头几个冷天又使许多穷人争着进监狱，他们故意犯罪，挑逗警察逮捕他们。布加勒斯特待审犯人监狱现已有3500人，超过规定数量的一倍。监狱负责人说“这里被监禁的人有热的食物，有睡觉的地方。这是他们在外面得不到的。罗马尼亚无数的穷人走投无路，越来越多的人自杀。十月份的一个星期仅在布加勒斯特一地，就有21起自杀事件，原因差不多都是贫困。”在塞尔维亚和黑山，据官方的材料说有三分之一居民生活在贫困线以下。由于联合国的禁运，大部分人只能靠倒卖倒买或走私勉强度日。

我们在这里之所以大段地引用两则报道，就是想让人们清楚地看到当时独立并没有给这些国家的人民带来任何好处，只有极少数人和社会主义的敌人才会感到高兴。由此我们也就可以理解在苏联处于解体的边缘时，西方世界倾注了多么大的热情，使苏联接受了他们的民主、人权观念，但分裂后情景就大不一样了。口惠无实、杯水车薪、无济于事。

社会主义时期苏联各加盟共和国在就业、教育、住房和所享受的医疗服务方面的情况又是如何呢？以下几组统计数表希望能反映各民族的就业水平、住房、受教育程度和医疗服务水平。

苏联各加盟共和国居民的职业情况（1979）

国名	职工中产业工人（%）	全国就业总人口中	
		职工（%）	集体农民和合作社手工业者（%）
俄罗斯	63	89.9	10.1
乌克兰	54.8	77	23
白俄罗斯	55.8	78.6	21.4
乌兹别克	52.9	75.2	24.8
哈萨克	68	93.5	6.5
格鲁吉亚	55.6	82.1	17.9
阿塞拜疆	59.6	83.2	16.8

续表

国名	职工中产业工人（%）	全国就业总人口中	
		职工（%）	集体农民和合作社手工业者（%）
立陶宛	56.8	79.9	20.1
摩尔达维亚	52.6	70.1	29.9
拉脱维亚	58.6	86.4	13.6
吉尔吉斯	57.8	79.7	20.3
塔吉克	53	73.6	26.4
亚美尼亚	64.2	90.3	9.7
土库曼	44.2	66.4	33.6
爱沙尼亚	66.9	89.7	10.3

资料来源：摘自《重新认识苏联垮台的原因和教训》，70 ～ 71 页，作者喻权域，刊于《科学社会主义》,1995 年第 4 期。

苏联各加盟共和国居民的职业情况（1979）

国名	每万名居民拥有医生		每万名居民拥有在校大学生	
	1940	1987	1928/1929	1987/1988
全苏联	7.9	43.3		
俄罗斯	8.2	46.3	13	194
乌克兰	8.4	42.7	12	166
白俄罗斯	5.7	39.1	9	177
乌兹别克	4.7	34.7	9	154
哈萨克	4.3	38.7	0.2	166
格鲁吉亚	13.3	56.7	38	163
阿塞拜疆	10	38.7	19	150
立陶宛	6.7	44.3		179
摩尔达维亚	4.2	39.3		123

续表

国名	每万名居民拥有医生		每万名居民拥有在校大学生	
	1940	1987	1928/1929	1987/1988
拉脱维亚	13.2	49.3		163
吉尔吉斯	3.8	35.1		136
塔吉克	4.1	27.2		114
亚美尼亚	7.5	39.2	16	161
土库曼	7.6	34.7		117
爱沙尼亚	10	47.9		149

资料来源：摘自《重新认识苏联垮台的原因和教训》，70 ~ 71 页，作者喻权域，刊于《科学社会主义》1995 年第 4 期。

1989 年原苏联 11 个加盟共和国教育现状和水平

国名	中等院校		高等院校		15 岁以上居民中每千人	
	所（个）	在校生（万）	所（个）	在校生（万）	受中等教育人数	受高等教育人数
乌克兰	738	77.66	147	88.88	690	104
白俄罗斯	145	14.71	33	18.94	662	108
摩尔达维亚	51	5.12	9	5.55	668	87
阿塞拜疆	78	6.12	16	9.97	773	105
亚美尼亚	69	4.69	13	6.53	763	138
哈萨克斯坦	224	25.54	55	28.56	739	99
乌兹别克	244	27.73	44	33.16	775	92
吉尔吉斯	48	4.6	9	5.93	748	94
塔吉克	42	4.17	10	6.56	762	75
土库曼	38	3.5	9	4.2	781	83
格鲁吉亚	88	4.41	19	9.31	726	151

1989 年原苏联 11 个加盟共和国人均住房和拥有医疗条件

国名	人均住房（平方米）		万名居民拥有医务人员和病床	
	城市	农村	医务人员（人）	病床（个）
乌克兰	16.3	20.4	159.7	134.7
白俄罗斯	15.1	22.1	155	135.4
摩尔达维亚	14	20.7	158.1	126.9
阿塞拜疆	12.1	11.1	138	99.9
亚美尼亚	13.5	16.9	144.8	90.2
哈萨克	14.4	13.4	162.5	135.6
乌兹别克	12.1	11.61	143.8	123.1
吉尔吉斯	12	11.7	139.1	119.3
塔吉克	11.7	8	107.7	105
土库曼	11.2	10.4	125.1	110
格鲁吉亚	16.2	21.2	183.2	110

资料来源：摘自赵龙庚主编：《独联体各国概况》，北京，时事出版社，1992 年。

以上资料只是纵向的比较，它主要一方面反映发展速度的快慢问题，一方面说明各加盟共和国发展程度的差距，而事实表明，尽管原苏联各加盟共和国之间的自然条件差别很大，各民族的经济、教育水平的差距也很大，但经过几十年的社会主义建设，以各少数民族为主的各加盟共和国在经济、教育、和生活水平上都取得了巨大发展，更重要的是它们之间的差距并不大。我们不知道世界上有哪一个多民族国家在解决各民族之间“事实上的不平等”方面达到了原苏联的水平。

下面我们以南斯拉夫为例来探讨这个问题。南斯拉夫处在欧亚大陆的连接地带，历史上各大国为了争夺这一重大战略要地打得不可开交，因而此地被比喻成古罗马角斗士的“竞技场”，与这种争夺伴随的人为“同化”使该地区的民族、宗教和文化始终处在一个彼消此长、变幻不定的状态中。第二次世界大战前，南斯拉夫是欧洲最落后的国家。1938 年，在国民收入中农业占一半，工业只占 18%左右，当年人均发电量只有 70 度，而欧洲平均为 350 度。钢产量人均 15 公斤，而欧洲平均为 120 ～ 340 公斤，只有德国的 1/22，英国的 1/16。机器制造只有瑞典的 1/49，法国的 1/32，比利时的 1/18。国民收入平均每人只有 60 美元，而当时美国是 521 美元，德国是 337 美元，法国是 236 美元，挪威是 255 美元。45%的成年人是文盲。第二次世界大战中南斯拉夫劳动力损失严重，有 170 万牺牲，占全国人口的 10.8%。战争中物质损失为 469 亿美元（1938 年物价 1 美元＝ 44 第纳尔），有 82 万幢建筑物被毁，350 万人无家可归。40%的工业被破坏，交通运输设施大部分被毁，损失了 65%的铁路、8300 多公里的公路和各型船只 1 万多条。加上 1950 和 1952 年的自然灾害，使南斯拉夫建国初期的经济形势十分严峻。然而，从 20 世纪 50 年代初到 70 年代末的近三十年里，南斯拉夫的经济发展取得了惊人的成就。1994 年到 1997 年，国民经济社会总产值每年平均增长 6.2%。工业生产指数以 1970 年为 100，1977 年就达 167，七年中平均每年的增长速度为 7.6%，同期美国为 3.7%，日本为 3.5%，西德为 2.1%，英国为 0.8%，法国为 3.4%，意大利为 3%，苏联为 6.8%。农业生产指数，以 1970 年为 100，1978 年就达 132。1977 年国民经济总产值比 1947 年增长 5 倍，工业产值增长14倍，农业产值增长2.5倍，电力增长49倍，出口增加26倍．就业人口总数从1949年120万人增加到1978年的538万人。1939年农村人口占76%，1980年降到33%。1980年人均粮食产量已达800公斤，1977年谷物产量为1657.5万吨，居世界第十六位。1972年享有医疗保健的人占总人口的72%。1980年出国旅游人数居世界第三位，仅次于加拿大和瑞士。南斯拉夫国民收入按人口平均，1939年是80美元，1945年解放初期为100美元，1975年1372美元，1979年是1800美元，1981年达到2800美元，已进入富国行列。① 所以，在社会主义制度下，在共同的阶级利益和国家利益的基础上，各民族特别是落后民族得到了充分的扶持和发展。

历史是无法回避的，尽管社会主义时期苏联和南斯拉夫获得了巨大发展，各民族人民的生活得到了极大改善，但正如美国的布热津斯基坦言：社会主义其实鼓励了民族主义。这是发人深省的问题，需要我们从理论和实践两个方面深刻总结社会主义国家的民族政策及其结果。事实上，基于社会主义国家都是建立在经济文化相对落后，民族构成复杂、社会矛盾比较突出的国家，就不能照搬马克思主义关于社会主义国家解决民族问题的具体原理，而应该把马克思主义与各国实际情况相结合，实事求是地解决和处理本国的民族问题，以建立和巩固社会主义国家为基本原则，在此前提下制定民族自决政策、建立联邦制体制、实行民族区域自治制度等。然而，以为社会主义所有民族拥有共同利益，这种超越时代的想法，超越了本国实

① 资料来源，摘自仝志敏著：《南斯拉夫经济体制改革的理论与实践》，180～185页，武汉，湖北人民出版社，1983。

际，因而在鼓励和发展各民族问题上取得巨大成绩的同时，也使民族主义得到了潜在的发展，一旦有了客观环境，酝酿已久的民族主义就会走向极端分裂主义。

首先，在社会主义制度下各民族经济已经发展起来是能够自立的经济原因。在原社会主义制度下几十年里所建立起来的庞大的经济生产体系、国家管理制度和强大的军事力量成为这些国家独立的经济政治基础；而几十年来创造的巨大的物质财富和先进的科学教育水平则成为这些国家独立的物质和精神资本，最为重要的是几十年来民族整体文化水平的全面提高和民族自信心、自豪感的增强成为一个独立国家必须具备的共同的文化和凝聚力的基础。这些因素缺一都会给独立国家的进程带来困难和障碍。“苏联政治舞台的特点首先是它的多民族性和民族感情的强烈性。在这一方面，苏联政府的民族政策既取得了明显的成功，又遭到了明显的失败。说它成功，是因为苏联政府的政策在初期的目的是允许和帮助大小民族、甚至最弱小的民族繁荣昌盛，以便在给他们自由的同时来消磨掉他们的民族意志。一切都证明，使各民族繁荣昌盛的目的达到了。”①

其次，社会主义时期民族矛盾的转化决不意味着矛盾的消失。简单地用社会主义革命代替了民族解放运动，用发展社会主义公有制代替了民族自身发展，使在建立了社会主义国家后依然存在的民族矛盾被日益尖锐的两种制度、两条道路的斗争所掩盖。这样就造成了两个错误的判断：第一，他们认为在社会主义发展中少数民族的继续存在已意义不大，随着社会主义

---

① ［法］埃莱娜·卡·唐科斯著：《分崩离析的帝国·前言》，北京，新华出版社，1982。

公有制的全面发展和各民族之间差别的消失，建立一种社会主义的新型的民族指日可待，因此，只要建立发达的社会主义国家民族矛盾自然而然地就会消失。勃列日涅夫时期提出的“苏联人民——人们新的历史共同体”就是这一思想的表现。因此，他们对社会主义制度下民族矛盾的长期性缺乏清醒的认识。第二，他们认为社会主义制度已经给予少数民族最充分的发展权力，在这种情况下，少数民族应该自觉放弃与建立社会主义新型民族不相容的地方，特别是在国际斗争空前激烈，社会主义国家面临帝国主义战争威胁的情况下，要求各族人民同心协力、顾全大局、全力以赴地巩固和保卫社会主义国家。但他们忽视了历史遗留下来的严重的民族问题并未得到解决，社会主义公有制的发展并不能代替民族自身发展的要求，而且对于一些原本处在封建制度，甚至奴隶制度之下的民族进入社会主义后，民族自身发展的要求刚刚历史地提到议事日程上来，却人为地“拔进”先进的社会主义民族行列，对这些民族发展起来以后可能出现的转化趋势存在认识上的简单和政策上的前后矛盾。

总之，对社会主义制度下民族矛盾的长期性和复杂性的认识，社会主义国家都或轻或重地存在这样那样的错误，因而在政策和实践中必然表现为对民族问题的简单化或短期行为，这也是经过了几十年的发展以后，社会主义国家的民族问题逐渐暴露和尖锐化的一个重要原因。

现在，时间和空间都已经发生变化，但是，主体民族和少数民族间的矛盾仍然存在于国家层面，只不过这个国家比原来的小，制度也不一样了。能否获得根本解决，我们只能拭目以待。

2014年3月15日，哈国纪事之三十四：

游牧生活方式与他们的财富观

在哈国会经常遇到一些让你感到不可理解的事情，比如借钱这件事情。很少有人张嘴跟别人借钱，一是因为没有人打算借钱给别人，你张嘴等于丢人；二是借钱的人很少还钱，被借钱的人最后可能还要得罪借钱的人。在我来哈国之前，中国的哈萨克人就曾经给我讲过关于不能借钱给哈萨克人的事情。在哈国期间，我几次亲身体会哈萨克人对借钱和消费的态度，迷惑于产生这样的态度的根源，最后，我只能从历史上的生活方式和财富积累来分析他们的财富观，并由此观察哈萨克人的性格。

记得有一次我请我的学生陪我一起去买一个电饭锅，在一家电器超市我们选好要买的电饭锅以后，我到付款台前交钱。我看到付款台一侧有一排桌子，里面坐着工作人员，外面坐满了顾客，就像中国电器商场里的兑奖处的情景，我把购物发票交给我的学生，说："你看，今天还可以抽奖，你去试试手气。"他大惑不解，不知道我在说什么，我问他："挂满气球的那边在干什么？"

他说："在办贷款。"

我说："什么？贷款？这么多人？就为买这些电器？"

他说："是呀！所有的人都需要贷款买东西、办事情。"

我说："为什么不和朋友、亲戚借呢？"

他说："每个人都有银行的钱要还，没有人借钱给别人。"

我说："你在银行有贷款吗？"

他说："有啊！学费就是从银行贷款。"

当我告诉他我以为那边是在办理抽奖，他看着我，用天真的笑容回应我天真的想象。后来我知道，在哈萨克斯坦，几乎所有的人想购物但当时又不能马上拿出全部现金的时候都会贷款。问题的关键在于：很多人购买东西时，不会量入为出，他们只要认为应该拥有，就会马上贷款购买，换句话说，哈萨克斯坦真的是贷款银行的天堂。

阿斯塔纳不足100万人口，但是大型商厦很多，各种超市林立，居住小区里的购物小店遍布。所以，这是一个消费商品的国度，哈萨克斯坦除出口石油、矿产品以外，工业制成品的生产不多，耐用消费品的生产主要靠进口，而日常生活消费品中，肉类、鱼类、谷物、水果以本国生产为主，蔬菜在夏季靠自己生产，冬季部分需要进口，但食品消费货架上摆满了来自世界各地的各种商品。此外，在所有大型商贸购物中心，主要是来自世界著名品牌的专卖店，普通商品主要在超市里出现，所以，有钱人一般都会到专卖店去购买所需要的商品，而普通收入家庭主要去类似大型商品集散中心的市场，或者在阿斯塔纳十分有名的"上海批发市场"去购买。

事实上，在与当地人接触的过程中，你会发现他们总是处在缺钱的状态。对大部分依靠工资收入维持家庭生活的人来说，假设每月15万坚戈，对于一家三口人来说（这应该比平均工资略高一些，大约一半以上的家庭妻子都在家看护孩子和做家务），每月的工资确实不多。如果拥有自己的住房，情况就会好多了；如果是租房子住，那么，房租可能会占掉多半工资，只剩下5万左右的坚戈用来购买生活必需品，当然会显得捉襟见肘。所以，主妇们都是一副缺钱和节省的样子，男人们都是一副奔忙和劳累的样子，但是，钱的问题还是解决不了。在阿斯塔纳这个城市里，你会时常感觉到人们显露出焦虑之情，你会感受到办所有事情都可能存在的暗示，就是钱。只要有钱，几乎没有你办不到的事情。

欧亚大学有一位来自蒙古国的哈萨克族教授，他是突厥语言和历史研究方面的著名专家，他曾经和我谈到哈萨克人的特点时，非常幽默地说："你只要用两招：一是夸他们，二是给钱，他们就投降了。"这当然有开玩笑的成分，但也有一定的道理。

第一，据哈萨克人说，是俄罗斯人把他们的坏毛病传给哈萨克人的。因为，俄罗斯人从来就是这样，他们抢占别人的财物，霸占别人的领土，尤其喜欢不劳而获和一夜暴富。不能否认这种说法，起码哈萨克人的财富观念深受俄罗斯人的影响是可以肯定的，但是，俄罗斯人的优良传统和习惯也应该同时产生影响，然而，情况好像并非如此。在财富观念方面，从来都是自私和恶劣的欲望占据主导，这与人类的自私本能有关系，只有从这个高度看，似乎才能解释俄罗斯人影响的存在可能性。

第二，研究者们肯定游牧生产方式与定居农耕生产方式在财富积累方面存在的差异，由此来解释为什么亚洲大陆北方的游牧民族不断南下劫掠定居的农耕民族。这几乎成了南北方民族交往的一种历史常态，以致后来，在靠近中华文明周边地带的游牧民族深受中原文明的影响，建立地方封建汗权，甚至入主中原，成为统治者。如较早的北魏、北齐、辽、金和元、清两朝，所以，这些中国的少数民族在意识形态方面深受中华文明的影响。但这种影响似乎没有深入到中亚河中地区和里海周边，而在这些地方，游牧形态的汗国一直延续到俄罗斯沙皇把他们一步步吞并。如晚期的希瓦汗国、布哈拉汗国、浩罕汗国、哈萨克汗国等。

第三，中亚游牧民族的形成和统一，是在建立统一的封建式汗国之后才明确起来，而在此之前，他们之间并没有严格的民族区分和地域划分，这是中亚各民族形成的显著特点。这个特点的影响：一是彼此相互融合，并不强烈排斥；二是相互争夺地域和人口，没有明确的边界。正因为如此，中亚的历史就是一部始终处在连续不断的相互征伐和劫掠的历史，就是一部旧的汗国不断被新的汗国兼并或取代的历史。经历过千年以上的这样的劫掠和征伐，无疑会把这种历史的偶然性认为是必然，把随时出现的“城头变幻大王旗”导致的财富转移认为是正常，这就必然会影响中亚各民族对人与人之间关系的看法，必然影响到他们的财富观念，把劫掠和征伐造成的“一夜暴富”或者“瞬间赤贫”认为是生活的常态。尽管历史已经翻过那黑暗的一页，但人类生存本能的遗传特性把这种性格特征遗传下来。

第四，苏联解体后中亚五国独立，把已经断裂的历史感觉又延续起来，传统文化和历史精神的复原潜在地加剧了旧的民族习性和传统的影响力，其中就包括他们对人与人之间关系和财富的看法。从这个意义上说，哈萨克人把想尽一切办法“不劳而获”和幻想自己“一夜暴富”说成是俄罗斯人的恶劣影响不是没有道理，而就是因为俄罗斯人的统治正好是他们自己传统的“断裂时代”，所有现存的问题都可以从俄罗斯人的统治当中找到原因。客观地说，中亚五国的独立是苏联时期“铺设好地基”，是苏联给予他们国家的名义和现代化的条件，中亚五个民族能够拥有现代化的国家是历史的“难得机遇”，因此，他们要从精神上“退回”到沙皇吞并他们之前的状态，以重新获得民族历史和精神的延续，所以，表面上的“历史回潮”有其正当的历史权利，尽管在当今看来这种“历史回潮”是落后的。

最后，哈萨克人的财富观直接影响到未来哈萨克斯坦的发展，因为，这极易导致他们在处理人与人之间关系时“金钱化”，造成社会各阶层普遍腐败，从而使年轻人对未来失望。用当地哈萨克人的话说：“我们哈萨克人就是爱占便宜，总想着干一点活来一大堆钱。”可以想见，这种财富观念最容易使人们在从事某种工作或者与别人建立联系时违背社会正义，造成目光短浅。如果这种现象是一种普遍的社会价值和普遍的判断标准，那么，对整个社会的不良影响是显而易见的。事实上，哈萨克民族当中的优秀分子已经充分认识到这一点，他们积极地从教育和提高生活水平入手，改变哈萨克人的不良习惯，宣传勤劳致富和热爱劳动的观念，鄙视不劳而获和抢夺别人财物的行为，形成社会正义和公平的法制观念。

可以肯定，中亚民族新型的、现代的、科学的财富观、价值观、劳动观即将形成并快速发展。今天是中国的“质量日”，创立这个节日就是要提高人们的信任水平，提高产品质量的根本目的就是让人们相信每个人、每个产品生产部门都把如何让别人相信自己作为生活的目标，而不仅仅是生产产品的要求。事实上，信任可以构成一种最好的社会关系，信任可以带来无尽的快乐，当然也就降低商品销售风险，提高商品销售水平，增加了市场繁荣和社会稳定。想必哈国也特别希望能够有这样一个节日，提高人与人之间的信任，暴露那些由于不信任而发生的事情，监督社会公平和产品质量，建立人们之间的信任。

书店的哈文书

2014年3月17日，哈国纪事之三十五：

“重返亚洲”成了美国在乌克兰危机难有作为的借口

2014年3月16日，美国《外交政策》的一篇文章分析说，从大战略和战术的角度讲，美俄乌克兰对峙或给中国可乘之机。美国舆论界已经开始为政府在克里米亚问题上的“无所作为”寻找理由，他们甚至说：即便乌克兰危机相对较快地得到解决，美俄关系没有完全分裂，奥巴马也将在任内对欧洲投入更多时间，着力推进对德关系，让感到被忽视的东欧盟友放心。这已经把事件可能发展的趋势告诉世人，奥巴马政府不能放弃“重返亚太”战略，不会因乌克兰危机而改变既定方针，否则，纠缠在“克里米亚独立问题”上对北京是一个胜利。从目前这种态势看，我们可以得出几点分析。

第一，美国政府把自己在乌克兰危机上的无能为力，解释为自己的战略重点不在此，而在中国。所以，最重要的对手不是俄罗斯，而是中国。换句话说，美国不会因为乌克兰危机与俄罗斯闹僵，俄美关系的重要性超过“克里米亚的归属”。也就是说，中国的中立态度没有获利，相反，美国告诉欧洲国家，我们要把力量用在“亚太”，欧盟负责解决自己与俄罗斯的关系。所以，在这样的时刻，美国和菲律宾签署军事协议，菲律宾允许美国使用自己的军事基地。也就在这样的时刻，美国媒体宣称，马来西亚不愿意透露民航客机的信息与“和中国有领土争端”有关，并且暗示，搜寻客机的工作，受到周边各国对中国军力强大心怀警惕的制约。总之，我们可能清楚地看到，美国的态度是什么，但是，我们很少看到国内舆论揭穿美国人的战略企图，不少人依然在“掩耳盗铃”式地以为“北京真的获利”。

第二，俄罗斯专家声称中国在乌克兰危机中并不是真的支持他们。俄罗斯《独立报》17 号的文章指出：俄中 2001 年所签署的睦邻友好合作条约中明文规定，“如出现缔约一方认为会威胁和平、破坏和平或涉及其安全利益，和针对缔约一方的侵略威胁情况时，缔约双方为消除所出现的威胁，将立即进行接触与磋商”。不过，无论是近来的双方高层对话，还是外交层面的表态，均未提及上述内容。这其实是重演了 2008 年 8 月俄格战争期间的历史。当时，北京一度保持了最“著名的”沉默，哪怕挑起战争的是格鲁吉亚。我们从中也可以清楚地看出，俄罗斯并不买中国投“弃权”票的账，尽管他们也看到，“中国的政治评论员却纷纷写道，引爆乌克兰危机的责任在西方”。事实上，当俄罗斯在乌克兰危机上稳操胜券时，中国一贯的所谓“客观、公正的必须尊重国家主权及领土完整的立场”，让他们不满意。正如普京总统认为，谈判从来就解决不了领土争端问题，如果以为秉持通过谈判和平解决领土争端，就会让对方放弃武力威胁并最终解决问题，那真是一件美好的事情！但什么是和谁承认“客观公正的立场”？我们什么时候看到西方国家秉持通过谈判和平解决领土争端？西方国家把中国人的忍耐比作“中国式的陷阱”，他们清楚中国人把“不战而屈人之兵”

看作上策，所以，他们了解我们的战略战术，愿意和中国谈下去，愿意和中国保持“危机和平”，然后从中获利。

第三，中国的“骑墙”外交面临被人利用的窘迫境地。如果在一些非重大事件上，保持中立，别人也说不出什么，但在类似乌克兰危机这样的问题上，保持谁也不想得罪的立场是十分困难的。我们总在表示对冲突各方都理解，表示自己的立场是客观公正的，事实上，这种立场本身在冲突各方看来就不是客观公正的，他们都会抱怨中国没有支持自己，当他们自己劝服自己和好以后，中国的分量将被冲突各方所轻视。尽管中国在采取什么立场问题上，考虑未来解决中国与周边国家存在的领土争端问题的方式，但是，这根本违背了国际战略博弈中的基本原则，我们不能把自己的负担暴露给对方，而且我们根本没有希望依靠谁来帮助我们解决这些争端，我们应该鲜明地表示如果美国人愿意与 13 亿中国人为敌，我们愿意奉陪到底。如果不是这样，只想他们“不打架”以后继续做生意，那被美国人利用也是正常的。

第四，普京总统曾经讲，给我 20 年，还给你们一个强大的俄罗斯。在哈萨克斯坦生活了将近一年以后，我更加深刻地认识到俄罗斯文化对周边国家影响的特殊意义。尽管独联体国家在乌克兰危机中没有表示支持俄罗斯，但他们都被普京的勇气和力量镇住了，他们的处境决定了他们绝对不能说普京做得对，但他们也绝对不敢公开批评普京，这就足够了！因为，沉默对于这些独联体成员来说，就是看着乌克兰反对派为自己的愚蠢行为付出代价，就是默认普京的惩罚是不得已，是可以理解的，而他们自己以后会更加小心。

第五，美国和欧盟不会对俄罗斯采取严重的制裁，他们在普京有理有节却坚定无比的行为面前无能为力。但是，西方国家会记住这一记“耳光”，让他们也领略“科索沃公投”带来的“以其人之道　还治其人之身”的痛苦。他们唯一能做的就是等待，等待俄罗斯犯战略性错误的时候，寻找普京出现虚弱症状的时候，或者当俄罗斯国内反对派成长起来以后。这三种情况都要假以时日，俄罗斯人已经完全消化了克里米亚。唯一可以肯定的是，美国会以更加疯狂和坚定的样子来遏制中国，以此证明美国的确从与中国的竞争中脱不开身，所以，我们就可以清楚地看到，谁是我们的朋友，谁是我们的敌人，这是我们的首要问题，而不是立场问题。

2014年4月1日，哈国纪事之三十六：

阿斯塔纳初春

今天虽然是“愚人节”，但请你不要以为我在哄你，初春的阳光明媚、春暖花开、春风和煦在阿斯塔纳都不存在，在3月24日那天还下了一场雪，把刚刚开始溶化了的雪又覆盖上了一层，从头年11月开始见雪，到第二年的3月底，将近5个月的下雪季，这可不是愚人节的玩笑，是我的亲身经历。

由于阿斯塔纳处在中亚腹地的开阔丘陵草原的北部，方圆200公里范围内没有高山和森林，而且地势相对较高，受大陆性寒温带气候影响十分明显，尽管从纬度上看，阿斯塔纳比莫斯科要低，但冬季平均气温和最低气温都比莫斯科要低，号称世界上最冷的首都，一点都不假。眼下，初春的阳光照射虽然已经十分强烈，但由于地面积雪太厚，白天反射阳光和蒸发热量大，到了夜晚温度降低，形成高压气旋。这样的天气状况，就是白天气温升高一点，晚上狂风怒吼，第二天再重复照射和气流吹散，到地表气温达到完全溶化积雪的时候，由于蒸发量太大，阴雨就开始出现。今天就是一个典型的阿斯塔纳春季阴雨天，有风、有雨、潮湿，气温5度左右，地面都是积水和泥浆。我曾经问我的学生：阿斯塔纳的春天一定天高云淡，风和日丽！他们告诉我：“阴雨连绵。”看来不假，估计天一放晴，气温会迅速升高。

初春暮色

实际上，阿斯塔纳最好的季节还是秋天，因为我是 9 月初来到阿斯塔纳，所以，正赶上初秋，经历了中秋和晚秋。总体印象是秋高气爽，阳光明媚，几乎没有下雨，空气干燥，傍晚时分，夕阳时常会映红天边，迟迟不愿落下，呈现出北半球高纬度大陆接受阳光的典型特征。在那段时间，我经常是在下午 4 点左右出去散步，沿着河边小径，看着落日余晖，偶尔驻足观看垂钓的人们，感觉安静而色彩绚丽。

到晚秋时开始刮风，偶尔会有一点秋雨，11 月底偶然也会飘点雪粒，真正下大雪并且不化是从 12 月中旬开始，真正寒冷的时间大约是从 12 月 20 日到第二年的 3 月 20 日，最冷的时间大约是 1 月 20 日到 3 月 1 日，晚间最冷的时候可能达到零下 45 度左右。我曾经在去年 12 月 28 日下午 6 点去清真寺，回来时天已经黑了，感觉特别冷，我把眼镜摘掉装进口袋，用围巾把羽绒服的帽子和脸裹起来，只留下眼睛。第二天我才知道昨晚是阿斯塔纳冬季头一个零下37度，后来经常出现零下35度左右的气温，慢慢也就习惯了。

按照中国农历的时间，春节时分是这里最冷的时候，到每年3月22日他们的新年时，气温才开始回暖。其实，从3月开始日照是足够的，但积雪太厚，地表反射热量太强，直到地下升温和日照强大到足够溶化大面积积雪，气温才稳定升高。到4月1日，白天最高气温是6度，全天都处在阴霾之中，上午下雨，把那些还没有化尽或处在背阴处的积雪都冲化了，风始终刮着，所以，感觉温度并不高。到这个时节，只要不刮风，你马上就会感到空气中飘散的温暖气息，由于地面潮湿，扑面而来的温暖中还会有一股潮气，是那种春的气息。

其实，如果你仔细观察，你会发现植物的颜色出现了变化，冬季植物主干颜色十分浅淡，树叶全部掉光，只留下干枯的一团枝蔓，显得脆生生。现在它们好像先是从内里发生变化，主干颜色加重，好像有一种发亮的东西浸出来，干枯的枝头也好像梳洗了一般，变得干净，生出些许色彩，碰上去有了弹性。从植物的变化，我们就可以肯定此时此刻地表温度已经稳定升高，即便偶然降一点温度，也不会回到寒冷的季节。春天的脚步是蹒跚的，但春天一定会到来！

可是，人好像正好和植物相反，所谓“春困”，正是人们经历了漫长寒冷的冬季，消耗了太多的热量，春天人们开始补充，让身体恢复，所以，显得有些萎靡不振。植物们却好像经历了一个冬眠，醒来时分，正好精力旺盛，准备再展新一轮枝叶，迎接夏天的温暖。可见，人类是一年四季地劳作生活，植物是一年三季生活，当然，人需要调养补充恢复。

事实上，在寒冷地带生活的人们，依“时令而变”是他们生活的必需。比如冬季大量进食牛羊肉，就是增加热量，抵抗严寒，所以到晚秋的时候就要大量储存肉类、土豆、萝卜等蔬菜。那时，我看到他们买几只羊，一头牛时，就想：他们能吃完么？需要吃这么多肉吗？经过一个冬季，我发现不吃肉的确不行，吃少了也真的不行，怕冷还没有劲。但是，冬天吃的肉也没有长到身上，身体并没有发胖，肉不知道去哪里了？由此可以想见，寒冷地带生活的成本比温暖的地方要高。

除了吃以外，穿的衣服也需要准备很多，比如初秋的、晚秋的、初冬的、隆冬的、春天的、夏天的，反正衣柜里放满了不同季节需要的衣服。在阿斯塔纳，冬季最冷的时候需要穿“皮羽绒服”或者裘皮大衣，单纯的羽绒服恐怕有些不够。我除了羽绒服以外，带了一件宁夏产的皮毛坎肩，就是里面是带毛的羊皮，在最冷的日子里，那件坎肩发挥了作用。

问题在于，当你进到室内，热气会马上让你浑身冒汗，如果你穿的层数太多，脱起来非常不方便，屋内也不能穿太多，平均室内温度是 25 度，穿的层数太少，出去就有些抗不住，所以，需要有一件非常厚实的真正防寒外衣，里面就可以穿得少些。在哈萨克斯坦，所有重要单位和公共场所都配备存放衣服的地方，你一进去，就可以把衣服存起来，然后轻松去办事。所以，我们在电影里看到的俄罗斯美女们经常是一件皮大衣，一双高筒皮靴，里面就是夏季衣服了。阿斯塔纳的一些女生也是这样穿衣服的。

但不管是冬季还是其他季节，哈萨克的女生出门都要“重型装备”，肯定是非常耗时耗力的，冬季更麻烦，因此对外套的要求更高，一般都穿裘皮大衣。但是，即便是穿裘皮大衣，里面的衣服太单薄也不行，而经常耐寒的结果是皮下脂肪增加，这是人身体自我保护的正常结果，所以，她们会显得比较丰满，给人们留下到处都是美女的印象。实际上，你很少能够有机会看到她们的真正“素颜”，“素颜很可怕，进入请慎重”。她们时刻准备拿出自己最好的状态迎接男人们的眼光，你根本就别想看到她们的真实容颜。在大学里，穿戴的风格和样式与已婚、未婚，已有男朋友和没有男朋友有关，穿着的目的也是非常明确的。男生们就不用太介意，别把自己冻着了就可以。

所以，春天是一个开始展示的时候，植物和动物都一样，人却需要克服“春困”，可能到气温达到零上 20 度的时候，人的身体才会真正苏醒过来。

不过，听说在阿斯塔纳会出现 4 月飘雪的情况，如果植物都长出绿芽，正好赶上 4 月飞雪，那可遭殃了。所以，我们还是等等再看吧！

2014年4月7日，哈国纪事之三十七：

四月飞雪

今天阿斯塔纳下雪了！

我说树枝发新芽，就怕遭遇4月雪，不幸言中。

早晨大约8点时分，天阴沉一片，然后开始刮风，接着就是狂风夹杂着暴雨，到11点钟左右，雨变成飞雪，雪在风的带动下，打着旋儿呼啸而下，天空迷漫着风雪搅成的大雾，已经基本干燥和裸露出的地面又铺上了一层白色。但是，毕竟是四月的天气了，到下午3点钟以后，雪又变成雨，地面上的白雪也化成雨水。

风吼！如果你在阿斯塔纳的冬天住过，对这个词一定会印象深刻。这里的风吼不是半天一天，一般是连续三天，有时白天会好一点，但夜晚风吼成为外面的唯一声音。更重要的是，不知是风速还是建筑物的缘故，刮风时，屋里屋外都是风吼的声音，有时一阵急似一阵，但不同的风速会形成不同的风吼，你能够通过风吼来判断风速的快慢，风吼有时是低鸣，有时是急叫，有时是狂舞，有时是凄厉，有时是呜咽，如果配合整个狂风的背景声音，你感觉仿佛屋子就是大海中的一个小船，四周海浪汹涌。

当然，有时风吼会松懈一会儿，当你以为风大概快停下来了的时候，从远处传来一阵紧似一阵的低鸣，紧接着就是一阵

雪中的松林

凄厉的怒吼，仿佛有东西倒下了一般，轰然一声，新一轮狂风又至。如果联想到“阿克莫拉”这个“白色坟墓”之地，风吼就会加重你的不安，产生一种凄凄然的感觉，只想蜷缩在家里。

可想而知，在这样的地方，房子对想在阿斯塔纳工作和生活的人来说意味着什么。所以，阿斯塔纳虽然荣登首都位置也就只有20年，房价却在世界上也是靠前的，大概分为三类：一类豪华的房子大约需要一平方米7000到1万美元，二类中等的房子大约需要一平方米3000～4000美元，三类便宜的房子需要一平方米1000～2000美元。房租更是贵得惊人，就拿我住的这个地方，地处阿斯塔纳城市的东边，一个40平方米的房子月供1000美元，相当于欧亚大学教授一个月的工资。换句话说，如果你有这样一套房子，相当于有一位教授在为你工作。同样，宾馆住宿更是贵得离谱，只要是“三星”以上的都是一天 2 万～ 5 万坚戈，普通的小旅馆也需要 1 万坚戈。所以，除了外地来的商人、公务人员和外国人以外，几乎所有来到阿斯塔纳的外地人都住在亲戚朋友家，我的哈萨克朋友们每逢节日经常是在接待外地来的客人，特别是每年 9 月份就是他们的接待月，为此，像吐尔逊教授家的客厅随时可能变成睡房。

在无遮无拦的阿斯塔纳，平缓的土地有的是，存在的问题主要有：一是建筑成本高，地下沼泽导致地基的修建复杂，建筑材料需要经受住零下 50 度到零上 30 度的考验。二是基础设施不完善，配套供暖、供电、供汽和道路都需要修建，而这方面的投资可能比买地盖房需要更多的资金。三是总体房屋购买力达不到开发商希望的利润比率，主要是大部分居住人口的收入远远落后于住宅价格。换句话说，新盖的房子就不是为穷人住的，而有钱人可能并不急需再购买。

阿斯塔纳高层住宅的面积都不大，一般都在 80 平方米以下，大部分处在 20 ～ 50 平方米，这样才能够保证售出率。但是，不管建设质量如何，住宅位置好坏，所有的单元门都是电子控制，需要使用钥匙，每户的门一般也都非常结实。这与漫长的冬季有关，否则你的单元可能就成为别人躲风避雨的去处。这与所有建筑和单位都设有年轻力壮的看门人一样，保证局部利益和安全。

由于一年四季温差太大，气候条件恶劣，所有的建筑和道路维修和折旧率都很高。欧亚大学前面那条漂亮的河道两旁修建的人行小道，去年我来时估计刚刚修好，当时我觉得太好了！干净、整洁、漂亮，前几天冰雪融化，积雪被清理打扫，我又开始往常的散步，发现有路面开裂、河堤受损的情况，工人们正在检修。我住的单元走廊地面铺设的瓷砖，有的部分由于冬季温差太大，都翘起来了，估计也需要修理。经过一个漫长的严寒，所有暴露在外面的东西大约都“缩”了一些，再经历一个20度以上的夏季，前后温差大概有80度，加上春季狂风怒吼导致空气流动剧烈，物体湿度变化大，损耗严重是正常的。

这里的汽车损耗更大。一是冬季最冷的季节，如果没有车库，大部分车都停在露天，需要两小时启动一次车，好一点的车的钥匙都具备两小时自动点火的功能，只有车停在500米范围内才可以，否则你的车就发动不起来。二是轮胎需要更换防滑轮胎，耗油更大，空调需要开启最大，用以除霜。三是整个冬季无法清理车，拥有私家住宅和车库的人，可以在室内冲洗，冬季偶尔可以看到一两辆干干净净的车，估计他们也不需要考虑车辆损耗。所以，大半年时间里，大部分车都是泥污状态，清洗也没有用，随时就可能会遇到一个泥坑。

在这样的气候条件下，阿斯塔纳人需要更多的耐心和勇气来应对每天的工作和生活。过去，我对他们的有些行为不理解，现在，当我接到学生的电话，说：“老师我睡着了，忘记上课了！”“老师我累了，今天不去上课了！”我都会说：“太好了！你睡觉吧！”“没问题，不用来了！”或者约好时间没有按时到，或者快下课了他们才到，这都正常。因为，你真的不知道他们每天遇到的困难有多大，真的不知道他们昨天晚上在哪里？干什么？他们无精打采的时候，可能不是不愿意学习，而是他们昨夜只睡了两个小时，或者可能正在饿着肚子，为了省钱，有的学生尽量压缩食物开支。

我想起在西双版纳考察的日子，后来，我在一篇文章里写道："我现在明白，为什么北方草原上的歌曲大都是悲伤的，内容是深沉的。而南方的歌曲大都是欢快的，内容是轻松的。因为，在像西双版纳这样的地方，你有充分的时间、地点和精力去谈情说爱，阿哥阿妹，饿了随时都可以摘个水果什么的，困了随时都可以找个地方睡觉。"

风吼！飞雪！快速移动的低沉的云朵，何处栖身？何处觅食？当然有清新的空气，天然的阳光和花朵。我越来越相信"一方水土养一方人"道理的深刻，关键不在于你是什么人，你在干什么，而在于你生活在哪里，时间长了你就是那里的人。我的名言是：

文化是地域的附庸。

2014年4月15日，哈国纪事之三十八：

从欧亚大学看哈萨克斯坦的高等教育

在哈萨克斯坦欧亚大学国际关系学院教学将近一年，对这所大学的教学情况应该说了解一些，起码对文科类教学和学生情况应该是了解的。我本人有从普通本科院校本科毕业，到著名高等学校博士毕业的学习经历，也有在美国俄勒冈大学做访问学者一年的过程，还有在台湾中正大学访学的经历。这些经验使我对欧亚大学的教学体制和学生学习情况有一个综合判断。

首先，教育制度有待完善。我指的完善不是指教育的法律法规和教学的政策文件，而是指制度的真实性和现实性方面的完善。欧亚大学的硬件设施和教学规定主要是应对检查和参观访问的，并没有真实地落实到具体教学活动，也没有为老师教学和学生学习开展实际服务。比如教室问题，我在一年中会经常遇到没有教室的情况，学生没有固定教室不说，教室内的桌椅是中学生式的铁木制作，黑板基本不能用，粉笔找不到。欧亚大学的会议室、展览室、研究室可以说是世界一流的，平时没有人用，只待开会和参观时才打开。特别是各级领导的办公室和各类行政办公室，布置豪华漂亮，挤用了大量的教室和空间，一个教研室挤满了普通老师。

其次，形式主义害死人。教学大纲和教学设计全部表现在文字表述方面，类似我们前几年的本科教学检查要求。这样做的好处是每一门课的内容基本确定了，但教学过程中可能出现这样的情况：一是完全照本宣科，大部分老师基本就是这样讲课，结果是学生听得头皮发麻，兴趣全无，还美其名曰：完成了完整的十五个讲座。二是根本不按照那个大纲，因为，这种东西本身就是脱离教学实际的，任何一个教学效果好的老师，就不能拿那个东西讲。可是，所有的检查和每周的记录都以教学大纲为准，为了形式而抛弃内容。

第三，老师水平良莠不齐，没有相应制度能把老师的教学水平和科研水平提高起来，基本就是依靠自己。学校重视的是有几个能获奖或者出名的成果就可以了，所有的成果都是为了给别人看，不是真正为教学和研究。因此，老师们能不能拿出突出的成就，就是一个机会和人缘的问题，已经是教授或者有名气的老师当然就好多了，年轻人只好拼命去争取，压力大而情绪异常，同事之间关系容易紧张。加上年轻老师的经济压力大，没有时间和精力投入到科研上来，只好得过且过，或者心里干着急却没办法。

第四，学生学习目的不明确，严重影响学生的学习主动性。他们知道要拿一个本科文凭，但为什么要学习这门专业他们并不完全清楚。比如东方学专业，已经是大四的学生，当你问他们四年学了什么，怎么依靠东方学专业去找工作时，他们基本表现出茫然的样子。没有一门知识或者一门语言达到可以应付实际工作的要求，他们当然没有自信。事实上，平时他们非常疲劳，学习时间长，作业多，睡眠时间少，但这些计划内的课程内容陈旧，讲课水平不高，学生实在没有办法，只好应付。加上学校的住宿、自习和伙食情况相当不方便，增加了他们的困难。

第五，对教师的规章制度混乱，每个教研室都各行一套。比如，东方学教研室和汉语教研室就要求教师每天坐班，早上9：30 分开始到下午 5 点钟，这对大学老师来说无疑是折磨。当然我不用坐班，但我来这里以后，听到诟病最多的就是这个坐班制度。所有的人都挤在一个房子里，所有的电脑都在运行，有时还包括一台复印机，窗户是完全封闭式的。长年室内温度保持在 25 度以上。而且，一个人的事必然是所有人的事，一个人的话必然是所有人不得不听的话。人们的创造性和热情被消磨殆尽。

问题的根本原因有二：一是苏联时期的教育传统和方式依然严重影响着哈萨克斯坦的大学教育，哈萨克斯坦的大学还没

东方学系的国际会议

有形成和达到教育制度和教育内容自我创造的高度，生硬的模仿和拼命想出名，使名声和面子胜于实事求是，让形式战胜内容。二是民主体制的外表强化了少数人的权利意识，假借民主的名义压制多数人的正确意见，使公然的错误被大部分人所忍耐和接受，甚至认为这就是哈萨克斯坦的特色。所以，民主在目前哈萨克斯坦起的作用弊大于利，在教育界更是如此。

只有从根本上恢复和积累哈萨克民族历史文化的优良传统，而不是追求世界排名或者其他名次，那些排名基本上是欺世盗名。踏踏实实，敢于揭短，勇于创新，哈萨克斯坦的高等教育体制一定会快速发展。

2014 年 4 月 25 日，哈国纪事之三十九：

比较中哈发展中存在的主要问题

时间快慢的感觉完全是相对的，正如爱因斯坦在解释什么是时空相对论时曾比喻：和你心爱的人在一起三个小时感觉时间飞快，让你坐在火炉子上一分钟都是难以忍受的漫长。如果你喜欢一个地方，你就不会觉得日子过得太慢，在我回想将近一年在阿斯塔纳度过的日日夜夜，感觉就像是昨天,《哈国纪事》里的那些画面仿佛历历在目。

随着在欧亚大学客座教授结束的时期日益临近，我一直想写一个带有总结性的东西，让读者大概知道中国和哈国相比较的不同之处，这完全不同于中美之间，从政治、经济到思想、文化都可以进行深入的比较研究。中哈两国的可比较性不明显，哈国的很多方面不能拿来直接与中国进行比较，因为，哈国历史发展的脉络和状态没有完全定型，政治经济和历史文化还没有形成系统的理论化体系。也就是说，这些方面还处在成熟和发展过程中。但是，哈萨克民族历史和民族性格是独特的，哈萨克民族的国家意识和爱国主义是鲜明的，它们在国家发展中发挥着重大的影响作用，正如中国的民族历史文化和民族性格对中国社会发展产生重大影响一样，是可以比较的。

首先是关于民族性的问题。

其实，即便是和哈萨克斯坦的俄罗斯人相处，你也会发觉不同于在俄罗斯的俄罗斯人，或许是由于中国哈萨克移民存在的缘故，在哈萨克斯坦我并没有十分的疏离感。究其原因，大概是种族相近，哈萨克人属于蒙古利亚种，和中国北方民族大体接近，除了和俄罗斯等其他民族通婚产生的后代有明显差别外，住的时间长了，不会觉得在人种上有什么大不同。

然而，不同主要表现在民族性方面，本土哈萨克人毕竟处在中亚，又长期受俄罗斯文化影响，在相处过程中，你发现本土哈萨克人的性格有鲜明的特色，不同于其他地方来的哈萨克人。这种差别感来自于你和中国哈萨克人相处后，再与本土哈萨克人相处不由自主产生的，或许就是他们提到的“俄化哈萨克”，但，是“哈萨克化俄”还是“俄化哈萨克”，真有点说不清楚，因为，很多哈萨克人说俄语，所以，说“俄化”似乎更可靠。不过，我认为不是“单项作用”，而是“双项作用”，也就是说，双方相互渗透，互有融化。听说，现在从哈萨克回到俄罗斯的哈萨克俄罗斯人，不被俄罗斯欢迎，因为，俄罗斯的俄罗斯人会说，回去吧！你们不是俄罗斯人，你们的家乡在那边。问题还有另外一方面，就是北方的哈萨克人到南方去，哈萨克语说不好，或者不会说，南方的哈萨克人就十分反感，说你一个哈萨克人连哈萨克语都不会说，有时甚至会动手打你。而不会说俄语的哈萨克人在北方有时会遭遇同样的情景。

也就是说，“俄化哈萨克”和“哈化俄罗斯”都是存在的，不过，文明同化有一个不变的规律，就是低的趋向高的。这是一个不由人的主观意志决定的规律。如果文明程度接近，那么靠近哪一个就会受哪方面的影响大，比如蒙古国的政治家们认为他们最好是远离俄罗斯和中国的影响，学习美国、印度的文明方式，结果，北方的蒙古人还是像俄罗斯，南方的蒙古人还是像内蒙古，他们没有把自己变成美国人或者印度人。哈国北部的哈萨克人受俄罗斯影响深远也是自然的，正如哈国南部的哈萨克人深受中亚其他民族的影响，从古到今，中亚河中地区始终是中亚各民族活动的中心。

这种南北文明中心差距造成的结果，就是北方哈萨克人的性格更趋向俄罗斯特征，南方哈萨克人的性格更趋向传统游牧哈萨克人，东方哈萨克人与中国哈萨克接壤，自然有中国哈萨克人的特征。这种状况，使如何塑造统一的民族文化特征成为独立后哈萨克斯坦面临的首要任务，他们从传统游牧民族生活的特点、共同爱好和习俗中提取出被所有哈萨克人接受的成分，强化为哈萨克人的民族象征，以此彰显哈萨克人的民族性。

事实上，中国人很久以来就自己分成“南人”和“北人”，也就是今天人们常说的南方人和北方人。他们没有明显的界线，有着宽泛的过渡带，但的确存在南方人和北方人之分。中国西部的新疆和西藏由于少数民族为主，所以，有更加明确的民族性格，没有出现“西方人”的概念。然而，无论是中国南方人还是中国北方人，没有出现周边中心文明的影响产生的“同化”现象，始终以中华文明为中心，周边少数民族历史上也一直趋向内地文明，甚至有少数民族进入内地做了中国的皇帝。换句话说，中华文明圈的影响始终是东方文明的核心，这使中国人免除了寻找、塑造、维护自己文化及由此形成的民族性的焦虑和不安，也正由于此，中国人不用像哈萨克人那样努力塑造和维护自己民族特性。

哈萨克民族性格是十分复杂的，有很多对立的特征和因素同时存在于一人之身，如豪迈与细腻、粗犷与小心、大胆与谨慎、冲动与隐忍等，但他们有一个共同特性，就是“好面子”。现实生活中所有排位置、论名次、看穿扮、观举止都与面子直接相关，没有面子是一件十分严重的事情，有时需要用全身力气去维护。这也导致哈萨克人与人之间交往受限制，非常烦琐而且容易引起不满，只和至亲好友往来。从某种意义上说，这是文明不发达的表现，人和人之间的冲突竞争是直截了当地拼“面子”。与中国传统文化观念中尊重知识人才、和气生财、家和万事兴、“诚仁礼致信”的观念形成鲜明对比。

其次，关于国家与个人关系的理解。

每一位哈萨克人都把独立的哈萨克斯坦看得很重，因为，他们需要一个能够为之自豪的祖国，正像苏联马雅克夫斯基著名的阶梯诗写道：“自豪吧！苏联民族。”他们也需要：“自豪吧！哈萨克人。”因此，哈萨克斯坦需要不断创造辉煌与奇迹，才配得上被哈萨克人去自豪。这恐怕真是苏联或者俄罗斯人的影响，由此产生的结果：

一是国家利益高于人民利益，一切以国家名义要求和提出的，每个公民不能置疑，而是必须执行。但是，人民是具体的，具体到每个公民都有个体的特殊利益和要求，国家代表人民行使权力，却是笼统的而模糊的，甚至只是部分人的利益，但所有的人都必须服从。尤其当国家还处在成长阶段，强化国家权力和集团利益就是自然而然的了，现阶段哈萨克斯坦的国家利益远远高于普通人民的需求。比如，技术要尖端、高档，产品要高端、名牌，设备要一流、全新，教育要西方、快乐，孩子要从顶尖幼儿园开始。其实，这脱离哈国实际。这与新中国成立以后的情景类似，因而遭受了巨大的损失和曲折，在国家利益和个人利益之间我们始终没有找到一个先进的理念和科学的制度，可以说，至今中国还在调整和寻找最能够正确反映国家和个人关系的尺度。

二是哈萨克斯坦的“国家面子”问题被绝大部分民众认可，无论是在体育比赛还是唱歌比赛，无论是产品还是人才，只要论名次的事情，哈萨克斯坦都会有绝对大国风范。于是，举国家之力举办各种世界运动会和国际会议、展览会，不怕劳民伤财。

三是来源不同的哈萨克人的利益之间与国家利益之间时有冲突。尽管哈萨克斯坦号称有100多个民族，但哈萨克斯坦的国名就确定了这个国家的主体民族，正如纳扎尔巴耶夫总统所言：赋予这个国家名称的那个民族当然是这个国家的主体民族。可是，即便是哈萨克族内部也因不同部落和移民国家不同而不同，因此，在构筑社会关系网络和利益划分方面就必然存在不同利益。有时，这些利益代表之间的冲突是如此的严重，以致需要其他国家的介入。哈萨克人历史上就如此，16世纪开始的中亚各汗国之间的争夺，就不断引入周边强大邻国介入，直到18世纪引入沙皇势力，最后臣服于俄罗斯帝国。事实上，这种传统斗争在今天仍然以别样的形式存在于哈萨克人内部，干扰着哈萨克民族的团结和发展。中国人本质上被南北地域分割成许多部分，在南方也划分出不同地域和宗族，在日常生活中发挥着出人意料的作用；在北方也同样被少数民族区域和黄河流域所分割，出现众多特色鲜明的地域民族文化集群，他们相互间差别明显，利益冲突大。直到新中国成立后，中国共产党才代表广大人民的利益登上历史舞台，结束了“分久必合，合久必分”中国历史怪圈。其实，只有真正代表广大人民利益的共和国制度，才把人民利益与国家利益真正统一起来，国家才能够真正强大，人民才能够真正富裕。

第三，从俄罗斯看哈萨克族和从汉族看少数民族。

在俄罗斯人眼里，中亚少数民族始终处在纷争当中，即便是在今天，哈萨克人和乌兹别克人、吉尔吉斯人之间也争来争去。目前，哈萨克斯坦是最强大和发展最快的，在中亚其他国家看来有点暴发户的感觉，乌兹别克人总是瞧不上哈萨克人，乌兹别克人的生活可能比哈萨克人要富裕一些。比较这些情况：

一是俄罗斯人比中国人更了解中亚国家和民族，俄罗斯人知道如何控制中亚民族并影响他们的思想情绪，这恐怕可以追溯到金帐汗国时代蒙古人与中亚游牧民族的关系史，俄罗斯人继承了“鞑靼人”的征服欲望和扩张心理，在蒙古帝国灭亡以后，经过近三百年长期不懈的努力，直到 19 世纪 60 年代以后才得以真正控制中亚各汗国。在此期间，大量的俄罗斯人早已经开始移居中亚，筑城建堡，居民相互往来，贸易相互促进，文化自然相互影响。时机一到，俄罗斯先进的制度和思想就直接进入，特别是从教育和文化方面占据优势，培养本土知识分子为俄罗斯服务，并支持他们在当地政治舞台上占据主导。所以，尽管“十月革命”为各民族解放提供了大好时机，中亚各汗国并没有争取独立，或许没有在全体民众当中掀起革命的独立浪潮，因为，最先进的本民族精英都是归化俄罗斯的人，他们追随十月革命。中国封建王朝时期对待周边藩属国的政策是“朝贡制”，你当你的皇帝，到时间来表示臣服就可以了，在文化上采取对主动接受者给予“教化”，差异悬殊的民族就是主动也不愿意去教化。

二是中亚各现代民族形成的历史是与各现代国家出现的历史相关，也就是先有国家，后有主体民族，及至中亚近代各汗国相互攻灭，被俄罗斯沙皇一一收服。从某种意义上说，是苏联时期明确了中亚各加盟共和国的版图和体制，明确了中亚各加盟共和国的主体民族和文化，产生了现代工业和现代教育，这是无法否认的事实。也就是说，即便是十月革命时期，中亚各主要民族还没有达到自觉要求民族解放和独立的高度，他们只能随着俄罗斯人的革命要求来实现民族自身的解放，否则，中亚出现的可能还是封建部落式的“汗国”。因此，从任何角度来看，我们都需要肯定俄罗斯历史和文化对中亚各国各民族的影响，从任何角度来看，独立后的中亚各国出现的“反俄罗斯”倾向都是独立成长的必然项目；从未来角度看，俄罗斯依然是对中亚最有影响力的国家。因为，当独立的民族主义热潮和强化主体民族的爱国主义需求稳定下来以后，中亚国家会发现，俄罗斯就在身边，俄罗斯依然强大；当中亚国家内部出现严重纷争的时候，或许就是俄罗斯重新展示其影响力的时候。中国主体民族汉族占有人口的多数是问题的核心，而且汉族始终处在发展的前列，解放了的少数民族与解放了的汉族同样获得新的国家和新的政党，他们的发展水平有差距，正像汉族地方也存在发展水平差距一样，并不是民族的，而是地域的，所以，不存在苏联时期的加盟共和国的制度需要和民族文化压抑。需要强调的是，中国受苏联解决民族问题政策和制度的影响，人为地制造出了一些民族问题，这是需要我们今天彻底反思并解决在民族政策和制度上存在的问题。

三是争取国家的发展和人民的富裕应该是中亚各国的头等大事。目前中亚各国的政治形势还不十分稳定，经济发展面临的问题尤其严重，哈萨克斯坦相对好一些。因此，问题主要集中在经济发展和人民富裕上，所有以那个民族命名的国家的主体民族都希望成为国家真正的主人，“主人”的含义在游牧民族的语汇中除了具有一家之主的意思外，一般被称为“主人”的意思表示他们是有钱或者有权的人。独立二十余年来，似乎主人并没有富裕起来，富裕起来的是极少数，不但如此，生活似乎也更加艰难和复杂，物价飞涨，社会动荡，金钱成为社会运转的唯一润滑剂。这种情况给反对派提供了进攻的武器，哈萨克斯坦在2013年合并光明祖国党以后，议会党团基本控制在执政党手里，反对派只能借助媒体发发牢骚。其他四个中亚国家的执政党都有过被反对派战胜的纪录，虽然目前基本上还是维持旧的执政方针，但情况并不乐观。中亚各国稳定的前提就是实现政治公平和人民富裕，所有事件的背后都是社会不公平和贫富差距大引起的，所以，哪一国没有解决好这两个问题，哪一国就会出现动荡。

中国的问题在逐步实现社会公平和人民富裕的过程中拥有了解决的前提条件，这也是中国展现光明未来的基础，现在中国人民对国家的前途比任何时候都更有信心。但是，中国从来都没有真正解决国家统一的问题，比如解决香港问题似乎是一个创举，但从长远来看，香港对内地社会制度和汉族团结也有负面影响。再比如台湾问题，没有抓住时机，没有彻底的解决办法，对国家统一前景的担忧消耗了过多的社会资源，本质上是消耗了人民的爱国主义精神。与此相对，在对待少数民族地区稳定方面却投入更多精力，这没有错。问题是，历史上少数民族地区出现动荡分裂的时候，都是汉族内部首先出现动荡和分裂趋势，所以，汉族是中华民族的主体，一个占人口 90% 的主体是团结爱国的，没有任何分裂势力能够达到目的。因此，如何加强汉族的国家民族意识，强化主体民族意识，如何让南方北方更加和谐地融为一体，怎样从政区划分改革上保障国家长治久安，的确是需要我们认真思考的紧迫问题。

2014年6月20日，哈国纪事之四十：

唐伯拉岩画群考察记

原来我以为写完“中哈国情比较”以后，我的哈国纪事基本就结束了，然而，在这最后的二十多天里，又发生了一些让我不得不写下来的事情，其中最有记住意义的就是5月13日至17日，对唐伯拉岩画群的考察。

唐伯拉岩画群位于阿拉木图西北169公里，是被联合国教科文组织确认的人类文明遗迹。想去看的念头早在刚来到欧亚大学认识了阿里班——这位来自甘肃的哈萨克后，就提出来了，他对研究岩画十分感兴趣，我们经常就岩画的问题展开讨论。直到我快要离开欧亚大学，他才决定和我一起去唐伯拉岩画群考察。

我们到达阿拉木图是5月14日早晨，他大学班长已经在车站迎候我们，还有阿里班的外甥——巴利，这位来自北京的哈萨克正在一所哈萨克国际语言学校学习哈语。于是，我们一行4人，从阿拉木图火车站就直奔唐伯拉。

阿里班的那位班长是他邀请专门为我们开车的，外表看他五大三粗，却听说是一位诗人，专门用哈萨克语写一些歌颂哈萨克英雄和历史的诗歌，业余时期，他也开开出租车。在哈萨克斯坦，所有在马路上奔跑的车，只要你愿意都可以停下来拉客人，价格一般差距不大，夏季500坚戈左右，冬季要加一点，700坚戈左右。因为价格谈不拢的事情很少发生，不愿意拉往往是方向不对，因为，有些人只是想顺路，所以，在哈萨克斯坦没有“打车难”的问题。

可以想见，让这样一位人来当我们的司机，在安全和情趣上都没有问题。我们先是在路过阿拉木图最大的汽车市场时停下来吃了一顿早餐，因为太早，城市中心地方的餐馆都没有开，所以，才来到这里吃抓饭，这是我吃到的最新鲜和好吃的抓饭，估计刚刚做好。其实，上午9点不应该算早，但在哈萨克斯坦，人们已经习惯了早晨是从9点以后开始，不能按照“日出而作，日落而息”来安排作息。因为，这里夏季早晨4点左右太阳就出来了，晚上到10点左右太阳才缓缓落下；而到了冬季，早晨9点太阳还不情愿出来，下午5点太阳开始在天边徘徊。所以，晚上12点以后睡觉，早晨8点以后起床是再正常不过的了。

我们吃完香喷喷的抓饭就直奔唐伯拉。

哈萨克斯坦只有一条高速公路，就是从阿斯塔纳到布拉白，其他省级干道类似中国的一级公里，双向四车道，因为大都是苏联时期修筑，路基与地面基本平行，紧急车道是在道路的中间，画线禁止车辆进入，这样也起隔离作用，还省钱。当然，这样修筑的道路前提是有土地，他们不缺的就是土地。一旦有事故发生，可以迅速把事故车辆推到路边，而救援车辆可以直接从双向车道的中间进入，两边都可以服务，不必非得从同方向一侧进入，省时省力省钱。

大约到了11点的时候，我们的车从向西拐向北，又行驶了60公里，终于远远看到低矮的山峦，驶到跟前发现有一个被围栏围起的场院，有一所房子和几个管理人员，我们说明来意，其中一位管理员就带上我们往山里走了。

看来这里的管理已经规范化了，听说每年联合国教科文组织都要派考察组来检查保护和管理的情况。应该说，总体上比我们好，关键就是人为破坏少，原因：一是来的人真的少；二是参观者的保护意识强。中国在保护此类文物存在的主要问题就是人为破坏、搬走、换钱。我不知道他们的保护意识来自何处，但游牧民族不动故人的东西是传统，据说在保护区外围的山上也有大量岩画，但没有人动。

唐伯拉岩画群大约有9000多幅岩画，这个数字是经过拍照后统计的，主要分布在三面环山，中间方圆大约一平方公里的范围内，入口是从东方向进入，北面的山最高且险，还有一个类似倾斜的峭壁形成一个背靠的平台，平台周围刻画的岩画显然是唐伯拉岩画群的核心部分，也就是说是俯视南面和西面岩画群的“制高点”，下面是一个被发掘的动物骨骼的埋葬坑。因此，这面山上的岩画中有一个巨型的符号，还有一幅一排人跳舞的岩画，而且是在峭壁正面对埋葬坑的上方，十分有意义，听说哈萨克斯坦的一个文化节日就以这个符号为标志。

南面的岩画数量多，从山腰以上就开始出现，刻画精美，以动物和狩猎为主，时间跨度大，总体保护情况良好。在一些不好攀登的地方，禁止人们到岩画跟前观看。或许是那位管理员发现我们不是普通游客，而是在研究，所以，他带我们到达了那些难以到达的石壁下，观察那些难以近距离看清的岩画。他说大部分游客只是看看就累得不想看了，你们好像是所有的都想看。

西面的岩画分布和数量不及南面，而且有山崖崩塌的情况，可以肯定，有大量岩画被掩埋起来，这需要大型机械设备才能开启，这是一项耗时耗力耗钱的事情。

在环形山外围，东面出口的北侧，有两座被挖掘的墓葬，是典型的石板墓，在新疆阿勒泰地区和中亚塞种人活动区域都有发现。只是这两个石板墓穴十分小，根据目测，大的有1.2米左右，小的不足1米，大概是一个放置成人，一个放置儿童，或许两个都不是成人。据管理员介绍说，出土时，人安放的形状完全是人出生前的“卷曲状”，骨骼也不粗大，据说有1万年左右。如果是这样的话，周围应该还有其他墓穴存在，只不过时间久远，又在“头东脚西”的山坡下，雨水冲刷和地质沉降，会让地貌发生很大变化。

我们一直在山上探访了4个小时才下来，下来时，我为了感谢那位辛苦的管理员，给了他2000坚戈，他迅速地抓在手里，以免被别人看见。回到阿拉木图城里已经是晚上8点，一路上我都在打盹。

我曾经考察过内蒙古阴山岩画和乌兰察布岩画，也曾经沿着准噶尔盆地边缘，把新疆的青河、富蕴、哈马河、布尔津到克拉玛依的岩画、鹿石和石墓进行过考察，我感觉中亚的文明与天山以北的文明有承接关系，除了岩画完全相似以外，埋葬者“头东脚西”的方向也说明来源地。在中亚河中地区，非常适合游牧，但不易防守，没有崇山峻岭，只有一些低矮的山峦，像唐伯拉这样的地方不多，那么，从天山以西末端的阿拉套山再向西北进发，就只有这个地方见到山了，显然，这些文化来自于东面。

第二天，我们去了阿拉木图东面55公里的“耶恩克关口”，也是一个阿拉套山南麓一个美丽的小镇。这里有“塞种人墓地”和出土的塞种人王子金人像博物馆，不大的建筑，里面陈列的基本都是复制品。但这个博物馆的位置最重要，它就建立在塞种人墓地上，因此，还具有一定纪念意义，对游客也有吸引力。

距离这里大约 15 公里的群山之中，有一个地震形成的堰塞湖，它也叫小伊塞克湖，是一处著名的自然保护区和旅游之地，其实，湖水一般，规模不大，但处在峡谷之中，四周山峦起伏，云雾缭绕，就显得别有情趣。关键是游人少，让你能够静静地看，慢慢地想，仔细回味。

看来，哈萨克斯坦最美丽的旅游胜地还是在南部有山有水的地方，北部虽然也有，如布拉白，但夏季太短，景色也完全不同。也可能由于气候的缘故，考古遗迹主要也分布在南部。

阿拉套崇山峻岭

2014年6月30日，哈国纪事之四十一：

近看中俄民族问题之差别

近日，笔者前往俄罗斯考察，目睹了俄罗斯的地大物博，切身感受到了俄罗斯人强烈的民族自豪感和尊严感，近距离观察了俄罗斯依然存在的民族矛盾。看来，苏联解体只是把解决民族矛盾的责任卸载到境内的各个民族头上，你们不是要独立和自由吗？给你，但“俄罗斯是俄罗斯人的俄罗斯”。将其与中国民族问题相比较，可能会有所启发。

首先，俄罗斯人解决问题的特点是非此即彼，正像一位俄罗斯学者曾讲：中国人的“中”，就是折中的意思，俄罗斯人只会“左右”。在民族问题上俄罗斯人也是如此，“如果不能继续生活在一起，那么就让你独立出去”。苏联解体时，我们很难理解首先提议和签署独联体协议的是俄罗斯、乌克兰和白俄罗斯这三个主体民族的联邦，反而争取独立自由的中亚五国是被动的，甚至有点不情愿。现在我们明白了这三国要求独立的意愿和五个中亚加盟共和国不一样：前三国是想通过独立“丢包袱”，好像只要把这些民族分离因素甩掉了，自己作为主体民族国家就可以“飞黄腾达”，乌克兰甚至预言他们不久就会成为“欧洲的粮仓”。在少数民族通过分离运动要求得到更多平等自由和自治权利时，俄罗斯人、乌克兰人和白俄罗斯人表现得更要求自由平等，他们没有让步，而是更激进地“开门”，让其独立。所以，中亚五国唯一的选择就是“自由独立”，自由独立后的第一步就是把俄罗斯“老大哥”赶走，“排俄”是这五个国家独立后的共同举动。他们别无选择，因为，独立的象征就是自己当家做主，当然就要把“统治民族”赶走。换句话说，培养民族主义和培养爱国主义对新生国家是一件事情。概括一句话，俄罗斯的民族矛盾依然根源于沙皇时代和苏联时代对其他民族的压迫，俄罗斯民族还没有走出压迫民族的樊篱，但他们已经走在这条路上了。

中国近代民族问题源于反对清朝的少数民族统治，与俄罗斯正好相反。孙中山提出的“驱逐鞑虏，恢复中华”，先是要把满蒙统治者赶走，求得民族解放，然后再建立民主共和国，赶走殖民势力。但“驱逐”的只是统治阶级，那个民族和那块土地走不了，仍然存在，尽管最初也提出让“蒙、藏、回疆”独立，但随后就认识到这不纯粹是“外族”统治的问题。中国历史上就存在少数民族政权并承认其为正史，与西方殖民主义和日本帝国主义的侵略是根本不同的。一旦产生了这样的认识，中华民族的概念和含义就呼之而出了。从一定意义上说，“中华民国”时期民族问题的核心是恢复以汉族为主的民族关系，到新中国成立后的民族问题依然是解决汉族与其他少数民族的关系，只不过统治阶级是“不分民族的无产阶级”。因此，在革命建设初期，民族问题得到了“理想化”的解决，因为，在那个时代，阶级的平等超越了民族的平等，民族中的少数压迫阶级被推翻，实现了大多数被压迫阶级的解放，这种解放尽管主要不体现在物质上，但首先在精神上实现了各民族平等、团结、共同繁荣的理想。事实证明，只有中国共产党人才真正实现了民族平等，因为，推翻剥削制度和劳动人民当家做主，是中国社会主义革命的基本任务。苏联没有中国这样的民族基础，没有一个长期的各民族融合的过程，想马上创造一个“苏联民族”来掩盖民族压迫的历史，结果事与愿违。“中华民族”是历史造就的，各民族认同中华民族是一家的事实。

其次，俄罗斯联邦的现行民族政策，没有正面接受苏联解体的教训，而是在摆脱民族分离主义势力后，朝强化俄罗斯人的方向发展，这和整个苏联解体后各国执行的国家政策走向是一致的。包括原来的波罗的海三国、格鲁吉亚和中亚五国都在“排俄”的同时强化本国人的主体地位，在这种形势下，俄罗斯在保证俄罗斯民族的主体民族地位，继续限制其他国家移民加入俄罗斯国籍也是可以理解的。不过，这让人总感觉是一种倒退。无论如何，苏联时期各加盟共和国获得了长足发展，特别是中亚五国，这个事实甚至在反苏联的西方著作中也是承认的。如法国的埃莱娜·唐科斯，早在1982年出版的《分崩离析的帝国：苏联国内的民族反抗》一书中就说“一切都证明，使各民族繁荣昌盛的目的是达到了”(263页)。美国人泽夫·卡夫主编的《苏联主要民族手册》，这本1975年出版的在西方最流行的苏联民族知识的普及读物中通过具体数据证明中亚五国的教育医疗基本建设的快速发展。现在，这些加盟共和国都回归到一种无可置疑的状态：都是平等独立的自由选举总统的西式民族国家，看看！我们现在站在平等的起跑线上，哪个民族更强？独立带给你们这些民族什么？当然，不能说这是俄罗斯人的想法，但经历了苏联时期的俄罗斯人能够放下压迫民族的担子，让俄罗斯从“民族分裂的火山口”退出，的确需要相当的勇气和牺牲精神。当我们还在为苏联解体痛惜不已的时候，其实俄罗斯人早就把问题看透了，他们宁愿选择失去这些“异族”共和国，也要保持俄罗斯民族的纯洁性和完整性，或许只是对失去乌克兰、白俄罗斯有些心有不甘。只有当我们明白俄罗斯民族在这个问题上的真实想法后，也就可以明白今天俄罗斯的民族政策仍然趋向保守的原因，也就可以理解俄罗斯民族重振大国雄风的想法是多么迫切，他们需要再次证明俄罗斯民族是最优秀的。

中国汉族和其他少数民族的关系没有类似俄罗斯民族与其他民族的情况，如果说俄罗斯人与其他民族间在种族特征和语言文化方面存在明显的差距，那么汉族和大部分中国的少数民族差距不大。当然，人口比例是重要因素，俄罗斯族占有总人口的比例在苏联解体前下降到不足 50%，还呈负增长状态，在今天的俄罗斯占 70% 多，从某种意义上说，改变俄罗斯主体民族的人口比例是建立俄罗斯联邦的战略意图。而中国汉族占 90% 以上，人口增长被严格控制。这种局面在很早的历史时期就已经形成，除了少数北方民族外，人口的绝对优势使汉族的种族特征和语言文化在中国具有共同性和普遍性。如果说俄罗斯人的辉煌在于征服的历史，在于疆域不断拓展，那么，俄罗斯人的危机也在于被征服民族的“稀释”，也在于维护拓展疆域的重负。中国的历史是各民族共同创造的，汉族接受并且承认少数民族建立的王朝朝代是自己的历史，少数民族也接受并愿意融入这个丰富的民族自然融合时期，这才造就了中国式的“民族”，现代意义上的汉语“民族”概念是中国特有的，与俄罗斯的、欧洲的、美国的民族概念有深刻的历史差别。

其三，俄罗斯民族是一个具有宗教信仰的民族，即使是经历了苏联时期的“无神论”阶段，但东正教迅速恢复在人们日常生活中的重要作用，就说明，其实宗教并没有远离他们的精神世界。无论在哪里，教堂成为人们重要活动的场所，在距莫斯科不远的谢尔盖教区，我们似乎看到了在耶路撒冷、阿克萨清真寺和犹太圣地哭墙所看到的类似情景：拥挤的朝圣人群和虔诚的信徒们在默默地祈祷着，人们在用各种方式表达着自己对神的祝福和乞求。在俄罗斯，你还会看到很多妈妈带着孩子来到教堂活动，这些孩子从小就接受宗教生活的熏陶，可以预见在未来俄罗斯人的宗教化倾向。当然，信仰的缺失也是苏联解体后宗教迅速占领人精神领域的重要原因，东正教的一个显著特点是苦难和救赎，这非常符合俄罗斯民族的历史，俄罗斯人崇拜的“圣愚”精神就是典型的自我救赎，所以，他们能够采取“我不先死谁先死”行动，让旁观者目瞪口呆。但是，宗教信仰能够使俄罗斯得到救赎？能够让俄罗斯重振雄风？有一位俄罗斯著名学者针对俄罗斯目前的状况指出：俄罗斯目前什么都不缺，缺的就是信仰。显然，他指的不是宗教信仰，我们的确无法回答俄罗斯需要什么样的信仰。我经常让我的学生去读美国前驻苏联大使小马特洛克写的《苏联解体亲历记》，不是要了解他记述的所作所为，而是通过阅读感受作者对自由资本主义的强烈信仰和推崇，那份执著和牺牲精神，一点不比共产党员差，相反，是公开的、强烈的、实践的。

中国人对自然对象的了解在古代的确达到了一个“天人合一”的高度，所以，全民性的宗教信仰根本不可能。现在，有些人把中国社会之乱象归结为中国人没有宗教信仰，这是一种谬误。单纯就个人而言，带着虔诚赎罪的心理，惶惑渴求的感情，无怨无私无欲地付出，这样的信徒其实是对人的本质最大扭曲：一个是为人，一个是为神；一个是要创造价值，一个是要创造威严；一个是创造者主体意识的自由发挥，一个是信仰者崇奉神的意志的表现；一个是为了现世的生活，一个是为了进入天国。实际上，西方发达国家的信众把宗教信仰当作一种文化传统，迥异于生活习惯。而面对把自己交给神的信徒，我们常常感到文明的扭曲，人性的践踏、理智的浪费、财富的无效利用。如果说人们是用知识来掌握人类已知的世界，那么，人们是用信仰来掌握人类未知世界的，因此，人不能没有信仰，因为，人类的本性决定他在不断地追求未知，然而，既然“未知”目前不能用科学理论说明它，也不能靠实践去改造它，只能靠信仰去掌握它。应该承认，在未知世界的掌握中，确实依靠了人类的信仰能力，通过这种能力，人类表明了自己对未知世界的断言和把握。正是在这种信仰精神的鼓励下，人类在实践领域取得了一个又一个伟大进步。这样的认识，在古代中国人的智慧中早已阐明，在现代中国人的智慧中，马克思主义中国化就是变通智慧的典型体现。

其四，俄罗斯人存在内部的分裂情景：靠近欧洲部分受北欧文化影响明显，靠近亚洲的部分受东北亚文化的影响突出；俄罗斯的思想灵魂在圣彼得堡，统治俄罗斯的中心却在莫斯科。当然，这可能只是一种现象，但圣彼得堡人对莫斯科人的抵触，说明其中潜在的文化冲突和政治选择，圣彼得堡无论从城市风貌还是人文历史上都更像一座欧洲都市，这里的人对俄罗斯历史的理解和继承有别于其他俄罗斯城市，地理位置上的便利，也使得他们更快地接受欧洲的流行文化和政治思潮。所以，圣彼得堡人瞧不上莫斯科人冷冰冰的个人主义和物质主义，“你看，圣彼得堡的人都在微笑，在莫斯科你是看不到的”。莫斯科处在俄罗斯欧洲和亚洲部分交界地带，是名副其实的政治中心，现在，俄罗斯只有几个大城市和滨海地区的经济发展还可以，莫斯科是最大的经济贸易中心，各地各方的人都涌到莫斯科寻找工作。俄罗斯给予独联体国家公民免签证待遇，中亚五国失业率严重，凭借俄语优势和往来便利，中亚很多打工者进入俄罗斯，特别是莫斯科，使莫斯科更像是民族与文化的“大杂烩”，所以，莫斯科的住房、物价、治安是三个大问题。俄罗斯面临的这种分裂情景，导致俄罗斯的思想和实践分离，圣彼得堡带领俄罗斯的思想精英，不断提出改革方向，号召俄罗斯回到欧洲，莫斯科忙于政治纷争和解决法治困境，无暇制度建设和宏观经济发展。长此以往，圣彼得堡人只专注于圣彼得堡，可能出现类似两个中心的情景：西俄罗斯和东俄罗斯，人们也自然地把莫斯科人和圣彼得堡人分而视之。

中国北京从元代开始建都，其实也是当时中国政治中心向北转移的表现，历经明、清两朝，至今有八百年的都城史，比俄罗斯建国史长近三倍。中国的地缘政治历来就以南北区分，元朝以前，以黄河以中心向南扩展，形成中国最富庶的部分，奠定了中国历史和文化的基本内容和价值。元朝开始，以北京为中心辐射更为宽广的亚洲内大陆，这也是亚洲从海洋到内陆的地形特征决定的。但是，从公元前 1600 年起的商周时代，中国的开疆拓土始终坚持一个明确的地缘政治理念：即“五服”意识，用今天的话简单概括，就是在五个相对渐远的距离内建立王朝的领土统治，而且，可以接受汉族文化“教化”的族类可以，超过这个距离的遥远的异族，就是主动归顺也不能接受。元朝改变了这个传统，那是因为统治者根本就没有这个传统，明朝为了维持元朝的版图费了很大力气，结果耗损过大，被人口更少的满族乘虚而入，跑到南方也没有保持住。满族在文化上是介于蒙古族与汉族之间，既接受汉族国家意识的影响，又具有蒙古族勇猛善战的特点，所以，清王朝两百多年不是靠运气，是元、明两朝之后必然的历史选择。近代资本主义开启了“全球化”的序幕，中国在“五服”地缘战略指导下建立的“朝贡体制”破产，在“藩属国”被强迫“剥离”的过程中，中国本土遭受了帝国主义殖民主子的武力侵略，被迫割让领土。但历经元、清两朝，北方少数民族基本融入中华民族大家庭，使北京成为中国南北方共同的政治文化中心，中国国土呈“倒锥形”，北方、西北、东北宽阔的领土面积和众多跨界民族，要求政治经济文化中心偏北是政治地理状况的自然选择，没有出现俄罗斯思想文化中心和政治经济中心的分离的情景。

其五，俄罗斯人认为俄罗斯民族是独一无二的，既不属于欧洲人也不属于亚洲人，就是俄罗斯人。应该说，俄罗斯民族的独特性的确难以归属以上哪一类，这主要是俄罗斯民族产生的历史决定的。在金帐汗国以前，俄罗斯受东罗马文化影响深远，他们属于斯拉夫人中的游牧民族，狂放不羁地生活在伏尔加河两岸。到金帐汗国时期，还没有完全成形的俄罗斯人便被笼罩在突厥蒙古文化下，将近 250 年的统治，就像在一个正要闭合的含苞果实，被强行注入了一种狂野扩张的“内核”，使俄罗斯人成为俄罗斯民族。苏联解体时，拉脱维亚流行一句话："扒了俄罗斯人的皮，发现他们的骨头是鞑靼人的。"这不是开玩笑，拉脱维亚人对俄罗斯人的看法带有普遍性。我们不去考证"彼得遗嘱"的真伪，但起码说明俄罗斯民族是欧洲最年轻的民族，正因为年轻，所以有胆量和力量去开疆拓土，成就帝国霸业。现在，尽管俄罗斯处在历史发展的低谷，但可以肯定俄罗斯的退缩是把攻势主动变为守势，是通过回缩积蓄力量，在未来与"盎格鲁—撒克逊"文明为代表的欧洲北约再决一战。中国不是俄罗斯的目标，虽然由于历史原因有所提防，但俄罗斯人认为中国没有称霸世界的野心和能力，即使中国拥有强大的经济力量。所以，只要双方有意愿，中俄战略伙伴关系是可以发展下去的。

作为中国主体民族的汉族没有俄罗斯民族这样的成长历史，中华民族的祖先在世界文明的起源上迈出了最早的一步，关键是这个文明被一直传承下来，而不像古希腊文明，散布在欧洲大陆。无论如何这是个奇迹，而成就这个奇迹的正是汉族祖先的创造。首先，他们创造了象形文字——汉字，后来的汉语不仅是一种语言载体，更是一种思维方法和生活方式，所有进入中华文明体系的民族都受到汉文化或深或浅的影响。其次，他们创造了以伦理礼治为核心的等级制度，取代了可能出现的宗教统治，让中国人几千年来生活在等级结构下不能自拔，至今，中国人最顽强凶恶的敌人正是我们脑海里的等级意识。其三，汉文明的包容性是独一无二的，没有明确的宗教性排他性，没有明显的种族排斥性，他自己的文明体系与众不同，使汉文化就像一块巨大的海绵，别的民族进入其中会慢慢不见踪影。其四，在中国漫长的历史中，虽然有被异民族统治的时代，也有局部分裂和异族王朝建立地方政权的时期，但所有这些都发生在统治民族的文明低于被统治民族的情景下，正如马克思所言：这种征服的结果必然是征服者最终被文明程度高的被征服者所同化。的确，历史结果正是如此，所以，从一定意义上说，纯粹的汉族是不存在的，存在的是一部中华民族的生成历史，这个历史被汉语体系所记载和描述，正如一个可以无限扩展的表格系统，所有的过去留存的内容、正在发生的内容和即将发生的内容都被准确编织在这个可以无限生成的文明体系中。毫无疑问，有些文明结束了，有些文明衰落了，有些文明却依然长青，就在于这个文明体系是否随着时代扩展而扩展自己的“兼容性”。

最后，需要提醒读者的是，这种比较并不是严肃的社会学统计，每一个对比都存在大量相反的例证，我们只是提供一种人类学笔记式的考察记录，反映作者对当代俄罗斯民族问题和中国民族问题的比较思考。总之，可以说，俄罗斯面临的民族问题在起源、成因、现状和解决方法上似乎正好和中国面临的民族问题相反，通过对双方明显特征差异的比较，我们可以清楚地意识到各自的优劣之处，可以矫正我们从自己的经验知识出发分析俄罗斯民族问题的实质，也可以了解我们面临的民族问题的特点和本质。

2014年8月30日，哈国纪事之四十二：

筑起理解与信任的桥梁

——对哈萨克历史的认识

决定去哈萨克斯坦欧亚大学工作一年，是需要一些勇气的。主要是担心严寒和语言交流问题，但是，与渴望获得有关哈萨克斯坦现状的愿望相比，困难就降为次要。所以，从事情一开始我就决定记录下自己的印象、感受和思考，随着时间的推移，慢慢地我发现写作内容不仅仅是所发生事件的记录，很多时候是对问题的研究和分析，特别是在当时当地情景下，对重要事件、节日、相关学术问题的研讨纪事，所以，就把“记事”改为“纪事”。在“记事”和“纪事”之间肯定存在模糊的界线，就如在直观印象中有理性感知，在现场活动中有知性认识，在具象分析中有理性沉思一样，它们的共同特点是有一定“现场热量”。我就是想通过这份“现场热量”，向所有关心和热爱哈萨克民族、支持中哈友谊的人传递“正能量”。

哈萨克的文化属于突厥文化与伊斯兰文化和斯拉夫文化混合体。哈萨克属于穆斯林民族，但仍有萨满教遗留。哈萨克人也崇拜狼，认为狼是腾格里的宠物与使者。古代哈萨克人信奉天、地、日、月、星辰，拜火和崇拜祖先，它们是一种最原始的信仰。在历史上哈萨克人曾信仰过佛教、景教、伊斯兰教，这些外来的宗教信仰主要在上层，普通百姓仍要信仰萨满教。尽管哈萨克人信仰伊斯兰教已有好几百年，但在人民间仍保留许多萨满教的残余。哈萨克人实行外婚制，规定同一部落七代之内不可结婚。由于其游牧的生活方式，哈萨克保持口述历史的史诗传统。古代哈萨克人在大约公元 6–8 世纪时开始用古鄂尔浑文；以后用古回鹘文；信奉伊斯兰教后用阿拉伯文，中国哈萨克族人现在仍用阿拉伯文字基础上的“老文字”。

民间系谱是研究哈萨克族历史的主要资料之一。哈萨克族每个人能记 7 代祖先，孩子从幼年时起父母即教 7 代祖先的名字，这是家庭教育最早的启蒙书，哈萨克族有格言：“不会七代祖先名字的人是孤儿。”哈萨克人中有专门搜集系谱的人，他们把每一代人发生过的历史事件及传说都掌握得很清楚，对天文历法也有相当知识。所以，这些人在群众中的威信很高。这些传统的系谱究竟从何时开始，尚未得到确证。古代牧区社会内掌握这些系谱有重要用处。各部落酋长，如汗、苏丹等所以重视这些系谱，是为了划分各部落草场范围，任命各部落的伯，组织武装，征税，管理家庭婚姻和继承问题，处理各部落之间产生的纠纷、命案等问题。可见掌握各部落系谱有很大作用。所以，可汗、苏丹、部落头目都把所属氏族部落谱系写在纸上，保存在部落酋长手中和汗王宫殿。16 世纪哈萨克汗国的可汗塔乌卡利的侄子乌拉孜穆罕默德的银箱保存在俄国的亚洲博物馆。这个银箱子里藏有很多有关哈萨克系谱和历史的书籍。而哈得尔格利 · 扎剌亦儿于 1598 年写的《史话集》，则记述了 13—16 世纪的系谱和历史事件。在哈萨克系谱上有印记、称号的部落共 69 个，另外还有许多小氏族部落，合计超过 200

个。但是他们有的历史很长，有的于中世纪才见于历史记载，有些是后来才出现。

毫无疑问，哈萨克民族是欧亚大陆源远流长的古老民族。它历史悠久，文化灿烂。其祖先长期生活在黑海、咸海、锡尔河、伊犁河、额敏河、阿尔泰山和天山北部的广大地区。在民族发展史上哈萨克人经历了漫长曲折的历史过程。我们有必要对哈萨克斯坦官方认可的历史描述有所了解。

首先，部分史学家、考古学家、民族学家认为，哈萨克族的祖先与公元前7世纪至4世纪在中亚北部建国的塞种人有关。这些塞种人分为戴尖帽塞克人、饮豪麻汁塞克人、海那边的塞克人。其中，波斯皇帝大流士墓地的纳黑布鲁斯塔姆楔形文字碑铭上所提到的，居住在塔什干、天山以至巴尔喀什湖以南和西南及楚河、塔拉斯河流域的“提格拉·豪达塞种人”(Saka tigrahauda 戴尖顶帽子的塞人)，与哈萨克族的起源直接有关系。在波斯《贝希斯敦铭文》中的“萨基人”，希腊史籍中的“西徐亚人”，中国史籍中的“塞种人”，都属于同一个族名的不同音译。它们是中亚草原的早期居民，其北部操突厥语，南部操伊朗语。而史学家 T.M. 热斯库洛夫断言：康居和塞种人只操突厥语。 有关塞人名称及其活动的史料，在中国的《穆天子传》中亦有记载。《穆天子传》称之为西膜人。《汉书·西域传》称“塞种”。《汉书》中还提到的“塞王”是指塞人的首领，“塞地”是指塞人居住的地方而言。公元前4世纪，亚历山大远征中亚，在黑海一带遇到西徐亚人和马萨盖特人。安里安历史文献有时把他们等同起来，有时说两者生活风俗很相近。可见马萨盖特人是塞种的一部分。据古希腊历史学家希罗多德考，塞种人以勇敢善战而闻名于世。

其次，在哈萨克草原曾建过自己汗国的古代民族当中，乌孙人占有重要地位，他们是哈萨克族的主要源流，也是组成哈萨克民族的主体部族。据哈萨克族历史传说和各部落系谱，“乌孙”一词有广义和狭义之指。狭义指哈萨克大玉兹的一个部落名称，广义指居住在伊犁、七河流域和南哈萨克斯坦的大玉兹诸部的总名称。史书上对乌孙的记载自公元前2世纪（西汉时期）起有几千年的历史。在漫长的历史发展过程中，乌孙成为哈萨克族的主体和核心，对整体民族及其国家的形成起了主导作用。乌孙人原来在中国河西走廊西端“敦煌祁连间”，被当时在草原上的另一个强族大月氏击破后，西迁投靠匈奴。其原来的活动中心为东部天山，即哈密、巴里坤、吉木萨尔等地。后来又迁往伊犁河流域，统治了那里的塞种人。乌孙占有伊犁河流域后，即同化了原有的塞种和随后而来的大月氏人，所以，《汉书·西域传》云“乌孙国”时指出：“乌孙民有塞种，大月氏种。”这样，乌孙人口大为增加，成为西汉时西域人口最多、兵力最强之国。中国的魏晋南北朝时期，乌孙在西域仍然处于十分重要的地位。公元5世纪时，乌孙依然游牧在伊犁河、楚河、伊塞克湖一带，十分仰慕中原各王朝，在西域仍然处于举足轻重的地位，经济、文化继续得到了发展。

其三，匈奴也是古代哈萨克人的重要组成部分。中国古籍中讲述的匈奴是在秦汉时称雄中原以北的一个强大的游牧民族。秦始皇统一中原后，公元前215年，命蒙恬率领30万秦军将匈奴人逐出黄河河套地区，屯兵上郡（今陕西省榆林市东南）。据史料：“却匈奴七百余里，胡人不敢南下而牧马。”（《过秦论》）蒙恬从榆中（今属甘肃）沿黄河至阴山构筑城塞，连接秦、赵、燕5000余里旧长城，构成了北方漫长的防御线。秦汉之际，匈奴人经常南下骚乱中原，为保卫中原正常的发展，西汉政府曾经派卫青和霍去病率军入漠北彻底击溃匈奴。匈奴分为南北两部，南匈奴进入中原内附，北匈奴从漠北西迁，中间经历了约300年，从而影响了当时的中原政局。匈奴自分裂为南北两部之后，南匈奴附汉，北匈奴西迁。北匈奴在西迁途中，有一部分继续融合到哈萨克古代各部族中。据《后汉书．袁安传》和《后汉书．南匈奴传》等记载，北匈奴西迁时，是先到乌孙地方。后来，北匈奴又西迁康居，但留在乌孙地方的仍有不少人 。公元7世纪起分布在额尔齐斯河流域及阿尔泰山的克马克—克普恰克部落联盟，后来分布在广大的哈萨克草原上，对哈萨克民族语言的形成也起了很大作用，语言学家证明哈萨克语属于克普恰克语支。突骑施汗国以后直至15世纪中叶建立哈萨克汗国的时间里，以乌孙为首的各部落始终游牧在伊犁河、楚河流域，不过在清朝的《新疆史略》等书中把乌孙一名译成玉逊，卫逊等名称。

其四，公元6世纪20年代，由于突厥汗国内部矛盾重重，斗争激烈，再加唐朝的羁縻政策，其势力开始衰退。唐统一后，唐太宗贞观四年（630年）与薛延陀攻灭东突厥，唐高宗显庆四年（659年）又灭西突厥。突厥汗国东西两面，直至679年的五十年间，沦为唐帝国的属国。在唐高宗末年（682年），突厥人在阴山发动起义，再度建立后突厥汗国。经过长期战争之后，突厥汗国和唐朝之间终于树立了睦邻友好关系。对此，后突厥汗国的建立者阿史那骨吐禄（Ashina Qutluq）的长子毗伽可汗和次子阙特勤做出巨大贡献。732 年，突厥毗伽可汗 (Bilge qagan) 为纪念其亡弟阙特勤 (Kultegin) 的功勋而立阙特勤碑，毗伽可汗碑则立于 735 年。二碑分别记述毗伽可汗和其弟阙特勤的生平事迹和功绩，分突厥文和汉文两部分。当突厥汗国伟大的将领阙特勤去世时，为了表示抚慰和友善，开元二十二年十月七日（公元 734 年 12 月 23 日），唐朝皇帝玄宗派专使吊唁并手书碑文，唐特使和 6 位工匠以及画师，协助突厥为阙特勤建庙立碑。玄宗写道："有君讳阙特勤，骨咄禄可汗之次子，今必伽可汗之令弟也。孝友闻于远方，威略，故能承顺友爱，辅成规略，北燮眩靁之境，西邻处月之郊，以亲我有唐也，修边贡，爰逮朕躬，结为父子，使寇虐不作，弓矢载櫜。尔无我虞，我无尔诈。我用是嘉尔诚积，大开恩信，而遥图不骞，促竟俄尽，永言悼惜，疚于朕心。且特勤可汗之弟也，可汗，犹朕之子也。父子之义，既在敦崇；兄弟之亲，得无连类。俱为子爱，再感深情。是用故制作丰碑，发挥遐徽，使千古之下，休光日新。"此两碑是研究突厥历史和文字（文学）及其与唐朝关系的珍贵实物资料，也是整个突厥民族的，尤其是哈萨克民族的自豪，被认为是有文字直接记载哈萨克历史的开始。

其五，成吉思汗征服中亚各地后，即分封其子先后建立了各汗国。在哈萨克草原中西部属长子术赤及其后裔所建立的金帐汗国、白帐汗国、蓝帐汗国、西伯利亚汗国管属；东部则属于察合台、窝阔台汗国管属。此时，哈萨克族从公元前 3 世纪（中国的先秦时期）起，经过一千六百多年的历史发展，已形成为一个有共同名称、共同语言、共同地区、共同经济生活、共同民族意识和民族感情的稳定的共同体。金帐汗国分裂后，古代哈萨克部落和部族多数臣属于白帐汗国。至 15 世纪中期，历代在哈萨克草原生活下来的，操突厥语克普恰克语支的所有部落和部族集中在“哈萨克”名义之下，形成了新的国家。于是 1456 年，白帐汗国最后一个可汗巴拉克之子克烈汗和加尼别克汗在古老的楚河流域建立了哈萨克汗国，这是哈萨克族历史上极为重要的时期。由哈萨克人所建立的哈萨克汗国是在哈萨克草原出现的第一个成熟的国家。它吸取历代在哈萨克草原上所建立的所有政权的建国和治国经验，充分发挥了自己的生命力。哈萨克诸部在政治上获得独立，经济上得到迅速发展，其领土也不断扩大。15 世纪末，哈萨克汗国已拥有钦察草原（克普恰克人之地）和中亚的锡尔河流域。16 世纪初，又占领河中地区。此时，哈萨克汗国的领地，南面包括锡尔河流域，东南部包括七河地区，东北部包括巴尔喀什湖东部和南部地区，西部包括扎牙黑河流域等地。1698 年至 1718 年间，哈萨克族汗国的领土，按照其传统的氏族部落体系划分为三个玉兹，即三大行政区。“玉兹”一词本身的含义是“部分”、“地区”，其基础是个别氏族和部落组成的军政联盟。

其六，17 世纪末，西部蒙古卫拉特四部之一的准噶尔部开始强盛起来，不断向外扩张。17 世纪 70 年代，准噶尔部噶尔丹向南扩张，哈萨克各部反复遭到准噶尔部的侵略。哈萨克汗国一度衰落。自此，哈萨克人民展开了反抗准噶尔封建贵族集团的持续一百多年的艰苦战争。这种战争把哈萨克民众进一步团结，进一步强大。18 世纪中叶，清政府平定准噶尔贵族叛乱，统一了新疆，哈萨克汗国便成了清朝的邻国。当时，哈萨克大玉兹、中玉兹和小玉兹都向清朝表示友谊，并多次向清朝派遣使臣，清朝与哈萨克的经济贸易往来日益繁荣。这时，沙皇俄国也加快了对哈萨克草原的侵略步伐。面对沙皇俄国的侵略，清廷对哈萨克各玉兹采取了羁縻政策，以维护边境的安定。1766 年，清政府敕令伊犁将军：“伊犁等处土地辽阔，人烟愈多愈善，哈萨克如不得游牧地方，或畏惧劫掠，情愿内附者，即行收留。”1767 年，清政府告知哈萨克中玉兹可汗阿布赉：“哈萨克牧民可以到伊犁等地游牧。”由于沙皇俄国对哈萨克草原的军事占领和吞并，以及部分哈萨克人迁居到清朝管辖的伊犁、阿勒泰、塔城三区，哈萨克最终在 19 世纪末由一个独立的民族变成了一个近代中俄两国的跨境民族。但是，清廷发布的另一道谕旨中，对哈萨克的基本政策作了阐明：“哈萨克越在万里之外，荒远辽阔。今未尝遣使招徕，仍称臣奉书，贡献马匹，自出所愿。所谓归斯受之，不过羁縻服属，如安南、琉球，暹罗诸国，俾通天朝声教而已，并非欲郡县其地，张官置吏。亦非如喀尔喀之分旗编设佐领。”可以看出，清朝对归附后哈萨克的政策，基本仍是传统的“羁縻”政策。清朝对哈萨克“羁縻”政策的内容主要有以下几个方面：（一）政治上实行各种笼络和优待。哈萨克归附后，清廷根据阿布賚等人的请求，承认并加封他们为“汗”。对哈萨克各部中的首领，清廷也分别册封他们为苏丹、公、台吉等称号，并允许其子孙世代承袭这种称号。同时，清朝统治者还允许各部落首领以“朝见”的名义到北京面见皇帝，并设宴款待他们。上述这些荣誉在古代封建时代是异族人得不到的。（二）经济上给各种赏赐和优惠。清朝对哈萨克各部，一直不征收赋税，也不派役差使。另外，在与哈萨克开展的贸易中，清朝政府多采取以货易货的方式，强调“两得其平”，平等交换。（三）不在哈萨克游牧地驻军设官，既不改变他们原有的政治统治制度，尊重旧有的生活、宗教、风俗习惯，也不干涉他们内部的各种事物。1822年，沙皇帝国武力占领哈萨克大片土地，授权西伯利亚总督颁发“西伯利亚吉尔吉斯人条例”，宣布废除哈萨克原有的政治统治制度(可汗制)。至此，延续366年的哈萨克汗国史彻底灭亡。沙俄最终确立了在哈萨克草原的殖民统治以后，成为中国西北最重要的邻国。

1917年俄国爆发十月革命，建立了苏维埃政权。1920年建立“自治的吉尔吉斯（哈萨克)”，1925年改称“哈萨克苏维埃社会主义自治共和国”，1936年加入苏联，1991年12月宣布建立哈萨克斯坦独立国家，1992年1月，中哈建立外交关系，1992年3月加入联合国。哈萨克斯坦共和国的独立，是哈萨克人民几百年来向往的崇高理想的实现，也是哈萨克草原上古代诸汗国立国历史的延续。正如哈萨克斯坦共和国总统纳扎尔巴耶夫所言：哈萨克斯坦共和国是根基深厚的主权国家，也是国际社会的自主成员，即当代国际关系中的一个主体。

独立二十多年来，哈国与世界各国建立了平等互利的外交关系。其中，中哈两国自古以来毗邻而居，山水相连。两国的睦邻友好关系可追溯至哈萨克先祖之塞人、乌孙时代。举世闻名的丝绸之路是中哈两国世代友好的历史见证。中国始终高度重视对哈关系，是最早承认哈独立并与哈建交的国家之一。建交以来，中哈关系经受住国际风云变幻的考验，保持了健康稳定快速的发展势头。两国在许多国际问题上态度一致，并已彻底解决历史遗留下来的边界问题。签署了睦邻友好合作条约，建立了全面战略伙伴关系。可以说中哈关系基础牢固，前景广阔。中哈是真正意义上的好邻居、好朋友、好伙伴。我们相信：哈萨克斯坦作为市场经济主导的民主、法治国家，将与国际社会同道，携手合作，共促发展。

冬天正在消退

图书在版编目（CIP）数据

西去丝路第一国：哈国纪事 / 吴楚克著．-- 北京：
民族出版社，2015.1（2018.3 重印）
ISBN 978-7-105-13702-2

Ⅰ．①西… Ⅱ．①吴… Ⅲ．①游记－作品集－中国－
当代 Ⅳ．①I267.4

中国版本图书馆 CIP 数据核字（2015）第 024830 号

西去丝路第一国：哈国纪事

策划编辑：欧光明
责任编辑：杨蜀艳
封面设计：金　晔
出版发行：民族出版社
地　　址：北京市和平里北街 14 号
邮　　编：100013
电　　话：010—58130098（编辑室）
　　　　　010—64224782（发行部）
网　　址：http://www.mzpub.com
印　　刷：北京中石油彩色印刷有限责任公司
经　　销：各地新华书店
版　　次：2015 年 2 月第 1 版　2018 年 3 月北京第 2 次印刷
开　　本：787×1092 毫米　1/16
字　　数：270 千字
印　　张：19.75
定　　价：45.00 元
书　　号：ISBN 978-7-105-13702-2/ I · 2615（汉 2727）